鲁迅文学奖获奖作家自选集

刘笑伟　主编

★★★

散文精选集

雪山无雪

王宗仁◎著

中国言实出版社

图书在版编目(CIP)数据

雪山无雪 / 王宗仁著. -- 北京:中国言实出版社,
2025. 6. -- (鲁迅文学奖获奖作家自选集 / 刘笑伟主编).
-- ISBN 978-7-5171-4910-1

Ⅰ. I267

中国国家版本馆CIP数据核字第2024B18T55号

雪山无雪

责任编辑：郭江妮
责任校对：王战星

出版发行：中国言实出版社
　　　　地　　址：北京市朝阳区北苑路180号加利大厦5号楼105室
　　　　邮　　编：100101
　　　　编辑部：北京市海淀区花园北路35号院9号楼302室
　　　　邮　　编：100083
　　　　电　　话：010-64924853（总编室）　010-64924716（发行部）
　　　　网　　址：www.zgyscbs.cn　　电子邮箱：zgyscbs@263.net

经　　销：新华书店
印　　刷：北京鑫益晖印刷有限公司
版　　次：2025年7月第1版　　2025年7月第1次印刷
规　　格：880毫米×1230毫米　1/32　8.875印张
字　　数：228千字

定　　价：58.00元
书　　号：ISBN 978-7-5171-4910-1

总 序

文 / 徐贵祥

　　2023 年八一建军节之际，欣闻中国言实出版社正在组织编纂一套"鲁迅文学奖获奖作家自选集"丛书，而且第一批十一卷本即推出十一位军旅作家的作品，感到十分振奋和欣喜。

　　鲁迅文学奖是体现国家荣誉的重要文学奖之一。中国言实出版社"鲁迅文学奖获奖作家自选集"丛书收录了走上中国文学圣殿作家的获奖作品（节选），以及由作家本人精选的近年来创作的代表作，每一本"鲁迅文学奖获奖作家自选集"既是对现实生活的生动写照，也是对时代精神的赓续和传承，体现了文学的风骨，彰显了中国精神、中国特色和中国气派。我为中国言实出版社的胆识和气魄叫好！据我所知，在第七届、第八届鲁迅文学奖的评选中，中国言实出版社连续两届都有作品荣膺鲁迅文学奖桂冠。这个成绩的取得十分不易，可喜可贺！

尤其令我欣慰与自豪的是，第一批十一卷本以军旅作家为代表，收录了十一位获得鲁迅文学奖的军旅作家的作品。这些作品体现了近年来军事文学取得的突出成绩，展现了新时代强军兴军伟大历史进程中人民军队的精神风貌，是新时代军旅文学的重要果实，是军旅作家们献给建军百年的一份难得而珍贵的文学记忆。

军事文学是社会主义先进文化的重要组成部分，无论在艰苦卓绝的战争年代，还是在意气风发的和平建设时期，军旅作家肩负着光荣使命，弘扬时代的主旋律，倾情书写爱国主义和革命英雄主义精神，在中国文学史上留下了一部又一部难忘的经典，耸起一座又一座艺术的高峰。

新时代以来，随着强军兴军的时代步伐的迈进，人民军队体制一新、结构一新、格局一新、面貌一新，发生了深刻的变化，军事文学也迎来了全新的机遇与挑战。面对强军兴军的崭新实践，军旅作家们深入生活、深入基层、深入官兵，创作出一大批优秀文学作品，捕捉到反映出新时代特质的崭新意象，描绘出一系列新时代官兵的艺术形象，非常值得鼓励和提倡。这套丛书，就是对新时代军事文学的一次检阅。

我想，军旅作家们任何时候都不能缺失责任感和勇气，军旅文学就是要勇于攀登思想与精神的高地。军队作家要进一步"根往下扎，树往上长"，贴近基层、贴近生活、贴近官兵、贴近现实。同时，要把握世界军事格局的新变化、新动态，掌握强军训练出现的一些新特点，这样才能够写出接地气、有温度、有力度的军事文学作品。

"鲁迅文学奖获奖作家自选集"丛书给了军旅作家这样一个展示军旅文学最新成果的平台，善莫大焉。相信这套丛书一定能够得到读者的喜爱！

2023 年 8 月 1 日于京郊

（徐贵祥，中国作家协会副主席、军事文学委员会主任，茅盾文学奖获得者）

目 录
CONTENTS

雪山无雪

海拔 5300 米的高度是生命的风景线。

鹰平视着山脊，将湖色和雪光映照在翅膀上。

1996 年 7 月 25 日 12 时 59 分，当我第一百零四次站在这个高度上的唐古拉山口时，忽然觉得生活中许多可望而不可即的事情，其实是人为变得神秘的。它们原本并不复杂，就像你想离太阳近一些，就站在世界屋脊上来。

山上比山下高，谁还不知道？

当然，唐古拉山巅离太阳近了，也离死亡近了！

山口屹立着一座汉白玉石的军人雕像，魁梧，凝重，深沉。

因为阳光的照射，雪山才有了一片灿烂。所不同的是，此刻阳光转换了投射的角度，从雕像的胳膊与身躯的间隙处流泻下来，雪地上便刻下了一个立体的光影。

阳光在雪山上、雕像上都不会永存。云可以把它遮住，风可以把它卷走。我闭上眼睛白天就变成了黑夜。

事情就这么简单。

这才是实实在在的、九级暴风雪也撼不动的永恒：百余次地翻越唐古拉山。

那是5300米的高度！将100米高的云梯搭连起来，5300个呢！它伸进了宇宙的深处。

炫耀自己是很愚蠢的。我无非是想说明：我曾多次站在死亡的边缘，因而也就习惯了死亡的威胁。

在高原上走，我也是高原的一部分。

走着走着，我倒怀疑起了自己：我真的在世界屋脊上走过上百次吗？

太阳下闪过一道阴影。一匹野驴踏过荒原，鬃毛竖立着。

这个中午，唐古拉山的野风把人的感觉刮到了比高原还高的高度。我站立不稳，身上特困，很像是刚在棉花堆里挣扎了一番后那种很没有味道的感觉。头晕乎乎的，双脚总是踩不实在。看东西的能见度大大降低，听任何一种声音都像隔了一层玻璃，嘴里仿佛噙着一个吐不出又咽不下的泡沫团。高山反应通过体内各种器官残酷地折磨着人的肉体。

超高的雪山把过山人的躯体撞击成了一片无灵魂的羽毛。

我的同行者都毫不例外地出现了这种反应，致使兵站为我们搜肠刮肚特意做的那顿丰盛的午餐几乎没动一筷子就晾在桌子上。与众不同的是，我吃了两个烤饼，喝了两碗稀饭。如果不是几个同伴用惊诧的目光瞅着我使我怪不好意思的话，我估计再消灭"一干一稀"是十拿九稳的。但是，需要说明的是，高山反应给我带来的不舒服并没有因为这相当不错的饭量而有丝毫的减弱。

大概我比别人更明白：在高原上越是不想吃东西越要把胃囊塞饱。

兵站司务长一直用不可捉摸的目光打量着我，我一撂下碗筷，他就感叹起来："我们唐古拉兵站就犯愁每月都要节约几百斤精米精面，在大家最需要营养的地方搞节约活动，我们实在觉得残忍。如果每个人都能像你这么痛痛快快地吃，我们看着比把山珍海味补充到自个肚里还幸福！"

我不怀疑他的话是出于真心，可我听着总觉得有点别扭，便不咸不淡地回敬了他一句："我还真可以在你面前摆点老资格了，有老高原在这里你肯定还嫩了点；不要忘了，本人可是一百多次在唐古拉山潇洒走一回了。"

司务长吐了吐舌头，我看到他一脸的敬佩和服气。"老资格"这个东西在好多场合是可以"压死人"的。还有，他提到了"节约粮食"，我对他说："兵站贮存点粮食绝对很有必要。就是在这个兵站的旁边，曾经发生过令人心碎的事！"

我脸上的严肃表情，使司务长和其他几位同行人已经猜到我讲的事情肯定不会轻松，他们停止了议论高山反应，跟着我走出食堂。我指着山脊上的一排电线杆，告诉他们：

20 世纪 60 年代中期。初冬的一天，从格尔木乘便车来到唐古拉山执行护线任务的五个女兵，在山中的沟沟岔岔奔波跋涉一天，查完线路后坐在公路边等车，准备返回驻地。这些离开内地仅仅一年的女兵娃，脸上的白皮嫩肉虽然被高原人特有的紫糖色所代替，但是骨子里还缺少高原兵的气质。此刻，她们背靠背脚蹬脚地歪坐路边，一个个脸色蜡黄，蔫头耷脑，高山反应已经侵袭到她们的神经中去了。也怪，平日车水马龙的青藏公路这天竟变得出奇地寂静，两三个小时过去了也不见一辆车来往。不久，女兵娃们便挤成一团在路边睡着了。冷冷的风夹着从山洼搜来的雪粒，抚摸着她们冻红的脸庞。

身旁放着滴水不剩的水壶，还有腾空了的细细长长的干粮袋……

傍晚。雪花悄悄地飘起来了，空气中的温热渐渐收紧。五个女兵没有醒来；

午夜，风雪狂吼，气温降至零下三十摄氏度，五个女兵被白雪盖住了，她们还是没有醒来；

次日凌晨，山中的公路旁鼓起了五个洁白的雪堆，五个18岁的女兵仍然坐在路边……

青藏高原静悄悄。大雪给唐古拉山留下了弯曲的伤口……

中午。部队的战友乘车追到山里，他们带着干粮、开水、棉衣……但是，晚了，一切都晚了！战友们抱着女兵的尸体哭得天昏地暗。雪山流泪，冰河低吟……

从此，这里留下了一个新的地名：五女峰。

……

我无法知道别人会怎么想，反正我讲完女兵的故事后，浑身软绵绵地一点儿也提不起精神，本想走动几步，可是脚怎么也迈不开。我总觉得此时我的双脚踩在五个女兵的身上了，她们的手、腿、胸部，还有她们的脸，由于我的踩踏而战栗着。唐古拉山用它使人望而生畏的残酷高度，撂倒了多少人，连活人的魂气也被它掠夺得所剩无几。人们谈山色变。

我又一次想起了我那百余次翻越雪山的豪迈经历。我始终踩着山的肩膀站着，没有被山吓倒。这当然是无可非议的事实了。但是，能否就说明山被我征服了？

只可以说我懂得了征服。

那座雕像静静地屹立在风雪中，它的躯体上已经落了一层薄薄的雪。我相信这层雪永远也厚不起来，刀刃似的风总是很不客气地把落下的雪扫掉，一次又一次地扫掉。

很可能是那座迎雪而立的雕像的引发，我的眼前突然浮现出一个兵的形象——那是个汽车兵，一身油渍渍的工作服不规则地套在身上，使他原本精悍的身材莫名其妙地变得臃肿、笨拙。两片毛皮棉帽的帽耳耷拉着，随着走路的脚步一闪一闪地晃着，使人感到他欲飞却累赘得难以启程。也许最数扎在他腰里的那根带子惹眼，它紧紧地扣进了棉衣里，很像刀子围着棉衣切开了一道细缝。你不相信吧，那带子竟然是一根麻绳，只是让油污浸染得已经无法分辨出它本来的颜色了。

你想到没有？这个兵就是我。下面我将要叙述的故事有一大半就长在我腰间的那根麻绳上。

那时候的我，很不习惯仰望天空，总是默默地盯着手中的方向盘，开着载重卡车，在世界屋脊上驰骋，闯祁连、越昆仑，从唐古拉山上飞车而过。所有的企望，所有的等待，都写在奔腾不息的路上。

我曾经用七分自豪三分伤感的口气告诉我的朋友们，唐古拉山的每座山峰和连着山峰的每一条胳膊肘弯路，都盛产故事。风雪中孕育的故事不怕冻，越冻越鲜嫩。

令我心醉又让我心颤的雪山阳光，在下一站等我……

好像是20世纪50年代末的一个冬夜，我这个新兵已经是第二十几次过唐古拉山了。那阵子不像现在这样出车少、车跑的速度也慢。当时的运输任务吃紧得让汽车兵们连腾出手来利利索索跑趟厕所的时间都少有。至今给我留下刀子也无法刮掉的印象是，我们一年中除了春节在驻地吃顿饺子外，其余的日子都交给了路，风风火火地紧赶着时间执行任务。谁跑得快，谁就是英雄；谁拉得多，谁就是好汉。"多装快跑"这个口号响亮得比汽车的双音喇叭还要动听。形势决定了汽车部队必须没黑没白地连轴转。我们所有的日程都贴在了那飞转的车轮上。战勤运输接着战事保障。我强烈地感到整个地球都仿佛跟着我的车轮旋转，就这样还嫌不够快，恨不得再给汽车安上两个轮子。我所在的汽车团七连有个叫张林旦的驾驶员，六天六夜往返于甘肃峡东（今柳园）至拉萨之间，创造了青藏线上快速行车的最高纪录。他的这一创举登在《解放军报》的头版头条上。你以为容易吗？按正常行驶，这往返4000公里的路程我们要碾碎十五个太阳和十五个月亮。

我们忙忙碌碌地爱着一切。

雅鲁藏布江在西部高原日夜喧响。

那个漫天遍地飘落着雪花的下午，给我的感觉全世界的雪都集中到这里降落了。雪下得少有的大，你会以为不是落雪，而是有一个偌大的制造雪花的搅拌机在不停地旋转着，把天地间搅得混沌一片。遇上这种倒霉的天气，司机在技术上如果没有"两把刷子"是要吃苦头的。不管是当时还是现在，我始终坦率地承认我是属于那种二三流水平的驾驶员。眼下车子又是行驶在陡峭且险峻的唐古拉山上，我提心吊胆的心情以及一有突然情况时手忙脚乱的狼狈相是可想而知的。我挂上低速挡，让车老牛拉破车似的哼哼着。我已经不去考虑以这样慢的速度走下去，何时才能翻过山。只要不出事就行，安全行车第一。

车窗外，一藏家妇人提着一篮雪花进山。

不管时间消逝了多久，每当我回忆起那天发生的事，心就颤颤索索地疼。那飘满雪花的灰灰的天空就像思念的伤疤，我真不敢相信那一夜我竟然活着走出了唐古拉山。我吃尽了苦头，但是我没有死。后来我多次对别人说过：一个人可以不怕死，但是他未必就能咽得下更多的苦。死，是一瞬间的事。苦，却往往要人承受更多更长时间的折磨和痛楚，是一种慢性的死。从一定意义上讲，死是对人肉体的摧毁，吃苦却是对肉体和精神的同时袭击。

好像是雪山被夜幕完全封住后不久，我的车出了麻烦。变速箱齿轮被我不规则的操作崩掉了好几颗，无法修复，只好停驶。带队的连长简单地给我嘱咐了几句要注意的事项，便"甩"下我，带着车队继续赶路了。同时留在雪山上的还有我的助手咎义成。

现在我俩的唯一任务就是护车。这么说吧，只要我和咎义成还有一个人冻不死、饿不死，被雪崩埋不掉，叫野狼叼不去，哪怕只剩下一口气，也要完整无损地让汽车待在山上，然后等连队的车执行完任务返回时再拖到驻地。汽车就是我们手中的武器，它像步兵的枪、炮兵的炮一样重要，当兵的视手中的武器像眼睛一样金贵是理所当然的。我和咎义成心里都十分明白，我们护车的任务是相当艰巨的。我不是担心有人会把汽车抢去，这个地方人烟稀少到几百里路面上不见一户人家，贼子自然到了几乎绝迹的地步。我担心的是把汽车冻坏。

毫不夸张地说，那一夜气温肯定在零下四十摄氏度左右，冻得我直流鼻涕，流出来的清鼻涕都结结实实地成了冰棍吊在鼻尖下。我准备对车上几个主要部位的螺丝进行一番紧定，这是驾驶员每次停车后必须做的工作。我刚从工具箱里取出一把扳手，谁知手上的皮就粘在了铁器上，只听"哎啦"一声，一块皮便带着鲜红的肉被粘下来，血喷涌而出。咎义成先我"哎呀"惊呼一声，我想，他是心疼，我是肉疼。我已经预感到，今晚我们遭罪的时候还在后头呢！

车虽然坏了，发动机却没有熄火。不能熄火，要靠它产生的热量抵御这奇寒的侵袭，不使机器冻坏。当然，我们也会得到好处：有了热量，就可以少挨冻了。

风雪仍然肆无忌惮地怒吼着。

我静静地坐在驾驶室里，紧紧地抱着方向盘，每隔一会儿就轰一次油门，让发动机的转速加快，以增大热量。

寒风咬着夜幕的声音很刺耳。

咎义成一声不吭地坐在我身边。这时他大概想到我受伤的手很不好受，便不经我允许就轻轻地把那只浸满血的棉手套从我的手上脱下，又将他的手套给我戴上。他说：

"无论如何不能让伤口冻着！"

我说："抛锚车的驾驶员都成了闲人，我可以一直袖着手坐在这里。"

"闲坐着不干活会更冷的。"

昝义成说着就把拥着他腰、腿的皮大衣抽出来，递给我，说：

"班长，天气太冷，再加件大衣吧！"

助手都习惯把自己的驾驶员称班长，就像地方的助手把司机称师傅一样。其实，我连副班长也不是呢！

真奇怪，我身上加了一件大衣后，反而感到了天气的奇冷。很可能我刚才被冻麻木了，这会儿大衣一上身暖得缓过劲来了，便知道冷暖了。

"你到周围去瞭望瞭望，看看有什么动静没有？"我对昝义成说。

我把挂在驾驶室靠背上的冲锋枪递给了他。虽说是荒凉少人烟的雪山，毕竟路上孤零零只有我们一台车，保持一份警惕性没坏处。

这晚，我俩轮流巡逻。

风雪什么时候停了，我都没有发现。所有的喧闹和暴跳都随着那远去的风雪销匿得无影无踪。一瞬间，雪山静如海底。静得连我的一声咳嗽仿佛全世界都能听见。气温急剧下降，干冷，干冷，好像有人给宇宙间掺进了数以万计的干冰微粒。

我惊喜地发现黑绒布般的夜幕上闪出几点星花，蹦蹦跳跳，越来越稠密。突然，我怜悯起这些遥远的星星来，觉得它们太寂寞，很孤单。把它们请到驾驶室里来吧！我产生了这样一个奇怪的想法。

我擦掉了风挡玻璃上的冻雪，于是，那些星星透过玻璃跳进了驾驶室，和我坐在了一起。我很开心，星星和我在做伴。

昝义成巡逻回来了，老远我就听见了他冻得呼哧呼哧地直喘。他进驾驶室，落座。我说："你瞧，这些星星真好看！"

他一不看星，二不看我，只是抹眼泪。

我忙问："咋啦？"

他这才放下肩上的枪，双手十分笨拙地抱起左脚让我看。他伤心地哭了起来。

我马上明白了，他的脚冻坏了。我赶紧把大衣给他，要他包上脚。他说，脚指头冻得像贼掐似的揪心。他提出能不能想办法把脚搁在汽车的排气管上烤烤。我马上制止他：万万不可！冻脚用火烤或拿热水烫都会坏事的。这是医生说的。还是让它慢慢地暖热吧！

我用大衣把昝义成的双脚包了个里三层外三层，严实得一丝风儿也不透。

昝义成入神地望着玻璃上的那些星星。我想，他难得有这份闲心，很可能是这会儿脚好受些了。我也陪着他看星星。星星很亮，一颗跟着一颗闪烁着，好像是对我和昝义成笑着。我觉得自己整个身子都在星海里游荡。

我看出来了，昝义成一脸的等待。等待什么呢？幸福还是痛苦？我忽然想到，在遥远的故乡，一个山村的路口，一位白发苍苍的母亲焦急地张望着。那是我的母亲还是他的母亲？儿子在雪山等待，母亲在家乡企盼。等待的滋味，也苦也乐。可是，如果人生没有了等待，生活也就没有了希望。

落雪的黄昏，母亲推开窗子，心儿飞到比遥远更遥远的地方……

我没惊动昝义成，悄悄地下了车。

该我巡逻了。

我在汽车附近转了几圈，没有发现什么异常。可是，我回到驾驶室后，出现了令人担心的却是预料中的事：发动机熄火了！

油料已经耗完。

我望着昝义成，他也望着我。

天幕上那些星星依然很亮，好像离我们更远了。

"点堆火烤车吧！"我说。

昝义成没动。

我又催了一次，他才下了车，像笨重的猩猩一样攀上大厢，从篷布下面掏出那捆我们出车时准备的红柳根，扔到地上。

他还是不说话。我下了车。我知道他是要我看：这么点柴火给兔子搭个窝都不够，烤车？

在这种情况下，一切都得我拿主意。这不仅因为我是这个车的驾驶员，而且还因为我是连里的文化教员。你知道吗，当年的文化教员在战士心目中享有与指导员同等的地位。这一点，在连里甚至营里那些扛着金黄色肩章的头头脑脑们规规矩矩地坐在下面听讲时，体现得淋漓尽致。昝义成用企求而信任的目光望着我，我便果断地对他说：

"你先用这些柴火把火生起来，我出去走走。"

他显然明白我要做什么，说："找柴火？鬼！你想找骆驼刺，这里不是戈壁滩。你想捡牛粪饼，这里没有人家！"

我说："可是，你别忘了，这一带有当年修青藏公路时民工住的工棚残址，说不定会有木椽、木板什么的。"

我当然不是乱猜胡想了，平日多次从这里经过，看到过那些烟熏火燎过的痕迹，只是没有细看是否有可做燃料的东西。现在逼到了绝路上，不妨碰碰运气。

昝义成没再说什么，我背上枪在公路附近的山里毫无目的地转磨去了。

可想而知，我空手而归。

昝义成好像想到了什么，他让我看着车，说他去找找看。我没有阻拦他，也没有对他抱什么希望。

我问昝义成："脚还疼吗？"

他没有回答我，反问一句："你手上的伤口还流血吗？"

我也没回答他。他走了，我看到他的身影渐渐消失在远处。

山里很静。在星光的映衬下可隐约瞅见雪峰的轮廓，冷风扫过雪层的声音听得真真切切。我忽然有了写作的欲望，难以按捺得住的欲望。就写眼下我们经历的这些事，抛锚、找柴、守车，等等。自然只是想想而已，深更半夜黑灯瞎火的，又是在荒滩山野，怎么写？

那时，我写稿已经在我所在的部队出了名，当地的报纸和军区小报上时不时会看到我的作品。所以，在这种特殊情况下产生写作的念头完全是情理之中的事。

外面"嗵"的一声闷响，我料定是昝义成搬来了什么"援兵"。

接着就传来昝义成兴奋的说话声："好家伙，够烧一阵子了！"

我下车一瞧，原来是一根粗粗的东西已被甩在了雪地上。他告诉我是一截圆木，很可能是拴马桩。我笑了，拴马桩？拴野驴去吧！唐古拉山什么时候有过马厩？昝义成并不服气，说你和我没听说过的事多着呢！

它是什么并不重要，反正我们有柴火生火烤车了。

没想，有了"柴火"我们也犯愁。那个被冰雪浸湿了的圆木怎么点燃它？

这时候，给熄火已经一个多小时的汽车送去温暖比在我们身上加件衣服的必要性更迫切。我和昝义成的身体又一次被冻得麻木了，一麻木，反而不知道冷了。

昝义成冷不丁地冒出一句傻话："泼上油，点着烧！"

没等我说话，他就自嘲似的说："我真浑，油？哪里有油呀！如果有油，还用得着我们在这儿瞎折腾吗？"

我没有力气发笑。

不过，我的思想很快就被他所说的"油"点燃了。我想到了一件东西——我腰里的那根麻绳。它里里外外浸满了柴油、汽油、洗油、机油，浑身都是"油水"。我曾经几次想抛弃它，换一根新的麻绳扎上。现在我庆幸我的"远见"，没有喜新厌旧将它处理掉。它就是一根天然的"引火线"，可以给我们解燃眉之急。我解下"腰带"，高兴地说：

"还愣在那儿做啥？快把你那宝贝也拿下来，两根来个合二为一……"

我的两个手指刚一推一捏，话还没说完，昝义成就什么都明白了，他忙解下自己的"腰带"，高兴得在屁股上狠劲一抽，原地蹦起一尺高。然后，他又接过我的"腰带"，立马动作起来，他一边干活一边说：

"我们活了！活了！"

我想，这之前，他一定想到了死……

历史长河的每一个时期都有时间老人有意或无意遗留下来的拓片。

这便是被后人视为珍宝的文物。

三十年后。

一次，在日月山下某汽车团的荣誉室里，我看到在一个精致的大玻璃盒里展览着一批实物：铁锹、十字镐、脸盆、水壶、瓷碗、铝锅、军衣……它们为什么那样眼熟且牵人心肠？

讲解员告诉我，三十年前的一个冬天，他们团里一支车队在唐古拉山被一场罕见的暴风雪围困了整整二十五昼夜。当指战员们突围出来时，一个个都变成了黑脸、长发、破衣的"野人"。荣誉室里的实物大都是从唐古拉山现场或从当年与暴风雪搏斗过的官兵手中搜集而来的……

讲解员说："我们的汽车团是一支有着光荣传统的英雄部队，它组建于解放战争时期的华北战场……"

我打断了他的话，这些我都知道，我还可以给你背诵一首歌颂你们部队的顺口溜，它诞生在唐古拉山——

抗过美，援过朝，

天安门前出过操，

东海岸边拖过炮，

唐古拉山抛过锚。

我说："这是当年在唐古拉山抛锚的驾驶员编的顺口溜。"

讲解员吃惊地望了我一会儿，问："同志，你是……"

"我在唐古拉山抛过锚！"

我继续参观荣誉室。我一遍又一遍地看着那些展品，流连忘返，不肯离去。最后，我在一根麻绳前站定。

既陌生又熟悉；既遥远又亲近。

它已经发朽，褪色；缩短，变细。上面的斑斑油渍化作了岁月的硬痂。

我望着它，不知不觉地走进了历史的画廊里……

讲解员走过来，问我："你一定想起了什么往事吧？"

我没有回答他的话，却问："你知道这麻绳的用途吗？"

他不假思索地说："当年汽车兵用它来保暖。"

"不！"我摇了摇头，"不仅仅是为自己保暖！"

讲解员怔怔地望着我，希望我说下去。

这时候，我倒好像成了讲解员……

说不上来是因了何故，我和昝义成表现出来的聪明才智在那天夜里达到了无与伦比的惊人程度。在有了那根"油捻"之后，圆木在我们手里再也不是无法制伏的顽木了。我已经记不得是他的主意还是我的建议，反正我们用千斤顶把圆木死死地挤压在汽车保险杠的下面，加力，再加力，很快它就变软破裂，成为任我们揉捏的"面团"了。之后，昝义成把"油捻"埋进在木头上掏出的几个坑里，点着，汽车的油底壳下便升起了一堆火。

严格地说，不是火，而是一堆烟。圆木太潮，起不了火焰。不管怎么说，雪山上毕竟飘起了一缕暖意。

圆木点燃了，不出火苗，只听见噼噼啪啪的声音。

我从驾驶室里翻腾出来两张揉得皱巴巴的《青海日报》《人民军队报》，和昝义成轮流着扇火，总希望那堆烟里能喷出火苗来。没有，始终没有火焰升起，烟反而越来越浓，呛得我俩又咳嗽又淌眼泪。这时，我想，指望一朵云下雨太傻了，光靠圆木生火看来既难保住汽车，又救不了我和昝义成。必须另想办法。我便对昝义成说，你就待在这里，该干啥还干啥，我再走出去看看。昝义成连头也没抬，只顾闷声闷气地扇着火，瞧那劲，巴不得把自己的身子当成一粒火星扇进去，燃起旺火。

我刚走出去一步，昝义成就追了上来。他像变戏法似的从他的裤兜里掏出我的那根"腰带"，塞到我手里，说：

"山里风头硬，咬肉呢，你把腰里缠紧些！"

"怎么？你没把它烧掉？"我心里好温暖。

"一根麻绳就真能当柴烧？引个火，有我的那根就足够了。"他很平静，"我总觉得我俩的'腰带'不能全烧了，留下来一根为好。当然是留你的了，你是驾驶员，又是连里的秀才，同样的东西一落到你们这些人身上就金贵了！"

说毕，他又蹲下扇火去了。

我把那根麻绳紧紧地勒在腰里，又朝山中走去了。

到哪儿？我不知道。

我的想法很简单，待在这里，如果真的遇到更大的雪灾只能有车毁人亡这一种结果。走出去，说不定还会碰上救命的"活菩萨"。我沿着一条山沟漫无目的地走着，天气特冷，揭屁股风吹得我往前迈步都很困难，冷冷的风雪填满我心口。索性侧着身走吧！我心里有一种莫名其妙的企盼：藏村，夜行人，水，甚至一束微弱的灯火……它们当中的任何一种出现在我面前，都会成为救命船。

我和这个死亡的夜晚在心灵深处对峙着。

忽然，我意外地看到雪坡上袒露着一个洞，在遍地的白色中显得十分惹眼。只是夜色朦胧中我无法辨认洞的形状和它曾经的用途。管它呢，我急不可待地钻了进去。洞内地盘不大，地上无雪，潮潮的，有几块不知是石头还是冻土的什物裸露着。有一种说不上来是烂草还是臭肉或粪便的气味扑鼻而来。但是，令人满意的是洞里很暖和，湿漉漉地暖和，给人的感觉好像进了洗澡堂。

但是，我心里有疑团：这雪洞是怎么回事？满天飞雪，遍地寒冰，只有此处雪化冰消！

暴风雪拧绳绳似的怪叫着从洞顶掠过，它分明要把雪山抬走方休。我真不敢相信刚才我是怎么从雪海里挣扎出来的，而且居然找到了这么一个温暖的落脚地。我确实有一种脱离虎口的感觉。

洞外，依旧风狂雪疾。我断定，今晚青藏高原上又会有人在跋涉中挣扎，在拼命逃脱死亡！

刚进洞时因为新鲜感到身上升腾的暖意被不断变冷的寒风吹得越来越薄了。但是，那湿湿的、潮乎乎的热气始终伴随着我。苍天把所有的白雪都埋进这漫漫的长夜。

这时，我想起了咎义成……

他还在猫着屁股一把鼻涕一把泪地扇着火。

他无论如何不相信我的话，说："你是碰上了鬼，还是遇到了仙？"

我向他解释："你可以不相信我的奇遇，那个暖屋却是实实在在地存在，它可以使我们今晚逃离死亡。"

他还是坚决不信，说："你最好再遇到一个向你求爱的白蛇精，我们就把那间所谓暖屋给你做洞房，娶媳妇。"

我打断他的话，说："我不会骗你的，一切都是真的。现在你就到那儿去暖和暖和身子，那是回一趟家的感觉呀！"

昝义成虽然将信将疑，但还是去了。在这个能把人浑身骨头冻裂的寒夜，谁会拒绝"家"的诱惑呢？

我接着扇火。那两张报纸已经烂得掉渣了，我干脆脱下帽子扇起来。

还是不见火苗喷出。偶尔在皮帽的扇动下出现的一星半点火花，对我也是莫大的安慰。它烫着这冷寂的夜空，也热了我的心。我不停地扇着，扇着。扇短了漫漫的长夜，扇疾了高原的寒风。

狂风一鞭一鞭抽痛了大山的脊梁。

昝义成忽然上气不接下气地跑来，惊呼："班长，我遇上鬼了！"

我忙停止了扇动的帽子，问他："你把话说清楚点，到底发生了什么事？"

他仍然话不成句地说："那洞里 …… 里 …… 不断地有 …… 有什么在 …… 在叫，不，好像 …… 像是在唱 …… 唱，怪 …… 怪吓人的！"

我无法反驳他。刚才我只顾暖身子，根本无心去听去看别的什么。

我只好把"扇子"交给了昝义成，又向那条山沟走去 ……

雪洞里还是那么湿漉漉地暖和。起初，我还是什么也没听见，只感到里面很静、很潮、很闷。静得有点瘆人，潮得胸部发憋，闷得像要爆炸。我支棱起耳朵倾听，果然有一种声音轻微地、慢悠悠地传来——

叮叮，咚咚，哗哗……

琴声？笛声？水声？似乎都像，又不全像。

沉思在朦胧中的我不由自主地挪了挪地方，往雪洞里面走了走。地面越是潮湿了，那声音越是近了，也清晰了。我用手一摸，水！热乎乎的，还有些烫手呢！

许久的等待，就这样开始在我手指上弥漫。我惊呼，大叫一声：

"温泉！"

高原的路好遥远，我走了好久好久，才走到了冬的尽头。

直到此刻，我才明白，我今晚栖身的这个地方是雪山温泉在四季不化的积雪层里用热气烘出来的一个天然雪洞。难怪我来到洞里像进了洗澡堂。我扒掉皮大衣，不顾一切地向温泉扑去。它在冰层的深处，它在雪山的肚子里。弥漫着热流，扩散着幸福。

美丽的雪山温泉，你藏得好深；因为藏得深，你才包容着一个诱人的世界！

我敢肯定地说，当这温热的涛声流进我耳畔的时候，我的情绪达到一种语言及词汇无法抵达的境界。

高原的美丽贮存在冰层的中心！

结着薄冰的缕缕热气，抚摸着唐古拉山的黎明。

清晨，我们来到温泉边。

这是个万里无云的朗朗晴天。雪山披着一身圣洁恢复了风平浪静，皑皑雪峰托着一轮滚烫的红日，满山遍野镀上了赤金。不见藏村，不闻歌声，唯有温泉升起的热气在清冷的雪山上懒洋洋地盘绕着。热气飘着飘着，又被寒风拧成一束……

就在这时候，我们发现了一具尸首，男性，往大处想也就是二十岁出头。他裹着一身的皮货：皮大衣、栽绒帽、翻毛皮鞋，身体僵硬，但依然保持着挣扎的姿势。他的全身冻结着一层厚厚的冰雪、泥浆，根本无法看清原来的颜色。他的两只手里攥着什么东西，我们好不容易才掰开他的手，看到：左手握着半拉窝窝头，右手握着一团纸。我们把那纸团展开，上面用血写着一行歪歪扭扭、血迹时断时续的字：我是一个兵。

我仿佛有所悟，拿起他的右手一看，食指断掉一截，黑乎乎的血痂模糊了截断面。

我能想象得出，这是一个在暴风雪中搏斗求生而败下阵的战士。我推断：三日前，也许更早的时候，当他被风雪围困在山上后，断路、断粮、断水，他四处奔波寻找生路。他不知道在什么地方在什么时候能有人救他一命，但是，他希望自己能得到拯救。

当他最后的企盼成为泡影的时候，他用尽了一生的力气作了最后的一次呐喊。我永久地记着他死后留下的那个挣扎的姿势：身体向前扑去，双手呈刨挖状，一条腿前踩，另一条腿后蹬……

我敬佩他，也为他遗憾。他肯定在雪山上转了很久很久，只差一步就可以走出死亡了，他却没有坚持走完这一步。当时只要鼓起勇气往前蹭几步，扑进温泉的怀抱，他就不会倒下去。曙光向他招手的时候，他长眠在了黑夜中。

一步路，很短，又很长。短到抬脚即过，举手之劳；长到万里之遥，有人一辈子也跨不过去。

一步路啊……

我对昝义成说："他是我们不相识的战友，现在我们是唯一的可以管他的人。"

昝义成说："是呀，应该管。可是怎么管呢？我们也没有走出死亡线呀！"

我说："挖个坑埋了他吧！"

他无可奈何地点了点头。

挖坑？地冻得跟石头差不多，一没锹、二没镐。无奈，我们用手刨了些雪给他盖上，然后脱帽，三鞠躬。

同志，慢慢走吧！会有人来看你的。

唐古拉山口。我们的抛锚车依然如落了帆的船，瘫痪着。

太阳很红，阳光刺眼。到过雪山的人都懂得这样一个常识：这里的太阳看上去火热，其实少有暖意，它落到人身上像冰条一样寒心。我曾经这样咒过这发光不发热的冰太阳：早点落到山窝里去吧，你是雪山的严寒之根。

毕竟白天总是好对付的。

这时候，因了远山一缕白丝绸般的山岚的出现，我的创作欲望突然空前地强烈起来。当然，我不可能预测到正是这缕山岚后来引发了那么一串奇特而真切的动人故事。

那会儿我正烦躁地坐在驾驶室里干什么都觉得不是的时候，眼前始料不及地飘来了那缕云雾，自然是通过驾驶室风挡玻璃映进来的。雪后的高原格外空旷，静远。山体清晰，空气纯洁，世间所有的杂质、污秽都被昨晚那场雪滤去了。这时我最亲切而深刻的感觉是，我把世界看得很清楚。那云雾是从雪山的右侧一个什么地方猛乍乍地飘甩而出，其色先是惨白惨白，后来像有人滴进了一瓶蓝墨水，又渐渐地变得淡蓝淡蓝。起初它只是一条柔柔细细的带子，转瞬，随一阵风摇身一变，就飘成了一道又宽且长的带子，它缠绕了山腰，臃肿了宇宙。山岚和雪山的颜色都是白色，但是两者的白色各有所异，所以雪山把山岚映衬得很显眼，山岚又把雪山照耀得更洁白。

山根下，有一只雪狐拼命地追逐自己的尾巴。

遥望那缕山岚，我陷入了对美好生活无限向往的泥沼：

帐圈里飘来的炊烟？

真有仙女将哈达抛至人间？

……

有意思的是，那山岚对我表现了少有的亲近——起码我的感觉如此。我始终觉得它一直在朝我走来，逐渐地把我渺茫的希望变为现实。我真的不相信那是一种自然现象或梦幻。那里会有人，会有为我们这辆孤零零的抛锚车做伴的人。

我从雪山凹陷的地方望到了更远处，阳光云雾所致使远山呈现出虚幻的抛物线。我又看到了那只雪狐，它背着刚刚出山的日头从雪峰中间匆匆跑过，霞光在它身体的轮廓上幻出一圈如红绒线般的光晕，美丽极了！

我兴致勃勃地对昝义成说，快来，欣赏雪山的风光，耐看着呢！

他正坐在一旁打盹，像冬眠未醒的懒虫。

"既然耐看你就往够看吧！"他扔过来一块坚冰似的话。

我实在不愿叫他把我好不容易酝酿起来的情绪泡汤，便说：

"你给咱看着车底下的火，别让它灭了。"

我脱下皮大衣，扔给他。

他问：你要干什么？

"那圆木已经快'革命'到头了，到时你把这大衣续上火。总之，不能断火。"

他说："十件大衣也经不住烧。"

他下了车。

这回该我问他了："你要干什么？"

我在心里为他祈祷，希望他像昨晚扛回圆木那样再给我一个惊喜。

山岚仍然挂在远山的腰间，这种奇景妙色给我的创作必然送来新鲜的活力。

我翻阅了驾驶室的角角落落，也未见到一张可以写下一行字的纸。最后只得打开油料卡夹子，从中抽出一张没用过的表格，开始了我的一生中这次独特的创作。那时候我憋破脑袋也不会想到我在山岚的应召下写的这篇后来发表在1959年第12期《解放军战士》上题为《风雪中的火光》的散文，会引起那么一场不算小的反响。

我写下了第一行字：

唐古拉山的这个夜晚比我经过的所有的夜晚都要漫长，都要难熬。我觉得我的骨头都冻得嘎巴作响……

那浸骨咬肉的冷，可以说是我这大半生都没有遇到过的。当时我真的是这么想的：用一个什么东西把夜幕砸碎，捣掉，让太阳照在雪山上。这当然是傻想了。但是我相信任何一个走投无路的人都会像我这么傻想。

我继续写下去。笔尖蘸着忧患，写我们在雪山的困境：

我在山里转了一圈，两手空空而归；助手也出去了一趟，自然不会有比我更好的结局。他深扎着脑袋，不说一句话，好像我欠了他五百大洋……

我不会忘记那一刻我和昝义成的颓丧。我无处发泄，便把他批评了一通。有什么办法呢？我只能拿他当出气筒。我说你是助手，你想想你助了我什么？现在我最需要的是怎样才能熬过这一夜的办法，我真有点讨厌你那吊得两尺长的驴脸。

他一直没有吭声。我知道他的心里一定很冤，因为我的那些批评实在没有任何道理。

……

我正写着，忽然听到驾驶室外有什么响动。原来昝义成又扛了一根圆木回来。今日神了，圆木这么钟情他！只见他按照我们昨晚的程序，将圆木挤压，变软变酥。之后，他望着我。

我知道，他需要"油捻"。

我没有丝毫的犹豫，将坐垫上我的皮大衣扔给他，他接着了，用感激的目光看着我，便把大衣上的布面、毛绒撕成了碎条……

我不知道为什么我没有把我的"腰带"贡献出来。

汽车下的火又点燃了起来。

我写得正酣。大半页纸爬满了密密麻麻如蚁的字迹。我写到了冰天雪地里那一池温泉水。她是暴风雪微笑成的一滴热泪。

我和咎义成能活到今天，从严格意义上讲是那池水给了我当时和后来在青藏线上可以驰骋不息的生命因子。我多次说过，雪山环抱的那泓温泉是母亲的怀抱。

这时，一股暖暖的气流在我的周围荡漾。毫无疑问，车下的火在扑着我的身子，但是，我感到又不全是这样。停笔，我抬头又看见了那缕山岚，它和我的距离似乎比刚才近了，也更清晰了。我伸出手去，只觉一股暖烘烘的气息从指间涌至心间。

神奇的山岚？

我自然而然地把给我温暖的功劳归功于它了。尽管我并不相信山岚真的会有这种神功，还仍然要这么认为。人的心理作用就是这么偏执。

接下来发生的事情就更是无奇不有了。

我已经弄不清楚是在什么时候、在什么情况下，我又听到了在雪洞里听到的那个声音。与上回不同的是，这次我不但听到了声音，而且还看见了，它是卷着那缕山岚从我的笔端流出来的。我眼睁睁地看着它流出来就变成了一个个端端正正的铅字。

地平线并不是天空的边缘。

渐渐地，那声音变成了歌声，越来越清亮——

儿当兵当到多高多高的地方
儿的手能摸到娘看见的月亮
娘知道这里不是杀敌的战场
儿却说这里是献身报国的地方
儿当兵当到多远多远的地方
儿的眼望不到娘炕头的灯光
儿知道娘在三月花中把儿望
娘可知儿在六月雪里把娘想

我必须郑重其事地声明，这支题为《西部好儿郎》的歌曲，是我在唐古拉山的这次遭遇后二十多年才在青藏高原军营里传唱开来的，那才叫真正的流传，几乎人人都能唱，而且唱得十分动情。可是，在这支歌还没有诞生的时候，我的耳朵竟有如此惊人的超前功能，提前二十多年听到了它？

但是，这不是错位。而是今天我在回忆那段往事时不由自主地把它融进了这支歌里。因为当时确确实实有"娘在三月花中把儿望"的真情与细节。

我指的是我的娘，还有一位藏族阿妈。

母亲穿了大半辈子的襟袄像草原一样深沉、宽广……

1959 年，我刚满二十岁。娘说，你长到五十岁也是娘的娃娃。

我和昝义成，还有我们的汽车，十天后伤痕累累地回到了驻地格尔木。

不久，我们连队又一次从西藏边防执勤回到格尔木。我把铺盖卷刚一摞在宿舍的通铺上，战友们就围上来七嘴八舌地说着同一件事："你小子真有能耐，中央人民广播电台播你的稿子了，大喇叭亮着嗓门拼命地吼叫，全团谁没听到！听说昨天下午王团长在干部会上还打听你王宗仁是哪个连队的。团长说我们汽车团了不起呀，藏龙卧虎！"

我却没有听到那次广播，至今想起来都遗憾万分。

送走祝贺的战友，我转身回到床前，看到班里的公用桌上放着一封信，我的家信。我拆开一看，天啦，家乡的父老乡亲们也听到了广播，信是母亲托六哥写的，满纸的担心和忧愁。信上问我，听说那个地方天冷得把石头都冻裂了口子，你把身上的衣服点着火烤了车，还不冻坏了！你的手冻了吗？脚冻了吗？还有脸冻了吗？最后母亲在信上说，她已经给我寄来了一件棉袄……

我看着信，眼眶里涌满了泪水。

实话说，在冰天雪地里挨冻受饿两天两夜，最冷的时候我身上的肉像刀割般难受。但是，我始终没掉一滴泪。当然，我一再告诉自己，冻死也不能哭，战士的眼泪不能轻易地流出来。然而，此刻捧着这封远方来信，听着母亲儿女情长的絮叨，我哭了，泪水涌泉般溢出。

星儿密语，月儿含蓄。世界上最好闻的气味是母亲的呼吸，母亲是白雪覆盖的种子，是冰层里燃起的炭火。母亲的手掌是一片最阔大最温暖的天地，孩子走到哪里都属于母亲的生命。

我还有另外一位娘，藏族阿妈。

我永生永世不会忘记那山岚。

当时、现在和将来，我都会毫不含糊地说，我的那篇散文《风雪中的火光》是蘸着山岚写成的。散文本身也许在我的文学生涯中不会有多么了不起的位置，但是创作它时遇到的那琢磨不透的山岚使我迷茫了几十年。

那天下山前，昝义成对我说："把它留在山上吧！"

他是说我的"腰带"。我俩想到了一起，但是我不知道山中哪儿该是留它的地方。

这时，我发现路边嘛呢堆上撑着几杆随风飘曳的红、黄、白、绿、蓝经幡，在蓝天雪山下显得神圣而肃穆。我轻手轻脚地走到了嘛呢堆前，看到几架牛头羊头的骨骸穿插在乱石堆里，不少石面上刻着六字真言和各种佛像，几串冰凌从骨隙眼凹中伸出。我踩着骨架攀上，将我的"腰带"系在经幡杆上。

山风轻吹，经幡猎猎，超然于尘世的诵经声随风飘拂。我能辨出，那合唱中有属于我的祝愿。

昝义成笑着对我说："你也成幡了！"

我说："我可不会给朝山者带来什么吉祥。我只是想让更多的过山人知道，汽车兵曾经有过一种企望。"

"什么企望？"昝义成追问。

我不知道如何作答……

要下山了。

汽车启动的一瞬间，我回头留恋地看了看那"腰带"。我突然发现山岚出现在嘛呢堆之上，与那经幡缠绕在一起。经幡下盘腿端坐着一位脸庞如根雕般的转经老阿妈。

奇怪，刚才我为什么没看到她？

我心里绍了个疙瘩。

汽车行至山腰，我再回头看时，转经阿妈不见了。唯山岚仍飘在嘛呢堆上。

我不知道岁月何时才能毁掉我与山岚之间那玄妙的距离……

90年代初。我来到唐古拉山深入生活，肯定地说，这是我超过百次地登上这座闻名于世的大山了。上山的次数多了，自然对山对自己的认识也就达到了一个新的高度。

上了一百次山，山才说了话。

那天，闲暇无事，我进山行至当年那个温泉处，遇一藏家老猎人，正赤膊精腿地撩泼泉水洗澡。我来，他竟也没有任何羞诧之意。我便站一旁，细观。

泉，自然还是二十多年前那泉，清澈而温热，暖人心脾。所不同的是雪洞没了，给人的感觉泉仿佛移了位。泉边明显地残留着半圈帐房的遗址，锈着灰烬的地灶，结着酥油硬疤的土墩，还有帐篷的碎片……我只知道这里曾经发生过的一些事情，却并不知道这里曾经发生过的全部事情。疑惑挂满我的眉宇。

老猎人出水，穿衣。他主动跟我搭话：

"这里是一个藏家老嫂的家。"

他的目光久久地射在那遗址上。

我问："你叫她老嫂，我当然要叫她老阿妈了。老人现在住哪里？"

"已经走了十多年了，九十九岁走的。你看，那不是她吗？"

我顺着老猎人手指的方向望去，山包上有两座墓堆。还没容我说话，老猎人就说：

"右边那坟里埋的就是老嫂，左边睡着一个军人。"

军人？我惊讶地问了一声。

他久久不言语，却不沉思，只是望着我，一双鹰样的目光。

我等着他。

果然，他笑口开言："我讲一个故事给你听。"

于是，我便有了今天创作这篇散文的立意和题目："雪山无雪！"

那个午后（老猎人实在记不得是哪年哪月的午后。不过，我根据他讲的事情分析，很可能是我和咎义成那一年在唐古拉山抛锚的前两三天的事），德吉达娃阿妈从寺庙里朝拜回来走过公路时，确实遇到过一个兵，那个兵没有带枪却背着沉甸甸的什么东西。直觉使她知道那个兵不是正常情况下在雪山上赶路。当时雪花漫天飞扬，眼前仿佛罩上了一层麻纱，几米外的事物就模糊一片了。那兵走得十分吃力，动一步都像拖着一座山。他走着走着突然趴下了，似乎还惨叫了一声……德吉达娃阿妈吃惊地站住，看着。那个兵趴下后并没有躺着不动，而是一点一点地朝前移动。阿妈明白了，兵的体力已经消耗得差不多了，才不得不爬行。她远远地看了一会儿，又走她的路了。

老人弯成了一把老镰刀，收割着仅仅剩下的那点白昼。天很快就黑了。她回到了山脚下自己那顶被牛粪火熏得像铁皮一样用牦牛绳编织的帐篷。

大雪掩埋了山中的喇嘛庙，掩埋了山下德吉达娃的帐篷。一切声色都消失了，这个世界在这一刻死一样空寂。

我们没有理由责怪阿妈的粗心或者狠心。一个藏家在佛的独身老人，近八十岁了，祖祖辈辈守着半栏羊窝在山沟里，从来不知道外面的世界是什么色彩。但是，德吉达娃老人一辈子都忠诚于佛祖，是个虔诚的信徒，善良是她的本分。这诸种因素便是德吉达娃离开那个兵回到帐篷后产生悔恨心绪又无可奈何的原因。

雪花悄声悄气地咬薄了夜幕。

那个兵爬行的姿势一直在阿妈眼前浮动，使她的心无法平静下来。

这个夜晚他会怎么过去呢？从进帐篷那刻起，她想的就是这一件事。冰天雪地，一个看来身力已经耗得所剩无几的人，如何熬得过这个连壮汉子也难以对付的长夜！

她从静坐中站起来，却不知道该干些什么。晚饭她无心去做，肚子压根儿就不觉饥，瞌睡也远离她而去，睡觉仿佛成了一种负担。帐篷里那点儿小小的空间，平时多放一碗酥油茶她都嫌碍手碍脚的，此刻她却觉得整个唐古拉山都装进来了。她分明看见那个兵正在艰难地一步一挪地跋涉在雪海里，一阵狂风卷来，积雪扬起，他被埋了进去。又旋来一股雪浪，把他从地上掀到空中……

"天啦！"德吉达娃立即紧闭双眼，双手合十，为兵祈祷。"唵嘛呢叭咪吽！"

她熟背六字真言的声音压倒了风雪的怒吼。

老阿妈自然没有胆量和胸怀迈出帐篷到雪野去追找那个兵，但是她确实有过这样一个想法：我不能眼看着他的生命今晚就这样从雪山上消失。那是一个有灵魂的生命啊！

打开帐篷门，让雪山向我靠近。夜里十点来钟，老阿妈在帐篷前的石板上点燃一堆牛粪火。那个冬天她的取暖牛粪饼贮存得并不多，但她仍然把牛粪火烧得旺旺的。佛祖告诉每一个信徒，你如果把满腔的热能都掏出来给予饥寒交迫的善良人，这样你的心里也会暖和起来。

德吉达娃确信不移地认定，这堆远山的牛粪火会把热量传送到那兵的身上去。

那夜，老人几次起来添火。

牛粪火整整燃了三天三夜……

老猎人不再说下去了。

他望着我。他一定觉得我的脸上写满了另一个故事。

我无论如何不会不想起那个多雪的冬天发生的故事，便对老猎人说：

"那个兵是否感觉到了阿妈点燃牛粪火的真情，我无法知道。但是，却有另外一个兵从身体到内心都接受了阿妈传来的温暖。你想知道这个兵是谁吗？"

老猎人对我的话并没有表现出十分的惊奇，甚至可以说很漠然，他说：

"我一点也不认为你捡了个便宜，善良的德吉达娃老人点牛粪火是为了每个在寒夜里挨冻的人得到温暖。"

我不厌其烦地给老猎人讲了当年我抛锚山中时看到的那缕山岚，以及山岚孕育出来的那篇散文。

他一声长叹染苦了两颗心，说：那个兵最后还是倒在了雪山上……

雪峰上，一座墓茔：

一个兵的永远的归宿地。

墓包是几个过山人用冰块雪团堆砌起来的"水晶坟"——不必担心它会融化，四季落雪的唐古拉山根本没有解冻的日子。

墓茔白得使人忧伤，这里是青藏高原最寂寞的中心。

没有人记得有一个兵在此走完了他一生的路程。

德吉达娃阿妈的额头又添了几道树纹似的褶皱。不能说她的苍老与那座兵坟有关，她不会对任何人讲起那个午后自己在山道上遇到过一个兵的事，更何况她已经用她的良心呼唤过那个迷路人了。老阿妈整整八十五岁了！

平静的心也会有浪翻云滚的时候，老阿妈的良心受到极度自责是五年后一队头上戴着闪闪红星的军人做了她的邻居以后。那些年轻的兵们是一伙能把小房子似的载重卡车开上满世界跑的人，他们去班戈湖运硼砂，执勤之余把德吉达娃阿妈家里的活儿包括挑水、贴牛粪饼、赶羊归圈等全包了。最使人开心而幸福的是这些娃娃兵们特地从兰州给阿妈买了一身深蓝色织贡呢棉袄棉裤，那天阿妈穿上这崭新且时髦的衣裳后，整座雪山都明亮了许多。

一日，阿妈在和兵们闲聊时，得知好多年前他们的一位战友因跑单车在雪山迷了路而走失。她双目直愣愣地望着兵们，腿一软，瘫倒在地……

她把兵们领到雪峰上，在那座坟茔前站住，把一条雪白的哈达献给长眠的兵。之后，她痛心万分地说：

"把你们当中四个人的年龄摞起来，也许还不及我的岁数大。但是，阿妈是个糊涂人。现在我才明白了，头上戴着红五星的金珠玛米是藏家的菩萨兵。睡在这里的那个兵也是和你们站在一起的人，当年，如果阿妈我有走出帐篷几步路的勇气，也许能救了他……"

年迈人感情太脆弱，说着竟失声痛哭起来……

不久，解放军小分队调离雪山。

德吉达娃阿妈把家搬到了温泉边，用牦牛绳编织的那顶像铁皮一样的帐篷撑在温泉边的一个塄坎上。

很可能就是当年那个兵穿过青藏公路的地方，竖起了一块木牌，上面写着藏、汉两种文字："温泉茶水站。"木牌上的箭头直指山中。

阿妈整天忙碌着，地灶上的铜壶里日夜沸着酥油茶。她年纪确实很老了，走路的步子很慢，动作也迟缓，她极少说话，总是默默地干着活，路人都以为她是个哑巴，唯邻居们知道，她要说的话全在路口那木牌上写着了。

很快，"温泉小站"的美名就在青藏公路上传开了。人们都说，唐古拉山中有一个心肠最善最善的老阿妈，喝一口老人的酥油茶翻越雪山像长了翅膀一样轻捷，不过，到茶水站歇脚的人并不很多，大家都不忍心麻烦年迈的老人。倒是那些汽车兵们隔三岔五地总要去阿妈家一趟，自然他们会喝上烫心的酥油茶。当然，喝茶不是主要目的，每次去后他们都要把所有的活儿搜腾着干完，就连山脚下那个厕所也要给老人收拾得干干净净。他们的勤快、热情感动得"哑巴阿妈"不得不说了话："我真拿你们没办法！"

时间就这么过着，一年，又一年……

德吉达娃九十九岁那年，她突然提出，要外出赎罪。别人问她："赎什么罪？"她答："每个人有什么罪，佛祖都知道，佛祖会惩罚一切有罪孽的人"；别人又问："去哪儿赎罪？"她说："拉萨大昭寺。"

她一把火烧了那顶帐篷，把铜壶擦拭得锃亮闪光，灌满泉水，放在泉边；旁边插着路口那块木牌……

一个晨曦染红雪山的清晨，阿妈踏上了去日光城的漫漫征途。她特地穿着兵们给她买的那身衣裳，外面罩一件藏袍。她三步一叩长头，两步一个朝拜，非常虔诚。

日出月落，雨停雪飘，日子被浓浓的香火一截截烧掉。阿妈的脸膛瘦了，双手磨出了死茧；她更苍老了！

泉边铜壶里的水始终无人舍得喝一口，那些风尘仆仆的过山人在壶旁一站，顿觉身轻心爽，饥渴劳累全无。奇怪的是，铜壶里的水总也不见少，冬来春去，都是满溢溢清澈澈。尤其是在晴天的晚上，整个夜空的星星仿佛都落到了壶里，美丽极了！

于是，青藏高原有了个新的传说：唐古拉山有了一眼神泉。

德吉达娃阿妈没有走到拉萨，她永远地倒在了冈底斯山的怀抱里……

温泉边的铜壶也不翼而飞……

雪峰上的那座兵坟旁，新添了一个坟包。

乡亲们根据德吉达娃老阿妈的遗嘱，把她安葬在这里，连那块木牌一起埋了进去。

九十九岁老人的坟堆没有那兵坟大。这也是阿妈在世时再三嘱咐过的事。

一个死者对另一个死者永远的忏悔和思念。没有墓志铭。那泓不竭的温泉是她一生最圆满的句号。

老猎人沉思着。

我蓦地想到往事一件，问他：

"你可知道，三十多年前这山口曾有个嘛呢堆？"

"风吹日晒，雪打雨泡，日子早把它荡平了！"

我怀念那根"腰带"，不知它化作了哪朵云，哪缕风？

我的思绪仍沉在回忆中。

"你说的那位德吉达娃阿妈，我想起来了，我见过她！"我说。

"见过？在哪里见过？"他问。

我给他讲了那年我看到坐在嘛呢堆上的那位老妇人。

老猎人笑了："那是牧人们在嘛呢堆上砌起的一个佛龛。"

"石像？好逼真呀！"我感叹。

稍停，老猎人又说："你看，在同一个地方，佛龛走了，雕像站起来了！"

他手指处，西部军人雕像冷峻地屹立着。

唐古拉山口。

一百余次翻过世界屋脊的我深情地凝视着雕像的各个部位。

一块庄严的巨石。

石头上的每个字是严肃的。

石头上隆起的每道接缝是严肃的。

石头上兵的脸庞是严肃的。

中国西部高原永远保持了冰冷的沉默。

我想起了诗人李瑛站在这里写下的诗句：

> 他高昂的头
> 使大西北的高度和重量
> 增加了三倍
> 世界，因他才变得
> 威严和崇高
> 简洁和深刻

历史把一切都放在应有的位置上。

我指着唐古拉山深处的五女峰对同行者说："长江就发源在那里的各拉丹冬。"

同行的一位朋友说："长江是中国最大的江，她像黄河一样也是母亲河。"

我仿佛又看见了那缕山岚。

可是，那顶牦牛绳帐篷和它的主人——九十九岁的德吉达娃阿妈已经化作了历史的回音壁。

世界屋脊跳动着永恒的、新的脉搏。

一队野驴在湍急的源头浪涡上踏下不凋的蹄瓣。

这时候，我最想说的一句话是：

我在唐古拉山抛过锚！

传说噶尔木 ①

  任何一个渴盼生存并企望生活过得美好、舒心的人，都不会把到繁华都市居住的机会拒之门外；恰恰相反，物资匮乏、气候恶劣、连吃氧气都定量供应的高原小城噶尔木，却让我如痴如醉地苦恋了几十年。

  噶尔木如一片黄叶，飘在昆仑山下冷冷的荒漠上。它给我留下了刻骨铭心的印象；那是一个让我恨之不起爱之不够的地方，恨与爱交织在一起，噶尔木便成了我人生风雪旅途上最初的一个驿站。

  说起我对噶尔木的情有独钟，总会想起一位朋友在那里写下的诗句：

---

① "噶尔木"三个字系蒙古语译音。1958 年我初到青藏高原时地图和报刊上都是这三个字，到了 20 世纪 70 年代初改成了"格尔木"。我仍然对这个"噶"字深怀感情，时常在作品中出现。本文是写我初到噶尔木遇到的一件难忘的事，便用"噶"寄托对那个逝去岁月的怀念。

高原的美丽属于缺氧

万物在严重缺氧的日子里

展示着苍凉宏大的妩媚……

用"缺氧"这两个可恶的字眼来透视高原的美丽，这绝对是独到发现。我敢肯定，只有被高山反应折腾得死去活来却又忠贞不渝地爱着这块高地的人，才会吐出如此有气派的诗句；也只有在缺氧地区踩踏过的人才能理解这位诗人的胸襟与感情。

所谓恨到极处便是爱。果真如此！

噶尔木的位置在柴达木盆地的南沿，南行40公里便是昆仑山，北走200余公里就到祁连山，与它毗邻的是察尔汗盐湖，是中国乃至在全世界上都算得上最大的盐湖了，其盐的储量在600亿吨以上，可供全世界人口食用两百多年。噶尔木这三个字系蒙古语，意为"河流密集的地方"。噶尔木河从小城的边沿缓缓淌过，它是由昆仑河与舒尔干河汇流而成的，河之源是昆仑山的雪，积雪封冻的季节正是小河亮肚皮的日子。昆仑山因为雪，白到一无所有。自然缺水是无疑了。但是，如果没有它的雪，就不会有山下的河了。在我的印象里，噶尔木并没有因了这条雪水河而变得湿润、温柔起来，它的干燥、苦涩贯串春夏秋冬四季。

一场罕见的大雪偏偏叫我遇上。我讲的故事就与那场雪有关……

噶尔木的那个朝着大雪、一切都被雪雾笼罩着的早晨，对十八岁的我来说，是这辈子都无法忘记的触目惊心的时刻。我是第一次眼睁睁地看着一个如花的生命在无可奈何地挣扎了一阵子后枯萎而去。"我再也不看人是怎样把最后一口气咽下去的了！"三十多年后的我仍然心有余悸地这样感叹那个早晨那件事对我情感的恶性刺激。

我记忆的银幕上清清楚楚地显示着：那是春节放假的第三天，正月初三，满世界都旋转着雪花。飞雪使昆仑山失去顶点，使噶尔木河断了喘息。我晨练散步来到噶尔木转盘路口。雪雾混沌，寒风哭号，路口的所有景物都被雪抹平了、掩埋了。只有一块路牌滴雪不沾地裸露于皑皑雪原，上面标明："西至茫崖三百五十八公里，东至西宁八百零六公里，北至敦煌、安西六百六十公里，南至拉萨一千二百三十七公里。"每次一到这个转盘路口，我就觉得自己的目光一下子投向了祖国的四面八方，有一种从谷底跃上峰巅的感觉。可是，那天早晨，我在噶尔木转盘路口除了看到弥漫的风雪，还是弥漫的风雪。四方的路上断了行车，路牌寂寞而冰冷地面我而立。我断定，鸟儿在黎明前已飞去，野狼还赖在窝里。我正要走开时，突然看到从路边的一顶帐篷里闪出来一个人影，疯了似的朝盐湖方向跑去。接着就听见帐篷里杂乱无章的吵声，我便走了进去。就这样，我看到了那个生命在最后挣扎时的凄惨情景。

　　死者是个年轻的女军人，往大处想也就是二十岁刚出头。看不出她是战士还是军官，也无法辨认她服役于哪个部队。当然，事后我得到了有关她的情况的只言片语。她是随一支去边防某地执勤小分队进藏行至唐古拉山下的雁石坪时，实在难以忍受高山反应的猛烈折磨，只好留在那里了。部队临走前把她交给一位藏族老阿爸照料。当天，女军人的病情就急剧加重，老阿爸慌手慌脚不知如何处理，他只得背着女军人站在公路中央拦了一辆车，将她送到噶尔木。当时噶尔木还没有一家成形的医院，她被老阿爸和几个路人抬到转盘路口的一顶军用帐篷里，由兵站的一个卫生员给她做最后的抢救治疗……我在散步时碰巧遇上了她。直到今天我在写她时还没有足够的勇气回忆当时我看到的她的那张脸。那是一张犹如我们常见的紫菜一样的脸膛。她的嘴唇像一片干渴的沙漠，唇边裂了许多血色细缝，却无血流出来。她已经没有多少力气说话了，只是每隔一会儿用近乎哀求的、微弱的声音喊道："我的头要爆炸了，救救我吧！"涉世尚浅的我当时并不理解她的话，心想，怎么会有人炸她的脑壳呢！在以后我生活于高原穷山恶水间的漫长日子里，当高山反应袭击到我身上时，我才真的体会到了"爆炸"的滋味。那种剧痛使你的一切信念在顷刻间泯灭，脑海里就留下了一个字：死！死比什么都幸福。死可以摆脱一切痛苦。

女军人始终喊着那句话，声音一阵比一阵微弱，直至最后停止了呼吸，嘴仍在微微地张着。我读出了那已经凝固在唇上的声音：救救我吧！

她走了！从昆仑山下的噶尔木路口起步踏上了她远行的路。那一刻，她衣领上的领章格外艳红、耀眼！

我已经完全没有散步的雅兴了，正要转身回军营时，听到一个司机模样穿戴的人说了一句话："哪怕有一口氧气，也许会救下她的命！"这是我第一次听说因为缺氧使一个人被置于了死地，实在可怕。我在原地站了许久，思忖着今后该怎样在这个地方生活。

高原空气里的含氧量只有内地的一半。缺氧时刻威胁着人们的生命。

这就是我初到噶尔木所见的一件事，算不上辉煌，却很悲壮。噶尔木就这样用一个独特的见面礼把它那本来就非同寻常的风韵烙入了我的脑际。

我相信，那一刻女军人家乡山坡上的映山红含满了泪珠；其实，我并不知道女军人的姓名，更不晓得她的家乡在哪里，但是，我相信她家村前或村后会有一片映山红。

现在回想起来，我对了解女军人的死留下了许多的遗憾。最不该出现的憾事是我没有打听她的遗体是如何处理的。当时，她的部队没有人在噶尔木，她的亲人也不可能在身边，噶尔木没有她一个熟人、战友，她是孤身一人踏上了远行之路的。她将走向哪里？不知道……

我的粗疏，或者说我的幼稚，在我的高原生活中留下了很大的空白。有空白才能产生想象，才有驰骋的空间。这使这个故事后来一次又一次地延续了下去。

那年正月里的那场雪不歇气地下了半个多月。整个青藏高原都被白雪覆盖了。

没有一条路是通的。

雪停了的那天早晨，我又外出晨练，散步。我仍然从噶尔木转盘路口起步，向郊外走去。

无边无际的雪原很亮，很空，深远而寂静。我走出去不久，就不辨东南西北了。但是，我知道我的脚下就是察尔汗盐湖。我也知道我不会迷路，留在雪地上那一行歪歪扭扭的脚印的顶头，就是我们的营房。

我可以断言，在这个偌大的雪原上只有我一个人在这个寂静的早晨踏雪而行。我不知道我会到什么地方去，但是我坚持朝前走着。低着头，闭着眼睛，我也不会走出昆仑山的怀抱。踏雪散步绝对是一件非常惬意的事情，我觉得自己腹腔内的器官被整个地掏空了，纯白而圣洁的雪将我的胸脯与雪原十分妥帖地交融在一起，整个雪原犹如一片白衣襟似的挂在我胸前，潇洒、爽心！我的脚步由开始的急促赶路逐渐变成了缓慢地欣赏雪景。我专心致志地倾听着那绵长、清脆的踏雪声，分明是从我的脚下发出的，我却感到它来自遥远的天畔。这种听觉上的错觉，使我的踏雪声荡满了整个宇宙。我的心随着这独特且美妙的声音荡悠，一会儿升空一会儿落地，一会儿飘到很远的地方一会儿又牵回脚下。我真的被我自己陶醉了！

不知走了多久，在我的"白衣襟"里突然出现了几个黑点？黑影？极小，极小。最初，我还以为是有人也像我一样踏雪寻乐——

在那样一个广袤而坦荡的雪原上，人影与小黑点确实是难以分辨的——后来，我顿脚细瞧，才看清原来是一片一片的脚印。其实，说成足迹更确切，因为那只不过是留在地上的一个个圆坑，弄不清是人或别的什么动物踩踏出来的。不可思议的是，它为什么猛乍乍的好像从天而降地出现在雪原上？当然，我不排除这种可能：那踏雪者留在前面的足迹被狂风暴雪扫平了，后来雪停风止，其继续行走，足迹便留住了。

总之，这足迹奇特、好玄妙，我无法弄清它的来龙去脉。索性不管那么多了，权当它是我散步路上遇到的一道风景。

这时候，茫茫雪原更空寂、阔远，连刚才极目可望的昆仑山的皑皑雪峰也与雪原融为一体，消失得无影无踪了。只有那一行足迹显露在我面前，一直延伸到望不到边际的雪平线上。我散步的悠闲全无，心被一个愿望牵着。

什么愿望？

我莫名其妙地相信这行足迹的顶端会有一个什么故事。

诱惑也是一种力量。我迈着快捷的步子走着，像彩云追月，追的是投入到记忆中的一道影子。不久，额头就冒汗了，身上也黏糊糊地渗出了一层汗泥，我把皮帽掀掉，拿在手中，这样走起路来轻松了许多。这会儿，如果旁边有人看到我，一定会发现我的头上像刚揭锅的蒸笼冒着热气。我走得酣畅、开心。

时间被我有节奏的踏雪声踩碎，又被悠悠多情的晨风衔接在一起。约莫一个小时过去了，我回头一看，火球似的太阳从身后的东边天畔已经升起了一竿高。阳光的碎片给雪山镀上了一层美丽的金粉，昆仑山罩上了一件橘红色的彩衣，原先那洁白的雪也变成了似金似银的颜色。我真无法用文字形容出那一刻我是在多么壮丽、温暖的氛围里行走，只想骄傲地告诉我的读者：昆仑山的美丽超过我所见过的每一座名山。

美丽的时刻总是不会持久的。在我行走了不到千米的时候，随着太阳的逐渐升高，大地的彩衣流星般消失。雪原又恢复了一望无际的白亮、辽远。一切都变得如前一样的单调、寂寞。

我听见了阳光碰在雪地上的声音，微弱、细碎，如蜜蜂在花蕊上忙碌时一般。

这之后，我走了最多不到半里地，遇到的一件事就成了我这一生也很难解开的一个谜。一直被我追随的那行足迹突然断线了，是在一水池前消失的。

我茫然地止步在水池前。我确实觉得这水里储存着复杂的故事，说不上是风雨、暴雪还是涛声，也弄不清是雪原的故事、冰川的故事还是战友的故事。我一时手足无措，思绪恍惚。在我的脑子稍有清醒后，才仔细地打量起了这池仿佛从天而降的水——

水池如澡盆般大，周围是参差不齐的冰碴儿、冻雪，水面上浮游着许多大小不一的冰块。给人的感觉水池下似乎深埋着什么活物，鱼？水贼？抑或别的什么？我站在原地静静地观察了五六分钟，才猛地发现它并不是水池，而是从冰河上砸开的一个冰窟窿，河下未冻冰的水便从这窟窿里冒了上来。从冰碴上可以推知，河冰相当厚，一寸到两寸。能想象得出砸冰人费了相当大的力气。

昆仑山很大，噶尔木河太小。我有预感，冰窟窿里翻卷着的冰块绝不是笑，也不会是歌。我满脑子的疑团。

是谁砸开的冰洞？雪原上那行足迹来自何处？足迹与冰洞之间有什么必然的联系？

大西北荒漠上的每一块坚硬的戈壁石也许很温暖，却是读不懂的故事！

一只苍鹰飞过了昆仑山。天地变小了。那天，我回到军营给战友们讲了我的这次奇遇，他们没有一个人相信我的鬼话，都说我中了邪，看花了眼。我一遍又一遍地申辩也无济于事。战友们一口咬定我是被类似白蛇精的什么魔精缠了身。其中一位还说，自古昆仑山就是出魔魂的地方，你看那吃尸的鹰鹫天天在山顶盘旋，食人肉是它的嗜好，还能不算鬼魔吗？

我无话可说。

两天后，噶尔木大街上疯传着一个消息：昆仑河畔发现了一位藏族老人的尸首，死者身上没有任何痕迹，唯有杈子枪的枪托是破碎的。

又过了些日子，地上的积雪消融，人们在那位老人尸体的旁边看到一只死狼，狼的身上千疮百孔，显然老人死前与这恶狼有过一场生死搏斗。按一般推理，狼很可能丧命于老人手下。可是老人是怎么死的，却是个谜。

藏族老人和野狼倒下去的地方，正是在我看到的那个冰窟窿附近。

我的心头一颤，却不知该说些什么……

冰窟窿、藏族老人、野狼，这三者之间似乎应该有什么联系，有一个故事。但是，我无法琢磨透。

夕阳落下山，阳光依然灿烂。世界上就是有这样让你不能理解的事情。其实，并非不能理解，而是你未找到钥匙，有了钥匙，只需轻轻一撞，就会轻而易举地看清它。

我在以后的几十年间，总是努力地回忆着那个雪后的早晨，想着是否当时有个什么人或者什么事被我的粗心漏掉了或淡忘了，才让我的心里留下了一个难解的谜。

心中没有底，我却牢牢记着。

我一次又一次追寻，一次又一次失望。

完全是个偶然的机会，一个意外的线索给了我一个惊喜，令我豁然开朗。也正是这个惊喜加重了我的心事，因为它把我心里的另一桩昏昏欲睡的往事撞醒，那个因为缺氧而死去的女军人……

1996 年，我重返昆仑山。

噶尔木路口的变化是与这座城市日新月异的发展同步进行的。我再不敢小视它为荒漠小镇了，当然这种飞跃性变化也体现在了转盘路口周围。昔日坑坑洼洼的路面以及通往西宁、拉萨、敦煌、茫崖的沙土路，早在十多年前就被锃亮闪光的柏油马路所代替。转盘路的中间是一个很大、很壮观的、蓬勃着几乎在内地都可以看到的各种花卉的大花坛。四周的楼房高高低低地绵延到远方，一直与昆仑雪峰相衔。

我是个抱着过去岁月不肯松手的固守者，越是看到眼前的这些现代化情景，就越是想追寻噶尔木当初的简陋与质朴。于是，在我被安排住在一个很讲究的军人招待所的第一个清晨，我便拉上与我同行的一位小青年，坚持我的每日散步之旅。当然是从噶尔木路口开步的。

没有落雪，满眼都是冰。

当时，我确实没有怀旧之外的别的想法。仅仅是散步 —— 怀旧，如此而已。但是，如果说我把当年从这里起步晨练时的奇遇遗忘了，那也绝不真实。往事是在脑海里一闪而过地浮现了一下。也许正因为没有刻意追求什么，只是闲淡地散步，才使我又有了一次奇遇。这次奇遇和上次的奇遇相隔三十余年，可以说完全是两码事，但是，我把它们牵在了一起。

是的，一脉相承……

我俩沿着噶尔木河走，向南，对面就是昆仑山。说是对面，可是走了好久也没有走进它跟前，反而有一种越走越远的感觉。望山跑死马。在戈壁滩跋涉的人对此体会尤深。

风是在荒原上少见的和风，但因为是逆我们而吹，它的力度无形中增大了。我们踩起的沙土被风扬起，在空寂的山野飘成一条条烟尘，很是美丽。走着走着，噶尔木河拐了个九十度的死弯，我们也跟着拐一弯，继续沿河而行。方向变了，向北走。就在这时候，我发现前面天地衔接的地方，腾飞着一缕一缕的尘土，最初我还以为是有人也像我们一样在戈壁滩上赶路。后来，走近了，才看清是一个人铲着沙土。他的面前是一个土堆。

我止步。面前站着一个藏族老人，他拿着一把木锨，望着我们却不说话。老人的那双眼睛很有穿透力，我觉得他的目光渗入了我的体内。

空间骤然变小了，我感到胸闷。

为消除他的疑虑，我赶紧说明我俩是游转戈壁滩的闲人，就住在噶尔木。他信了，点头。他也告诉我们，他是来扫墓的，家住在乌图美仁乡。他的汉语说得这么流利，这是我没有想到的。

我这才想起清明节快到了，同时也明白了他身边的那个土堆是个坟包。

我问："这里埋的是你什么人？"他说："不是我的什么人，也不知道是谁的什么人。"我惊讶地望着他。他不语，又举起木锨给墓堆上铲了一锨土。

我们都静静地站着，不知该说些什么。戈壁风的呜呜声在耳旁疯狂地叫着。我留意起了他手中的那把锨，为什么是木锨呢？这东西在内地早就绝迹了。

藏族老人的警惕令人折服，他显然也注意起了我在注意他手中那家什，便说："这是特意找来的一把木锨，怕伤着了他！"

可见这个不知道是何人的死者在他心目中的分量是很重的。我期待着，相信他还会有话对我说。

戈壁风连身都不转地旋转着。

后来，他果然拔出嘴里的烟斗，讲了下面这个故事。

他说："这是噶尔木的一个新传说，却也有几十年了。"我问："几十年还算新传说吗？"他说："从几十年前传到现在，常传常新嘛！"我说："也是。那一定是个很有内容的故事了。"

他接着讲了下去。据说，埋在戈壁滩这个坟里的人是在一次与野狼搏斗时丧命的。当然野狼也被他捶死了。狼的遗骸早已被岁月风化，变成了戈壁滩上空挤不出水滴的干云。这个人不是无缘无故地斗狼，为的是保护一具尸体。尸体倒是保护住了，他也变成了尸体。

那个年代，噶尔木其实就是一片荒滩，狼很多，且凶。人烟稀少的地方，任何一种野兽都有可能占山为王。那天夜里，当噶尔木河畔猛乍乍地躺着一具尸体时，一双绿电灯泡似的狼眼穿过沉沉夜幕，从昆仑山的方向射了出来。狼是被尸体的腥味引诱出来的，它很灵敏。但是，它做梦都没有想到，眼看到嘴的一顿美餐因为遇到了一个难以对付的敌手而告吹。这个敌手并不是它的同类，而是一位藏族老人。后来，人们相传，那老人是守尸人。至于他与死者是何关系以及他从何处而来，一概不知。另一种说法是，那晚老人夜行路过噶尔木河畔时，碰巧遇上了吃尸的野狼。总之，老人在发现野狼要碎尸饱餐时，便勇敢地迎上去与狼厮拼起来。当时野狼已经叼起尸体拖拉了一段路，老人追赶上去从狼嘴里夺过了尸体。野狼自然不会甘心，便反扑，再去夺抢。俗称：狼是铜头铁背豆腐腰，外加四条麻秆腿。老者深谙此道，只见他一个狼拳砸在狼腰上，狼趔趄了一下，几乎倒地。老人乘胜又给了那狼一个黑虎掏心，狼就蒙了，后退几步，蹲在地上，与老人对峙起来。狼在寻找或者说在等待机会。老人的机智聪慧就在于他总是先发制狼，绝不给狼喘息的间隙。他又主动扑上去与狼搏斗起来。狼已经发现自己今天遇上了难缠的敌手，还不等老人上来它就退了。退至一二米外，狼又蹲卧在地，继续对峙。

不给狼喘息的机会，老人便赢得了时间。这当儿，藏族老人很麻利地背起地上的尸体，坠入噶尔木河中，顺水漂流而下。藏族人自古就有天葬、水葬，天葬为上。那夜老人只能给死者实行水葬了。令人生疑的是，当时噶尔木河结着厚厚的冰，滴水不流，不知老人是怎么把尸体放入水中漂走的？

就在老人将尸体投放河中时，野狼怒冲冲地冲上来与他争尸。那凶残的样子分明是要拿活人作替代，以报他放走它一顿美餐之仇。那个夜晚的那个时刻，人与狼拼搏得很激烈，狼虽然被老人的铁拳砸得遍体是伤，但是它并未被降伏，始终顶着野劲与敌手厮斗。老人进一步，它死守不退。老人给它一拳，它还来一扑。僵持许久，难分胜败……

"那么，最后的结局怎么样？"我按捺不住急切的心情，问了一句手拿木锨的藏族阿爸。

他摇摇头，说："不知道。"

过了片刻，他将木锨插在沙地上，才讲了如下一番话：

老人死了！但是，人们看到他时他身上没有伤痕，这起码说明这样一个事实：狼在他之前已死去了。据大家分析，他是挣死的。我忙问一句，何为挣死？他说：你不知道，这地方空气稀薄，氧气很少，老人纯粹是用超人的意志斗恶狼的。力气耗尽了，他的生命也就走到了头。如果有氧气，他是不会死的！

这话，我听过……

数十年间，我多少次闯荡青藏高原，见到过因缺氧而丧命的人可以说难以计数。可是，土生土长的藏家人因为缺氧而丢了生命的事，我确实是第一次听说。可见高原缺氧对人们的摧残乃至残杀是六亲不认的。藏族老人死了，野狼也死了。然而，缺氧的土地孕育出来的故事却是鲜活活的嫩。高原人要生存，要有所爱或有所恨，就必须在这种缺氧环境中顽强地表现自己的智慧，同时，还要不断创造智慧。

戈壁里的胡杨才最像真正的树。藏族老人手中的木锨如果插在戈壁滩，定会长成一棵胡杨大树。我这么想。

噶尔木的传说引起我的极大兴趣，是因为我把它引申到早年间我看到的那具女兵的尸体和冰窟窿周围的现场，我莫名其妙地觉得它们之间应该有一个穿针引线的内在故事。可是，我无法找到这个故事。

缺氧的日子很苦涩。

缺氧的土地能长树。

我并不茫然。

气喘喘的我仍然要寻找不死的故事，编写我的著作。因为我的战友包括我自己还要生生不息地在这里创造新的生活，繁衍子孙。

我从藏族老人手中接过木锨，给那墓堆上添了一锨土——没有新土，戈壁滩上所有的土都缺乏水分。

愿这个墓包不死、不老。

我继续前行。

骆驼草茂盛，高过我的睫毛。

我回头望去，那墓堆变成了一座山峰屹立于地平线上。

这时，一个赶着羊群的藏族少女经过我的面前。羊蹄很干枯，少女的脸蜡黄。我的心也干了。忽然，我听见了水波声——噶尔木河！

一看见河，我心里就咕咚咕咚泛起了涛声。

我和牧羊女一路同行。

昆仑山还是那么遥远，戈壁滩依然热气晃眼。

比山远的是路，比水绵长的是我们的生活。

戈壁滩有了牧羊女，还愁这缺氧的土地不会再长出新的传说！

高原的美丽在于它缺氧。

缺氧的日子也能滋润美丽的故事。这样的故事也许不开花，但是它有果实。

墓堆比山高。

从昆仑山巅的白云处飞来一只鸟。

我看清了，它不是鹰。比鹰大。

情断无人区

风像鹰一样在藏北的上空旋转。

一轮仿佛没有任何光热的白太阳有气无力地低垂在缓缓行走的牦牛背上。

与世隔绝的羌塘无人区就这样经年累月地在寂寞中沉睡。

如果谁偶尔把这死沉沉的寂寞打破，你必然会感到更加寂寞、空寥。

突然有一天，在不知什么时候被汽车轮子轧出来的、又踏下了片片动物蹄印的坑坑洼洼的简易马路旁，悄无声息地撑起了一顶帐篷。

无人区的帐篷里也没有人。

离帐篷不远处的野滩上，遗弃着几只饿死或冻死的黄羊、藏羚羊。暴尸荒野。

整个空荡荡的世界像一张白纸。

这是一项可以说很旧但是绝对不能说破的帐篷。起码它那说黑不黑说灰不灰说绿不绿的颜色给人的感觉是经久耐用的。那肯定是风吹雪扑、雷打电击、烟熏火燎留下的岁月痕迹。脏污、简陋到极致后事物反而变得不动声色地威严了。帐篷的门很奇特，是用一块看似木板实则是结了厚厚一层污秽的帆布堵在外面做门扇，之后牵一根牦牛绳拦着的。你也许难以想象的是在帐篷门一侧的木杆上吊挂着一只藏靴——女靴，靴筒和靴帮均有绣花。不是旧靴，但也不新，上面有斑斑锈迹。

为什么只有一只藏靴？

当然，最叫人难以置信的是这顶帐篷的主人不知去向。从它出现在草滩的那天起，压根就没有人见过它的主人。

帐篷从早到晚飘散着一股重重的兽皮味和狗臭味。

人呢？

这是科学考察组提供的数据：在羌塘草原无人区，平均每一平方公里地面上不到一个人。

所以，完全可以这样想象：更多的时候是几十公里，甚至上百公里没有人。

无人区指的是羌塘草原（即藏北草原）的西北部。说无人区，其实并非绝对没有人烟，只是人烟极其稀少而已。它的地域包括那曲以北、阿里以东的部分地区，甚至囊括了长江、黄河源头大片的土地。由于那里极为特殊的地理位置和自然条件，许多地方没有地名。

在这样一个地方，出现那顶奇特的帐篷似乎一点也不奇怪。奇怪的倒是有一个喇嘛瞄上了它……

喇嘛叫次丹堆古。

我与他的相识非常偶然。相识后的交谈随意、自然，没有任何的准备和提防，一切都是顺其自然，他高兴谈，我乐意听。

直到二十年后的今天，我仍然觉得我们的第一次见面仿佛是在小说里。

那是那年夏天的一天，我从无人区回到靠近青藏公路的谷露村，客居一户牧人家中，休息几天，准备再到无人区去生活。当时我正在帐篷里看书，突然闯进来一个身披袈裟的人，我十分惊愕，喇嘛会有什么事？我的心霎时提到了嗓子眼。

"你到过那顶帐篷里？"他并不顺畅的汉语马上使我明白我闯祸了，我那天真不该掀开帐篷门。其实，里面什么也没有，空空荡荡。我不该多事。

喇嘛摇摇头，说："你不必介意，我不会责怪你的；我也是随便问问。"

我悬空的心落到了地上。这才细细打量了一下这个不速之客——

他那件绛红色绒毯似的袈裟肯定穿了很久的年代，上面的绒毛已经所剩无几，卷成了一个个小绒球。分不清是尘埃还是油腻皱皱巴巴地绣着绒布面。他紫糖色的脸上涂着一层酥油闪着光亮，脸蛋上的两块紫痂高高地凸现着。我相信他曾经是一个身躯高大的汉子，但是眼下由于驼背，使他变得又矮又瘦。他的背驼得很厉害，腰弓得头都快挨着地面了。从他进屋站到我的对面起，身子一直就这么弓着。

我的心好酸楚。

不知为什么，我对他有了一种莫名其妙的同情。尽管我不晓得他的身份，也不了解他来找我的目的，甚至连他的名字也不知道。

那张弓冲着我点了一下，也许是一种虔诚吧。然后，他有点吞吞吐吐地说："其实，我来没有什么事，只是想认识认识你。"

我不相信这是他的心里话。但是，我也没介意。我是个作家，在藏区常常碰到一些想跟我聊天的闲人。喇嘛找上门来却是头一次。

"你肯定有话对我说。没关系，什么时候想说了再张口，火候到了再揭锅嘛！"我很平静。

他又是一个鞠躬，我很受不了他这种虔诚，忙扶他站好。

他无语地望着我，忧郁的眼睛固执地闪耀着一种光芒，眉毛颤动着。给我的感觉他的脸上好像有一种找到了救星似的那种表情。

我把头扭向一旁。他的目光有点刺我。

终于，他说话了："我跟他是很要好的朋友，他的事我都知道，我的事他也晓得。"

我知道他是指那顶帐篷的主人，便问："你能不能告诉我他的姓名，我确实很想知道。"

没想，他给我通报了他自己的名字："我叫次丹堆古。"

我觉得这个名字很古怪，也拗口，就问："你的名字藏语是什么意思？"

他只是尴尬地笑了笑，摇摇头，用恳求的口气说："请你记着我，次丹堆古。咱们认识了就是朋友，跟他也是朋友了，三个朋友。"

我又看到了他鞠躬的那个情形……

忘掉一个人或一件事的最有效的办法是另外有一个人或一件事出其不意地占据你的心。

那顶帐篷和自称了解帐篷主人的那个喇嘛，很快就被我看到的一则报道从我的脑海里挤掉了。

在我看来那是一则非常重要但是写得很笼统、因而令我深感遗憾的报道。

报道的内容梗概是：

　　1959 年，有一个农奴主的女儿，背离自己的家庭，只

身走进羌塘无人区，过起了普通牧民的生活。摧毁西藏农
奴制的枪炮声已经使这位贵族小姐醒悟到自己过去那种吮
吸农奴血汗的生活是难以饶恕的罪过，到无人区后她变得
异常善良、勤劳，平静地生活着，放牧、背水、打酥油茶。
一个十分偶然的日子，小姐遇到了闯进无人区的一个遇困
的汉族青年。她竭尽全力救了他，俩人产生了感情。由相
识到相爱，最后结婚。

　　茫茫草原上多了一对年轻夫妻，就像夜空里添了或少了颗星
星，谁也不会注意到这种变化的。没有人知道姑娘曾经是个贵族小
姐，也不曾有谁知道她的丈夫是个汉族青年。

　　这两个特殊身份的人组成的家庭，就这样默默无声地在无人区
生活着。日出日落，日落日出。一年又一年。

　　不知不觉，二十年过去了。

　　他俩曾经有过三个孩子，一男二女，但是都没养活……

　　这则报道刊登在全国很有影响的一本刊物上。我读了三遍，仍
不解渴。文中许多该交代的关键地方没有交代，明明该详细展开的
情节却一笔带过。例如，姑娘叫什么名字、她离开贵族之家的最初
动因没有写；她初到无人区的日子是怎么度过的，也省略了；她和
汉族青年是在什么情况下相识的，汉族青年为什么闯进了无人区，
也写得十分简单；他们的三个孩子是怎么夭折的，一个字也没有
提；甚至连她丈夫的名字都没有给读者留下……

　　为什么要制造这么多的未知数？我当时最真实也是最直接的感
觉是：这么好的一个题材，硬让作者给糟践了！

　　话又说回来，正因为留下的未知数多，才能使人产生丰富的联
想。后来，当我躺在谷露村的帐篷里顺着我列举的那些问号去寻找
答案的时候，我的思绪伸得很长，很长……

于是，我"寻找"到了一个人——

1959年春天，那是一段让人回忆起来心里发烫的日子，我们的轮胎咬着青藏公路上的石子，昼夜不息地奔驰，路面上从早到晚迸着火星。

那天，我刚把一车战备物资卸在拉萨西郊兵站，排长李黑子就通知我："待命。准备马上出车。"

一小时后，我的车运载着一车俘虏碾过了拉萨河上的木桥。出了拉萨80公里，便是羊八井兵站。按原计划我们要在此地检查车辆，因为有散匪骚扰，我没停车，继续挂上高速挡飞速赶路。就在这时，突然蹦出一个人，站在公路当中拦车。

我点了一脚刹车，停驶。拦车者是个藏族姑娘。我心里涌上几分火气，摇下了车窗玻璃，谁知还没等我开口，她就说了话："对不起！我要看看我的阿爸。"

她的汉话讲得如此顺畅、准确，令我吃惊。只是，她的阿爸是谁我并不知道呀！

她指了指车上面。我马上明白了，她的阿爸是个俘虏！我的心不由得一抽搐，真不知该如何处理这件敏感而棘手的事情。

坐在我车上的副连长显得很沉着地下了车，一脸遇事不慌、胸有成竹的稳重。他和拦车人搭上了话：

"大姐，我是车队的负责人，你有什么事请给我讲。"

藏族姑娘彬彬有礼地一手提了提藏袍，一手放在胸口，嘴里念了几句祈祷的话，然后对副连长说：

"我希望能看到你答应我提出的这么一点要求。"说罢，她再次指了指车厢里的俘虏。

副连长明显地为难了，但是他收起了准备摊开表示无可奈何的双手，只是望着对方。

姑娘又说："难道做女儿的看阿爸一眼也算苛刻的要求吗？"

副连长只能这样安慰她："请你放心,我们会按政策对待他们的。等一切有了妥善安置以后,你的阿爸会和家里通信的……"

她打断了副连长的话:"不,你说的这些我都不怀疑,可是我不想那么远了。我现在只求你一件事,让我和他说最后一句话。我的阿爸犯下了不可饶恕的罪,我要和他讲我这一生说给他的最后一句话。"

"为什么要这样悲观呢?他如果改造好了,仍然可以回到你和家人身边的。"

"不,不是这个意思。你就让我和阿爸讲一句话吧!"

这时,车厢的俘虏群里突然有个人挣脱着绳索的羁绊,叫了一声:"拉姆!"站在车厢后角处的哨兵立即制止了他,他又不敢动了。我看了那俘虏一眼,他穿着十分讲究的藏袍,狐皮大帽遮着方而大的脸庞,一双眉毛像炭素描出来似的特黑特粗。不用说他就是姑娘的阿爸了。

姑娘再次提出,她要和阿爸讲话。

事情已经到了这个份儿上,副连长便果断地对她说:

"我可以答应你的要求。可是,我必须知道你对你阿爸说的那句话是什么。"

姑娘稍稍沉思一下,答复道:"不但你可以知道我要说的话,大家都可以知道。"

说着,她朝前迈一步,冲着车上刚才那个挣扎的俘虏说:"阿爸,你再也见不到你的女儿了!"

说罢。她就离开公路,拼命地向路边跑去。那儿是一片覆盖着积雪的无际草原。

藏北无人区。

这时,早春的一阵风雪突然飞卷而来,遮没了她的身影,也遮没了我的汽车。

我的心里压上了一块重石。汽车重新开动后，我对副连长说："看来，那姑娘要寻短见了。也是，阿爸当了叛匪又成了俘虏，她哪有脸见人？"

副连长摇摇头："我看不像。"

"不像？那么你说她要干什么去？"

"不知道。反正，她不像寻短见。"

我没有再问。车轮碾在公路上沙沙的声音有节奏地反弹着。我的眼前又浮现出了那个拦车的藏族姑娘。当时和现在，我始终认为她是一位长得相当漂亮的藏家女孩。我曾多次对别人这样说过：天啦，我万万没有想到在拉萨河谷竟然还有这么一位相貌出众的美女……

当她冷不丁地出现在我车前时，我只急于刹车，手忙脚乱，心不在焉，根本顾不上留意她。车停后，在副连长和她搭话的当儿，我这才细读了她。

她穿一件镶着黑边的深红色平绒夹藏袍，袍边上的提花字是藏文"扎西德勒"，意思是吉祥如意。披一块绿缎披肩，一条二指宽的黑带紧束腰间，这使她本来就修长的身段愈发苗条。她的脸色洁白细腻，散发着淡淡的玉质光泽。丰满湿润的嘴唇缝隙间露着非常洁净的牙齿。那一对眼睛黑白两色格外分明。我永远记着的是她的那双合脚、美观的藏靴，给她平添了更多的美丽，使人觉得这双藏靴只能穿在她的脚上，才最能在男性面前显示出魅力。

像我遇到的其他藏胞一样，她的一只臂膀露在长袍外，那只臂膀轻柔如水……

我心里暗想：西藏的水土竟能滋养出这么一个活脱脱的美人！

世间有些事情的结局常常是出乎人们意料地离奇。你明明被严寒冻得浑身筛糠，但是最后你被送进医院的理由是中了暑；原本渺茫陌生的一个站在地平线上的人，一夜间成了与你朝夕相处的亲人。

这次相遇使我后来写出了散文《一只藏靴》，散文的主人公就是拉姆姑娘。

雪峰上盛开着一朵等待春天的雪莲花。

那天，我开起车甩下贵族小姐拉姆后，好长一段时间心里总也忘不掉她。同情？担心？钦佩？都有。不过，日子一长，心里皱起的那点涟漪也就被岁月的风吹干了。生活中，每个人有每个人的活法，也许拉姆认为她走的是一条阳关道。别人无法理解那是因为你有你的人生轨迹。

不久的一天傍晚，当我的车在藏北的桃儿九山抛锚以后，我真的一下子没有认出站在我面前的会是拉姆。当然，她也没有预料到她是在向一个"熟人"求援——她压根就没有印象我曾经与她有过一次交往。我想，每一个人都会是这样的。当时她只想着与阿爸说最后一句话，至于有谁站在身边她不会留心。

是我先认出了她。我直呼其名。

"拉姆，是你呀？"

她的惊愕或者说惧怕是可想而知的。她问我："你是谁，怎么会知道我的名字？"

我给她讲了事情的原委。她听了，似乎连想也没想，就很平淡地说：

"不提它了。我今天来是向你打听个人，也是想请你帮忙找到这个人。"

"只要我知道这个人，就一定帮你的忙。"

她说："他像你一样，也是个金珠玛米……"

拉姆在给我讲述这个人时，给我的感觉她的脚坠着身子往下陷，她和我之间有了一段距离，由于我总是跟着她移动，我们的距离总也拉不开。于是，我和她一起走过了一段不堪回首的岁月……

拉姆在草滩的这个"小岛"上已经安家一个多月了。不言而喻，生活是异常艰难的。但是，对她来说，最难熬的不是生活这一关——她有自己的一群羊，吃的穿的都有了，牧民们祖祖辈辈不就是这么过的么——最难熬的是寂寞。每天从早到晚就她孤孤零零一人守着十多只羊，日子越嚼越寡淡。她常常觉得周围有许多无形的陌生眼睛在探究地盯着她。可是，等她睁大眼睛去搜寻时，什么也没有。"会习惯的！"她总是这样安慰自己。

一日，大约是吃罢早饭的时辰，冬草和她的帐篷像霜打了一样在寒风里呻吟着。她蜷缩在帐篷的一个角里大气也不敢出。半小时前，有一个人闯进了帐篷，那是在她没有任何提防的情况下闯进来的。身单力弱的她实在无法阻拦。就在那人临走抢掠拉姆那少得可怜的家当时，拉姆突然看见了他的脸，呀，好面熟！噢，想起来了，是她家府上的一个管家……

往日可以做她的上马镫的家奴，转过脸去变成了恶狼。

一场残酷的躁动之后，帐篷内外鸦雀无声。

她把身躯和心都紧紧地收缩起来，不敢动，害怕又有狼来。她已经没有防御的能力了，浑身酸痛。

不知过了多久，她完全没有时间概念了。忽然，她听见帐篷外有响动，好像是脚步声。她屏住了呼吸。

一切又复于寂静。

许久，才传来轻轻的叩门声。接着是一个慢声细语的男声："有人吗？"

她不敢应声。

世界变得出奇地宁静。

似乎过了很久很久，她又听见叩门声。她仍然不敢答应。

很长时间没了动静。她想，那人很可能走了。她很奇怪，他为什么不进来呢？这已经歪歪斜斜的帐篷，一脚就能踹倒。还有那敲门的动作、那说话的声音，为什么那么小心翼翼？对！他不是坏人。不会有这么规矩的坏人。她决定看个究竟。

就在她撩开挂在帐篷门上的那块氆氇布时，她惊呆了，一个浑身疲乏、满脸挂着汗水的兵站在外面，他好像在期待什么。

噢！她明白了，他是等着她来开门。

她开了门，是一个兵，他的第一句话便是："大姐，让你受惊了，实在不好意思。"

"你……"

"大姐，给我一口水喝吧，我要去追一个叛匪！"

"叛匪？……"

这一瞬间，兵军帽上的红五星把一切都告诉了她。她马上想起了刚才那个畜牲，是应该把那东西追上，抓住。

拉姆忙转身拿起铜壶，摇了摇，里面还有一点水，便送给那个兵。没想，兵端起铜壶只抿了一口就不喝了，说：

"你也过得很艰难，留下自己喝吧！"

兵说着低头看了看脚，对姑娘说："谢谢大姐了，我还要去赶路。"

拉姆这才发现兵的一双赤脚站在自己面前，十个脚趾血肉模糊，脚上沾满了沙土、草屑。她的心像被刀尖碰了一下，轻轻地问道：

"你的鞋呢？"

兵尴尬地笑笑，回答："荒山野岭，走的地方没有路，鞋帮被折腾得飞了。只好光着脚丫追。"

拉姆什么也没说，再次转身进了帐篷，拿出了一只藏靴，递给兵：

"很不好意思，就剩下这一只靴子了。有一只脚不受苦总是好的。"停停，她又说，"另一只靴子被刚才从这儿逃走的一个叛匪抢走了……"

兵打断了姑娘的话："叛匪？扎西巴朵？"

"正是他！"姑娘的口气十分肯定。因为他是她家的管家。

"大姐，你的心意我领了，但是藏靴我不能收。"

"你不要说了，眼下最急人的事是抓住叛匪！"

说着，她就把藏靴塞到兵的怀里，自己进了帐篷，撂下了那块氆氇布……

少许，只听见从里面传出一句话："我叫拉姆，记下我的名字吧！"

兵说："捉住了叛匪，我会来看你，还你藏靴。"

他走了，大步流星地向前跑着。

拉姆从窗口望着，兵没有穿靴子，一直背着靴子走向远方……

我很高兴有机会重见拉姆。但是，对她提出找到那个兵的要求，我却无法满足她。兵的去向及他后来是不是抓住了叛匪，我一概不知，也没法知道。我便如实地对她说："拉姆，请你原谅，我像你一样不能找到那个兵。"

她的眉宇间闪出一缕失望的表情，说："照你这么说我再也见不着他了？"

我没有点头，只在心里叹了口气。

本来我还想问问她现在的生活情况，可是，她走了，连头也没有回就走了。不知何故我很想大哭一场。没有时间的空间就是这么脆弱。

后来，那篇名为《一只藏靴》的散文发表在 1982 年第 2 期《白唇鹿》上。《白唇鹿》是青海省果洛藏族自治州文联办的文学季刊。

……回忆的片段，支离破碎，像流星闪过似的，曲曲折折地穿过我杂乱无章的思路。

我从回忆中走出来，回到谷露村的小帐篷里时，手里仍然拿的是那本刊登着那则报道的刊物。这则报道与我在《一只藏靴》中写的那件事太相似了。

真的，太相似了！

往事很短，现实很长……

次丹堆古喇嘛又一次出现在我面前。还像上次一样，他是突然破门而入的。我真不明白，他为什么总要用这种方式见我。给我的感觉他像要急不可待地给我讲述什么事，可是，进门后他又是吞吞吐吐地不那么利索。

与上次不同的是，他这回没穿袈裟，换了一件洗得干干净净的藏袍，手里拿着一本书。

我一看，《白唇鹿》，啊！

我必然要问他一句："你，怎么会有这本期刊？"

他的回答简直像天方夜谭：是你送给我的呀！你忘了，十五年前？

"我送的？我什么时候送的？你是说上次咱们见面的事吗？"

"你真是贵人多忘事，咱们是老朋友了！那一年，《白唇鹿》刚印出来，你亲手把这本书送给我，让我转给你指名要送的那个人。很遗憾，我没有完成任务。现在只有把它退还给你。"他说得十分认真。

我越听越糊涂了。可是，他说得那么有板有眼，我有口也难辩呀！他肯定是记错了人。不对呀！他既然认定我们是老朋友，为什么上次他来找我只字不提《白唇鹿》的事？

我把我的这个疑点提出来，他置之一笑：

"要不怎么说我糊涂呢！上回我眼看着你是我的朋友，可就是不敢认。再说，我把你的名字忘了，这样就更张不开口了。我回去看了看刊物，知道了你的名字，今天把证物拿来，你能不认我这个老朋友吗？"

我还是不敢认他。我确实没有给他送过这本刊物，在我几十年的人生经历里真的没有他这样一个朋友。他肯定是认错了人，记差了事。可是，这证物，《白唇鹿》……

好，索性不提这事了。我另找话题，免得走进死胡同，越走越出不来。我问他："你两次来找我，我看出来了，你心里有话，但始终没说出来。"

"你是说我的那位朋友吧，也就是那顶帐篷的主人。是的，我是要给你讲讲她了。她就是你这篇文章里写的那个藏族姑娘，贵族小姐……"

"你是说她是拉姆？"我脱口而问。

"没错！就是她，拉姆！"

好像漆黑沉重的夜里又下起了大暴雨，我的身躯和灵魂都被憋得难以喘息。世界在有时候为什么变得如此狭小……

这时，次丹堆古已经像上次见到我一样，双膝跪地，弓腰给我鞠躬。我看着眼前这个圆形的躯体，心酸得快要滴血了。我知道他将要给我讲的肯定是一个十分沉重的故事。我扶他在卡垫上坐好，他身体上的缺陷使他的任何行动都十分不便。

他把《白唇鹿》用拇指一页一页地捻着飞散开来，让我看着。然后他又小心翼翼地把它放在手兜里——个羊皮做的褡裢。他向我要开水，说润润嗓子。他喝水喝得好响声，满帐篷里都是嘴唇挨在碗边吮吸的声音。

生命如一缕春草的根须，随风吹到山北山南的任何一隅都会在春天的阳光里繁衍生息。然而，它又随时会被风吹折，枯萎。

飘游呀，人也像小草的根须……

"你应该接着你的《一只藏靴》往下写了……"次丹堆古这样说。

半年后，班长李湘终于找到了拉姆姑娘。或者说拉姆找到了李湘；半年中，他们俩毫无目的地互相寻找着。不容易呀！数千里的藏北无人区，走近一个人还不是像大海里摞了根针！

感情总是储存在时间里。他们终于走到了一起。

对啦，应该交代一句，李湘就是追寻叛匪的那个兵。拉姆把自己被叛匪抢劫后剩下的一只藏靴送给他，他舍不得穿，也无法穿，直到他再次见到拉姆时，靴子还背在肩上。

这时的他已经让高原的寒风苦雪把脸镀成了赤红色。

李湘没有追上那个叛匪，尤其可怕的是他也找不到部队了。当时他身处无人区中心地带，分不清东西南北，只能是胡走乱撞，希望靠侥幸走出去。结果越走越没有方向感，越走双腿越软。他数着日落月出的轮回，计算着天数，过一天在手中的拐杖杆上刻一道印痕。一百多天过去了，他还在精疲力竭地转悠着。那些日子，他常常三天五日、有时是十天半月，才能碰上一户牧民，他向他们打听部队的方向，他们谁也不知道哪里有军营。他们给李湘说话时总是站得远远的，满脸的惊恐。

李湘无法归队，只能孤苦地流浪着。草根、野果、小动物就是他的食物，任何一个沟坎、山洞就是他的家。

在无人区里遇到任何一个陌生人，你都会像见了亲爹亲娘一样亲切。尽管人家躲着你，你也会把撕不断的目光久久地贴在那远去了的人影上。直到人影在蓝天与草原相衔的地方消失，你才收回目光，说一句：他们还会回来吗？

这天，他意外地遇到了拉姆。

"是你呀?！"他惊喜。

"是你呀?！"她也惊喜。

俩人紧紧地相抱在一起。他用粗糙的手指摸着她那落满沙尘的头发。她告诉他："我一个人再走下去非得疯了、垮了不行。碰见一只雪狐我都想抱起它亲一口。你来了就好！"

……

从此，他俩结伴流浪在茫茫草原上。拉姆会说汉语，这样他们的交流就十分方便。

流浪的日子里男女之间最容易建立感情、爱情。他俩很快就结婚了。

新婚的日子苦也甜。

结婚的那天傍晚，他俩双双骑在一峰骆驼上，随心所欲地、漫无边际地在草滩上散步，他们说这是他俩的"结婚典礼"。

"喂！记得吗？咱俩认识有多长时间了。"

拉姆每叫李湘时都喊一声"喂"。喂——不是汉族人们习惯中的所谓非礼称呼，在拉姆心中这声"喂"有一种特殊的亲切感。她觉得，叫他名字显得生分，唤他阿哥也有些见外。就这个"喂"好，既含蓄又害羞，还带几分调皮。

李湘说："这要看你指的是哪一次认识，不要忘了，我们的相识有两次。"

"你够傻了，当然要从第一次认识算起。就是你穿去我的藏靴那一次。"

"谁穿你的藏靴来着？一个大活男人穿着女人的靴子，怎么走路？嘻嘻，开个玩笑，实话说，我那次背着你那只靴子赶路，好有精神，身上好像安了一架马达。"

"嗨，回答我的问题，咱俩认识有多久了？"

"这，我得一点点算。半年，又一个半年，再加一个三个月……"

"你真笨，有那么算的么，来，把手伸过来，数数我这里的宝贝疙瘩，就什么都知道了。"

"什么宝贝？在哪儿？"

李湘扭过头看了一眼身后的拉姆，拉姆乘机把李湘的手抓住放在自己的藏袍里面。那里有一串疙疙瘩瘩的东西。他正要问个究竟，拉姆吆喝一声让骆驼收慢步子，她撩开藏袍让李湘看，那是一堆丝绒，上面绾了许多小蚂蚁似的小球球。

"结绳记事？"李湘好惊奇。

"太阳出来一次我就绾一个球，绾够三十个球时，便结一个大的，它代表一个月。你数数这球，一共有多少，一个大球就是一个月……"

李湘笑了，说："我开初也在拐杖杆上划道道记天数，后来道道划得多了，数不清了，只好作罢。"

"有了这些球球，你那道道废了也就废了。来，数数看有多少日子！"

李湘根本不用数，只凭眼睛一望而知……"啊，五十个了！一年十二个月，四年就是四十八个月，噢，一共四年零两个月！"

"四年了，时间没拴缰绳，跑得溜快！"拉姆感叹。

"我自从放弃了划道道以后，确实就不知道过了多少年，我只能从自己穿衣服的薄厚上推知到了什么季节。多亏你有心，让我知道了我们在无人区已经流浪了四年多，这四年时间赛过外面的二十年，我都老了，你看，我头上的白发！"

拉姆顺从地把手指叉开，插进了丈夫的头发里。霎时，她觉得全身好温暖，丈夫头发里散发出来的男子汉那种汗腥混合着体温的味道，渗入了她的心里，她感到身子都快化了。

正是这种意味无穷的温暖伴随着她度过一个又一个寒冷的日子。冬天过去了，春天来了；又一个冬天过去了，又一个春天来了……

路边塄坎上的冻土浸出了一道道湿纹。

又一个春天来到无人区。又是一天傍晚。拉姆和李湘照例骑着骆驼走在草原上，不同的是他们已经是三口之家了。儿子小多吉的出生给这个清冷而寂寞的家庭增添了无限的欢乐。

每天，只有落日在天边燃烧的时候，他们才收牧，才外出骑着骆驼散步。不知为什么他们爱草原的晚霞，但是在落日的燃烧中，他们迎来的是一个又一个黎明。

三人骑着骆驼走着，拉姆抱着儿子，李湘抱着妻子。拉姆紧紧地依偎在他的怀里。

天完全黑了。骆驼仍在不知疲倦地颠簸着。

突然，李湘惊叫一声："看！那是什么？"

拉姆抬头一看，啊，一片闪闪烁烁的亮光。蓝莹莹，绿森森，不像空中流下来，也不像从地面平射出来，给人的感觉是从地层下钻出来的。噢，看久了，你会觉得那光其实不是蓝色，也不是绿色，总之，你很难确切地说出它是什么颜色。反正，有一点是肯定的，不可能是灯光。按说在这无人的旷野，看见任何一点亮光，哪怕是极微弱的一豆之光，都会使人十分亲切。可是，这一片荧光让李湘和拉姆有一种透骨刺心的恐惧之感。

他们让骆驼停下，静观前方。谁也不说话。

原来，前面是一片凹地。

忽然，骆驼大声吼叫着向前奔去。那蓝、绿难辨的光一动，像流星似的散窜而去。

啊！狼！狼眼！……

那次，他们意外地得到了一只狼崽。

如今狼崽已经三岁半了！

这朋友意义上的狼崽，亲人意义上的狼崽，卫士意义上的狼崽，三年中，活跃了这个孤独的三口之家，给了他们局外人难以想象的安全感。可以肯定地说，如果没有狼崽，他们是很难熬过这三年的。

那夜，多亏了心爱的骆驼一声怒吼，把聚集在凹地过夜的狼群吓跑了。但是，拉姆也被吓瘫了。她从骆驼上摔下来，坐在地上，一步也不敢挪了。李湘陪她坐了一会儿，她突然像遭咬了一样，大叫起来："妈呀，有狼！"她像弹簧一样，从地上弹射而起。

李湘不知道发生了什么事，上前一看，朦胧月色下，地上蜷缩着一团毛茸茸的东西。

这就是那狼崽。它的父母受惊逃走时顾不得拖着它，它只好当了俘虏。

然而，事情没有那么便宜。就在拉姆和李湘带着狼崽走出没有半里地时，那群狼掉转头追回来了。很明显，它们要夺走狼崽。又是骆驼大声吼叫着吓跑了狼群。

从此，狼就成了他们三口之家的编外成员。家里添了一张吃饭的嘴，日子自然就过得紧巴了。本来就不富裕，肚里少一点油水并不觉得什么，完全是一种心甘情愿的、乐于为之的艰辛。一句话，有他们一家人吃的一口饭，就绝不会让狼崽饿着。

最初，狼崽夜里睡在他们脚下的一个专门为它做的小木板暖房里。后来，他们索性就让狼崽紧挨着他们的睡铺睡觉了。这样，他们夜里睡下后身上总有毛茸茸的透心暖。

从这时候起，狼崽就有了名字：甲巴。藏语是胖子的意思。狼崽确实很胖，名副其实。

甲巴极为聪明，或者说很通人性。

这几乎成了一个"定格"的图像：每天，夫妻俩赶着羊出牧后，在一面向阳坡上，要么李湘和拉姆并排坐着，懒洋洋地晒着阳光，甲巴蹲在面前，亲昵地看主人；要么李湘怀抱甲巴，呆望着在草滩上赶羊追羊或者一边看羊群一边捻毛线的拉姆。拉姆见他看自己看久了，就会很不好意思地喊一声：

"湘子，你倒来啊！"

说罢，她咯咯咯笑得好亮。

于是他们钻进出牧时临时搭的帐篷里亲热一番后，又出来照看羊群。

这时，太阳好红！

日子就这么酸酸苦苦、甜甜蜜蜜地过着。甲巴是一粒盐，给他们的日子增添着滋味。"可是，它太小，什么时候能长大呢？"拉姆呆望着天边的落山日头这么想。其实，她是嫌自己的生活太寂寞，盼着儿子和甲巴一起长大。

甲巴的变化很有意思，出乎人们的意料。它越长越不像狼了，尤其是尾巴的变化，很耐人寻味。开初，狼崽的尾巴像一般狼尾一样，长长地拖在地上，毛紧裹着尾骨。不久，那尾上的毛就渐渐地松散开来，一松再松，一散再散，呈出扇面状。小多吉特喜欢这"扇子"，便拽着狼崽的尾巴，那毛便立即收缩起来，他赖在地上，让狼崽拖着滑行。狼崽一点也不怒，任凭小主人戏耍它。

小多吉就这样拖着狼崽的尾巴玩着，玩着，狼崽被他拖长了，拖大了。狼崽变成了大狼，小多吉却……

小多吉死得真惨！

拉姆和李湘认定那是狼们的恶性报复。

当时，刚刚吃罢早饭，李湘到远地打冬草去了，拉姆上草滩时第一次没带小多吉同行。夜里他跟着阿妈打酥油茶熬过了夜，眼下睡得正酣，阿妈不忍心捅醒他。

后来，大约没过一个小时，甲巴就满身血迹地跑到草场，撕拽着拉姆的裙摆，让她回家。拉姆感觉到情况不妙，便跟着甲巴回到了帐篷。一看，小多吉不见了。帐篷里外都不见人影，她疯了一般哭喊着："我的多吉呢，他哪里去了？"

甲巴引着她到了离帐篷约五百米的一个沟坎下，她看到一堆血淋淋的白骨……

她和李湘，还有甲巴，整整守了这堆白骨三天三夜。

藏家女人和汉家男人混在一起的二重哭声，震得坡地上的帐篷都在发颤。

后来，据他们分析判断，事情的经过很可能是这样：狼群趁主人外出放牧的空当儿，来到帐篷里抢夺狼崽。没想，狼崽不仅不认它的同类（包括它的父母），还与它们厮拼了一番。狼崽毕竟力小身弱，斗不过狼们，只好跑来"报案"。

小多吉死了，甲巴成了拉姆唯一的"儿子"。

她紧紧地搂抱着甲巴，甲巴舔着她的手。她觉得那是多吉在爱抚着她……

终于有一天，甲巴可以独当一面地在这个家庭里显示它谁也不可替代的地位。那是在它的狼性完全消失而又绝对不像狗的情况下，一只羊被它赶着从险路回来，然后，拉姆跪倒在它面前不住地说"你真的长大了"那句话之后。

说起来，活该那只羊倒霉，谁让它在主人拉姆回帐篷喝水的空儿，一转眼就溜得无影无踪了呢？

其实，不是那只羊贪玩，而是它看见了一只狼才悄悄躲开的。这样，狼便追了上去。那狼已经在旁边趖摸好久了。离群的羊被狼紧追不放。羊走得慢，狼也走得慢。羊快走，狼也加速走着。一直走了大约一公里的时候，羊才在一片开着格桑花的草地上站住，狼也在十步开外站住了。

直到后来这只羊安全地摆脱了狼的纠缠以后，拉姆才明白过来，那只羊实在聪明过人，它很可能是为了把狼引开，才有意离开了羊群。

还有一个情况必须交代：当时甲巴看到了草场上发生的一切。从一开始它就一直监视着那只闯进来的狼。当狼尾随羊而去时，它便跟了上去。

羊在前面；狼随其后；甲巴在最后压阵。

将要发生什么事情，可以说它们三者都是心中有数的。羊是引火烧身。狼是寻找美餐。甲巴显然是为保卫羊而出动的。

当羊与狼对峙起来后，甲巴悄悄地隐身于一个草坎后面，竖起耳朵，瞪着双眼，等待着事态的发展。

狼终于按捺不住肉欲的诱惑了。它先是倒退了几步，然后一个凌空飞跃，冷不丁地向羊扑去。

大概狼做梦也没有想到，就在它快接近羊时，甲巴突然出现在羊身边。甲巴怒目瞪视着狼，两只前爪还不时地跃起来，完全是一副决斗、且如不获胜决不罢休的架势。一切都是始料不及的。狼还没弄清这只活物是什么，不像猎犬，也不像它的同类，只感到它高大、壮实，于是，它倒退几步，夹着长长的尾巴溜之乎了……

也就在这时候，寻找羊的拉姆气喘吁吁地赶了来。一切化险为夷！

次丹堆古喇嘛微闭双眼，不讲了。

我问，狼崽的故事讲完了吗？我这样问的意思非常明显，故事我还要听下去。谁知，他既不说完也不说没完。只是微闭着双眼。

我没有打搅他。他一定很累，因为我也听得很累。狼吃掉了人。狼又帮人救了羊，谁听了心里都会沉重。

这时，次丹堆古很可能为了改变沉闷的气氛，有意转了话题。他给我讲了一个听起来绝对与狼无关的故事。野兔、岩鸽、地鼠和雪鸡的故事。

他怎么知道那么多无人区的事情？

他是以亲身经历者的口吻给我绘声绘色地描绘这个奇特的故事的——

一个雪后天气朗晴的中午，次丹堆古在草滩上闲走着，他眼睁睁地看到一只岩鸽从空中落到一个洞穴前，伸着脑袋张望了一下，便钻进了洞里。那洞很小，刚刚能容纳岩鸽的身子。

鸟儿进洞？太稀罕了！

他在那个洞穴前站了好久，希望岩鸽能出来。可是洞口静悄悄的，很像一个遗弃了多年的死洞，没有丝毫的动感。他是眼睁睁着飞进去了一只鸟呀！

他不由自主地伸手在洞上面拍了拍，他万万没有想到，这一拍，从洞里出来了一只野兔。那兔显然受了惊，一出洞就撒腿跑了。

他不甘心只见到这只兔子，也是担心那岩鸽的命运，便又拍了拍洞，扑棱一下飞出来了，不是岩鸽，而是一只雪鸡。接着又一只地鼠蹿了出来……

他完全惊呆了。鸟进洞穴，奇事！鸟与兔、地鼠同住一起，更是奇事中的奇事。

……

听到这里，我问次丹堆古："你也是第一次见到鸟儿在洞穴？难道在你过去几十年的生涯中一次也没见过这种现象？"

这时候，我倒好像成了一个比次丹堆古还经得多见得广的高原通了，在这个喇嘛面前也摆起了老资格。他根本不理我这种盛气凌人的架势，只是说："是的，我确实是第一次见到。"

我告诉他，这叫鸟兽同穴。他惊疑地望着我，显然对"鸟兽同穴"这四个字感到很新鲜，希望我继续讲下去。我便对他解释说："由于高原上无树少崖，鸟儿无法筑巢，只好借兽们的洞穴为家了。说是借，其实是强占。强者为王嘛，鸟兽也如此。最初，鸟兽住在一起当然会发生争斗，这种争斗非常强烈、残酷，或一方败阵，或两败俱伤。时间长了，同居的生活习惯了，洞内无形中形成了各自的天地，谁也就不管谁了。直到和睦相处。"

次丹堆古点点头，表示他懂得我讲的道理。

这时，他反问了我一句："拉姆，李湘与狼共处，这回你也该明白了吧？"

我恍然大悟，原来他给我张开了一个网，套我进网了。

他真会讲故事！

我马上想到了拉姆的"三口之家"……

如果他们早知道这里是如此美丽而富饶的"野生动物王国"，当初的第一个定居点就会毫不犹豫地选在这里。

这夫妻俩不知不觉来到这儿"定居"已经两年有余了。

这里叫什么地名，属于哪州哪县管辖，他们一概不知。只有偶尔遇到零零落落的几个赶着牛羊在荒凉草原上跋涉的游牧人，会使他们意识到自己仍然还生活在人类生息繁衍的地球上。

结痂着岁月烟尘的帐篷撑在一个向阳的山坡上，一根木杆直直地竖立在地上，系于杆上的两条绳子分别牵着帐篷的两个角，一条绳上晾晒着准备贮存的已经风干了的牦牛肉，另一条绳上缀满了各种颜色的经幡。

帐篷前面一箭地之外，就是两个湖泊，一大一小，水面清澈，明镜一般。很像一副眼镜片。

这就是他们的家以及家附近的环境。

夏天，他们总是把帐篷搬到山顶上去，在山上放牧，把山下的草留给羊过冬天。在山上住的日子里，山下的帐篷地依然竖着木杆，依然有经幡和晾晒的衣物什么的，以示这里是有主的草场，免得别人占去。

两个无名湖里自生自灭着西藏特有的无鳞鱼。这些鱼耐寒冷，抗盐碱，生长期慢，寿命却很长。祖辈千年不吃鱼的藏家人是从来不捕鱼的，因为鱼在藏家人的意识里是很神圣的，就连许多高原上的食肉动物看到鱼也是一副视而不见的漠然神态。这样，湖里的鱼就可以不受干扰地自由自在地长着，有的长到几十斤，上百斤，等到老死了那一天，不少鱼像一条小船滞留水底直至腐烂。

那是来到这儿安家后的第一个蚊虫、瞎虻乱飞的夏日的一个中午，正在草滩上看管羊羔的拉姆突然惊诧万分地对丈夫说：

"快来看，有人！"

李湘赶忙从帐篷里跑出来，一看，对面靠湖边的水面上露出了一大片西瓜似的好像人脑壳样的东西。他睁大眼睛盯了半天，也没有辨清是何物，便对拉姆说：

"不像是人。"

"那又会是什么呢？"

当然，他们最终还是弄清楚了，确实不是人，而是一群藏羚羊在"避热"哩！

这么多藏羚羊集中在一堆，还真是少见，拉姆和李湘贪婪地看着，心里好痒痒。

藏羚羊是珍稀动物，濒临灭绝。它十分善跑，每小时可以跑80公里，汽车加足油门也不一定能追上它。它跑快的奥秘全在胯下的那个"风袋"里，牧人称之为风翅膀。它跑起来时"风袋"便鼓胀，产生张力、风力。藏羚羊最痛苦最难熬的日子是夏季。原来它身上的皮下寄生着一种虫，叫背虫。这种虫在隆冬寒天化为油脂，融入羊体内，营养着藏羚羊。春天就变成了虫子，在藏羚羊的皮层下频繁地活动。它很像冬虫夏草。背虫在毛皮下日夜不停地活动，使藏羚羊奇痒难耐。于是，藏羚羊在虫子活动的夏季便不由自主地寻找凉爽清冷的地方"避热"，好使虫子处于"冬眠"状态，以减轻挠痒。

拉姆领着李湘来到了羊们"避热"的水边。这里的水中伏卧着上百只藏羚羊，它们很坦然，一点也不怯生，只是抬起头望望岸上的两个牧羊人，望望跟随主人身后的甲巴，又埋下头。

甲巴跑出去几步远，冲着天空嗥叫了几声。它为什么这般嗥叫，主人不得而知，藏羚羊却抬头望着甲巴，显然它们觉得这叫声很熟悉，先是表现得有几分惊恐，随后很快又泰然处之地卧于水中了。

拉姆夫妻俩就这样和这些"避热"的藏羚羊们做了邻居。生活平添了几分热闹，几分向往！

在这些藏羚羊面前，善良的拉姆变得更加善良。她把自己为羊儿准备的食物匀出一部分，撒到水面上，喂藏羚羊。藏羚羊开始总是用疑惑的目光打量这个藏家女人的殷勤，有些胆怯，不敢张嘴。可是，拉姆来湖边的次数多了，它们便打消了疑虑，很香甜地吃起了她送来的食物。

从此，拉姆就多了一项额外的任务：负责喂藏羚羊吃草，有时还从不算太远的清水泉里打来干净的水给它们喝。

当然，藏羚羊也会设法回报它的主人。

那是在藏羚羊发情交配的季节：春天。

这个季节，拉姆帐篷周围的草滩成了藏羚羊的决斗场所。公藏羚羊与母藏羚羊在拼斗，决胜负。那些公羊们使出积蓄了大半年的所有锐气和精力，去占有母藏羚羊。这种占有是自私的，也是野蛮的。母藏羚羊则奋起反抗，决不轻易把自己的青春"彩球"抛出去。但是，不管怎么说，频频防守的母藏羚羊是弱者，争强好斗的公藏羚羊是强者。然而，争斗的最终结局却出人意料，弱者坐山观虎斗，战胜了强者。

决斗是在雄藏羚羊之间进行的。你只要看看那些雄藏羚羊的某一方机智灵活的表现，就足以证明它们取胜是理所当然的了。每只雄藏羚羊都毫不例外地长着一双长长刀刃般的角。双方先是用长角抵着谁也不让谁。这时一方眼看就抵挡不过了，要输了，它突然松开长角，逃跑。猛逃。待逃者与追者拉开好长一段的距离时，逃者突然就势往地上一趴，这时它的那两只长刀般的角自然是伸向后方。乘胜而追的公藏羚羊则猝不及防，仍在猛扑向前，正好那两把利刀刺进了公藏羚羊的胸膛，公藏羚羊只有一命呜呼！

在这个藏羚羊交配的季节，草滩下满是公藏羚羊血淋淋的尸体。

这是藏羚羊家族的悲剧！

这么美味的鲜肉，拉姆从来不去捡拾。

这个季节她总是很少说话，差不多每天眼睛都红肿着。她夜里睡不好觉。

这天，当她看到又有几只公藏羚羊被戳死在草滩后，终于控制不住自己的情绪，惊叫一声，双手掩面地跑回了帐篷。

甲巴也凄惨地叫着跟上拉姆回到家。

李湘不知道发生了什么事，追回去问道："拉姆，你为什么这样？"

拉姆双眼紧闭，一句话也不说。

甲巴仍在狂嗥着。

这时，一只人头盖骨做的碗，像飞碟一样在她眼前旋转……

那是拉姆终生都烙于心、刀子也刮不去的伤痕。

她的部落她的家族，都会以发生这样的事而耻辱，它败坏了这个高楼深院的门风。她就是这么腐烂的，是她的良心和至高无上的佛祖教会她懂得了惨无人道是人世间最不能容忍的罪孽。

那天，她本来是无心也无兴趣跟着管家去催租的。在拉姆的意识里，谁家有牛有羊还会不给主人交租？可是她家族的贵人们几乎众口归一地说那个叫玛钦次旦的穷牧民就是有意与主人抗租，死催活催也不交租。"种主人的田，放主人的羊，有什么理由不交租？"拉姆当时确实就是这么想的。她觉得这个玛钦次旦好有胆量。可是，有胆量不交租算不得好汉。等她到了玛钦次旦的帐篷里一看，便马上改变了看法。她眼看着玛钦次旦一家人无遮无盖地畏缩在帐篷的一个角落，寒风里冻得瑟瑟缩缩，像一窝脱了毛的雪鸡。还不等她说句公正的话，管家就七手八脚地把玛钦次旦押到了庄园的刑场上。

据说，后来阿爸用来盛宝器的那个小碗就是玛钦次旦的头盖骨……

拉姆昏倒在刑场上，当她醒过来时是在第二天深夜。阿爸和阿妈站在她床头，他们整整守了她一天一夜。

她没有说一句话，她突然觉得她不认识阿爸了，也不认识阿妈了。她又闭上了疲劳的双眼。

等她再次醒来，已经没有了阿爸、阿妈的影子，她只听见外面接连不断地响着枪声。枪声就在庄园的四周响着。

这时，黎明的曙色刚刚爬上拉萨市布达拉宫的金顶……

已经三天了，拉姆基本上没吃一口饭，只是频繁地喝水。第三日，当李湘把一碗做熟的鲜嫩的藏羚羊肉端给拉姆时，她突然怒目瞪视着丈夫，几乎是吼着说："湘子，你还让我活不活？快把这藏羚羊肉给我端走！"

之后，她很平静地说出了下面一席话。

"我，一个贵族小姐，放着幸福不享受，为了什么呀？在我从那个吃人肉喝人血的世界逃出来以后，我就想着找到一块净土，过清闲平静的日子。我总算满足了，遇到了你，我们住的地方水草丰盛，又是动物的天然王国。可是，我万没想到，没有好日子伴我到永远，无人区的草原上仍然是血溅牧草，哭叫连天……"

次日，拉姆便出门了。她第一次没有让李湘陪她，而是一个人沿着一条小溪去散心。这一去她就再没回来……

在无人区的几乎每个路口，都贴着一则寻人启事。它要寻找的正是那只藏靴的主人：拉姆。

拉姆出走时，只带走了那只藏靴。

很有意思，寻人启事是用汉文写的。在藏区，识汉字的有几人？李湘不会藏文，在这个关键的时刻，他不得不露出外来户的破绽。

所以，这则寻人启事等于一张白纸。

他孤孤单单地走在空寂少人烟的草原上，有目的却无目标地走着。他希望能在突然之间看见那张熟悉的面孔，那是他心爱的妻子！他真的离不开她。

闯进无人区这些年来，他在人生征途上遇到的困境、痛苦以至灾难，无一不是她伴着他走过来的。十五年了。很快，又很慢；慢得常常使他觉得过一日就像一年那么长，快得使他觉得和拉姆的生活刚开了个头她就消失了！

十五年间，他没有见过一个汉人，没有见过一辆汽车，没有使用一块香皂没有刷过一次牙，没有洗过一次澡……唯一可以慰藉他的是，几乎每天他都能看见飞机无声地从头顶掠过，这是联结他和外界的唯一寄托。那蓝天上的飞机把他的心提得高高的，直到飞机已经远去了，他的心还在空中旋转……

他忘了回家的路，也不曾记得家里还有什么人在等待他。他只知道有拉姆，有无人区。他不能离开这个地方，他的生活里不能没有拉姆！

还不到四十岁的人，脸上被岁月犁出的深沟和风雪镀成的赤黑色，使他看上去比实际年龄要苍老得多，说他六十岁，也有人信。失去拉姆后，他就没有家了。他需要拉姆！需要孩子！他们的第一个孩子被恶狼糟践以后，拉姆又生过两个女儿，都没有活。拉姆！你现在在哪里？快回来吧！李湘需要你，他需要孩子，需要家！……

这一天，一件喜出望外的事使他那希望一直没泯灭的心里又燃起一把炽热的火。在一个路口，他意外地看到栽在地上的一根木棍挑着拉姆的那只藏靴。他立刻上前连棍子一起抱住了藏靴，嘴里连连地说着：

"没错，是拉姆的靴子。她一定是用这只我熟悉的靴子告诉我，她还活在世上，她也在寻我。拉姆，我的好拉姆，我一定要等到你！"

他蹲在那根木棍下，怀里抱着藏靴，整整等了一天，也没有拉姆的身影。

又等了一天，仍然没有见到拉姆。

第三天，他索性把家搬到了这个路口。

于是，这里便撑起了那顶只挂着藏靴、却没有人住的帐篷。

人呢？

李湘踏遍草原，找着拉姆……

他终于见到了一个牧人，一个脸上布满沧桑的老阿爸。

他问："老人家，你见过一个女人吗？"

老人打量他，像打量一个拦路抢劫者一样不换眼地看着他。

他再问一句："阿爸，你见过一个放牧的女人吗？"

老人总算把目光从李湘身上拔出来，回答说："我除了看到你，再连一只狼也没见到！"

他不敢再问了，他相信老人说这话时的脸像凶煞一样可怕。

他告别老阿爸，走出好远了，听到老人大声对他说：

"你说的就是那位除了高贵的血统和贵族封号之外，就一无所有的小姐吗？到尼姑庙里去找吧！"

李湘的脑袋轰一下像被重炮击了一下。他回头去看时，老阿爸已经一颠一颠地走远了。

小河里，无鳞鱼逆流而上……

她那心爱的头发剪掉了，反而显得越发美丽。一套棕红的裙袍穿在她身上非常合身，仿佛这套衣服早就该她穿了，只是她穿得晚了。

拉姆在日斤寺里做了一名尼姑。

自从到尼姑庙后，拉姆很想把往事全部忘掉，包括在阿爸阿妈膝下她还不懂事的那些温暖的日子，和后来长大所见所悟对她心灵重创的日子，还有和李湘在一起十多年那些虽苦涩却很开心的日子，她一律都想忘得干干净净。

尼姑庙里的生活并不像外面的人想象的那么轻闲。但是，一个从坎坷中爬出来的人，是会咽下一切苦味的。

她是新来的尼姑，庙里几乎所有的苦差都理所当然地落于她肩上：到穿庙而过的河里打水，去庙后的山墙上晒牛粪，到草滩捡拾冬虫夏草……她不抱怨生活，相反，一切重压在她眼里都习惯了。

尽管她的身体还是那么修长，尽管她那张少有笑容的脸还是十分美丽，尽管她那双眼睛总是无邪地瞅着前方，但是入尼姑庙以来，她已经苍老了一圈。

她的美貌渐渐地变成了两鬓的银丝。

李湘也苍老了！

他一下变得憔悴不堪，脸色像生铁一样黑，头发一圈一圈地白了。背也驼了。

他寻找拉姆的决心仍像冰山上的雪莲一样，今年谢了，明年又开；再谢，再开……他总是这么想：只要世界上还有这个叫拉姆的人活着，我就不会也不应该泯灭找到她的愿望。

他眼看一只大鹰在雾幔中被山头撞折了翅膀，虽有心寒，但他告诉自己：不必灰心，更别回头。云之中，鹰之上，是我驰骋的天地。拉姆会在我的追求中回到我身边的。

自从听那老阿爸说拉姆进了尼姑庙以后，李湘要跑断腿似的找遍无人区的寺庙。就是这个日斤寺，他也不知到过多少次了。每次他像个乞丐一样站在庙外，倾听着从庙里传来的诵经声。他仔细地辨了又辨，洪波一般的诵经声里就是没有他熟悉的拉姆的声音，确实没有。

他走了。又返回到寺庙前。他听人说过，出家的女人不仅相貌变了样，声音也变了。说不定拉姆的声音就融进了那些诵经的声浪里。他又听了一次，再听一次，还是没有听出拉姆的声音。

苍老只是一夜间的事。无奈的李湘的确老了！

他向一僧人求到一件袈裟，披在身上，这样出入寺庙就方便多了。为了找到拉姆，他走尽了人世间所有的路。

他拄着拐杖，走向一扇太阳的大门。那里会有他善良的拉姆；他披着袈裟，走向一扇月亮的窗口，那里会有他心爱的妻子。

太阳落了又升，月亮缺了又圆；阳光挟住了春风，月光切断了大雪。河上的桥，通不到远方。

手杖发了芽。

思念和重荷压得喘不过气的老人仍一个碎步一个碎步地行进在无人区……

他已经有好些日子没回自己的帐篷里了。他的家就在寻找拉姆的路上。

爱情也有废墟！

他每天都来到庙外瞭望那道隔墙，他希望能把这墙望倒，希望拉姆能突然从墙上出现，希望目光能穿过高墙……他就这么睁大眼睛望着，望着，他觉得眼前的墙不是高墙了，而是一片亮晶晶的黑星星，正闪闪烁烁地对着他泛着笑脸，每颗星星上结了一个很大很大的果子。拉姆站在旁边对他说：喂——这是我送给你最后的礼物……

难道是安置在阳光下雪地上的梦？

他在一片积着厚雪的草滩上，又遇到了那个牧羊的老阿爸。没等他开口老者就说话了："你不是找那个贵族小姐？"

"是呀！你见到她啦？"

"见到了。前些日子我在后山沟里看到了她的尸体。"

"你瞎说。"李湘急了。

老牧人剜了他一眼："我没有非得要让你相信的意思。"

李湘又急了，忙说："前些日子，你不是还说她出家进了尼姑庙吗？"

"前些日子？你算错了日子的轮回，那是我两年前说的话。"

李湘失声痛哭。他手里牵着捡到的一只小藏羚羊。

老牧人并不着意理他，继续说："那尸体置落荒野一个多月竟然不烂不臭。贵族小姐睡着了！"

"现在呢，她在哪儿？"

"很奇怪，有一天早晨，我眼看着一只狼把她驮进了深山。"

"啊……"他双腿一屈，跪在地上。

他这才想起，甲巴已经丢失了快三个月了……

阳光里流动着黄金。太阳不冷不热地催人苍老，苍老！

次丹堆古终于讲完了这个无人区的故事。他讲得珠泪涟涟，令人伤感。我没有仅仅把它当成爱情故事去听，而是感受到了一种人生，清洗了一次灵魂。

我久久不语地沉思着。那本《白唇鹿》已经拿在了我的手里。它是那样的沉重，那样的虚渺和深不可测！

十五年前，我写这篇散文的时候，怎么会预料到它的续篇是如此的曲折，悲伤；十五年后，当我得知在它发表之后接着发生的这个故事，仍然难以相信生活中竟会有这样扭曲而离奇的人生。

无人区的太阳是另一种太阳。阳光下，我的心灵受到了一次难耐的撞击和洗礼；无人区的爱情也是另一种爱情，它已经被生活漂白，没有诗意和浪漫，变成了等待！

我仰望无人区的天空，阴云密布，却迟迟不肯下雪。

我等待着。因为我与这块雪域之间唯一的语言，便是洁白的雪了。

……

我抬起头，不见了次丹堆古。

眼前空荡荡的。唯见谷露村唯一的白杨树孤独地在我眼前摇晃。

我反复用舌尖模拟着两个名字：

拉姆——李湘；李湘——拉姆。……

突然，这两个章节一乱，跳入了另外两个节拍：

李湘——次丹堆古；次丹堆古——李湘。……

一对驼背老人。……

啊，我霎时有所悟。似乎明白了什么，便拿着《白唇鹿》追出了门。

无影无踪。只见满天雪片飘洒，久盼的一场雪，终于落下。

这时，那雪花把次丹堆古的话送入我耳畔："无人区就是我的家，那儿有我的拉姆，有我的藏靴，我哪儿也不去！"

生活曾经沧海，又曾经桑田；生命曾经有过辉煌，又曾经有过创伤。古往今来，概莫能外。

这场雪比水温柔比铁坚硬！

李湘没有变，拉姆也不会变。当初走进无人区，也许是一盏模仿的灯被岁月锈蚀以后，他们的灯依然放着光芒。

光芒是不能模仿的！

唐古拉山和一个女人

一

山总是屹立在海拔百米、千米甚至数千米的地方，蓝天也仿佛被它挤得摇摇欲坠了。这时我最想说的一句话是：山是个巨人，但是，当我置身于山中，看到没有女人支撑它时，我又想说另外一句话：这个巨人是很脆弱的。

是的，越是山高的地方，往往越是女人不去的世界。

我始终认为，四十年前慕生忠将军的那句话不仅震醒了格尔木，也撼动了包括唐古拉山在内的中国西部高原。

他说："青藏线上离开了女人，是拴不住男人的！"

一句本不该他这个身份的人说的话，蕴含的人生体悟无疑更深了。他是站在一面山坎上讲这话的，本来山坎比他高得多，此刻却被他踩在脚下。

当时，是风雪放肆狂吼的 1954 年深冬。世界上海拔最高的公路——青藏公路刚一通车，西部建设需要大量人才，老将军正要动员筑路大军在世界屋脊落地生根时，没想到修路民工纷纷打点行李准备杀回老家去，有的索性连招呼也不打就拉上骆驼逃走了。

他们的老家在甘肃、宁夏、陕西，甚至还有更靠内地的省份。

民工大逃亡的事刺痛了筑路总指挥慕将军，他在说了那句石破天惊的话以后，从山坎上走下来，拦住一个扛着行李卷正走出大门的民工：

"你们干什么去？"

"回家。老婆已经第三次警告了，再不让她生娃娃，她就要另找汉子了。"

将军又拦住了一个青年人，问了同样一句话。

回答："我都 30 岁了，还不知道搂着女人睡觉是啥滋味呢！总不能让我当一辈子光棍吧！"

修路人眼里流出带血的泪水。

……

这看起来难以改变的现状，迫使慕将军作了一个大胆的举措：

动员民工在格尔木娶媳妇，安家落户，生养娃娃。

他没想到这个举措仍然不见明显的成效，将军按捺不住心头的怨怨和焦虑，只好铁面无私地采取组织措施了：共产党员带头。

第一个接受"政治任务"的是来自宁夏的回族青年马珍。他回乡探亲前，将军动员他：

"回来时把婆姨搬来，在格尔木给咱种娃娃，生后代。"

老实巴交的马珍把头一扭，说："我不傻！就这地方，谁愿带婆姨谁带去。"

"让谁带？我就让你这个共产党员带头！"

马珍不吭声。"党员"这两个字比什么都圣洁。

就这样，马珍成为最早在昆仑山安家落户的人之一。把妻子留在格尔木的帐篷里，他到昆仑山中的纳赤台养路段当了段长。他是第一代格尔木人。

据说，在将军这一层高级将领中，慕生忠是较早地具体参与了国家经济建设的。正因为这样，他讲话的调门总不是那么无限拔高，都很实际，很有人情味。

到了60年代初，由两顶帐篷起家的格尔木，已经发展成为一个初具规模的高原小城了，有人称格尔木为"昆仑山下的明珠"，也有人称它为"小上海"。你很难用一个具体的数字说清这里面有慕将军的多少功劳，但是你又不能不承认他无法否定的作用。

即使是到了这时候，慕将军当初提出的让女人在格尔木生娃娃的设想还是美好的愿望。青藏公路沿线的兵站和地方运输站，仍然是冷冰冰清一色的男子汉世界。不过，他已经没有能力继续实现宏愿了。正是那个年代，他被卷进了在庐山端出来的所谓的彭总那个"反党集团"里。

两千公里青藏运输线上，没有一个女性。

骆驼草干卧在没有雨的寒风里。

那时，我在线上跑车，总觉得日子很苦，很涩。即使行驶在雪山上也有在沙漠里跋涉那种干渴的感觉。

车轮碾出了一声声叹息：

女人啊，你在哪里？

二

我很喜欢在甘、青、宁、新地区传唱得很广的独特民歌"花儿"，它具有浓郁的民族特色和高原风韵。我们汽车团在格尔木扎营后不久的一天，我沿着格尔木河向昆仑山方向散步，听到一位回族歌者在漫"花儿"，悲悲切切，让我好不酸楚：

镢头挖了大黄根。

想你尕脑盖子疼。

帽子有哩戴不成。

镢头挖了菜子根，

想你眼睛珠子疼。

眼泪有了哭不成。

镢头挖了桦木根，

想你耳朵根子疼，

耳朵有了听不成。

镢头挖了石榴根，

想你脚底板子疼，

离开你了活不成。

……

这是一支想女人的歌。歌声是从黄土梁子那边传过来的，听得见漫"花儿"的声音，却瞭不见人。我能辨出那是一个老者，也许他唱了几十年情歌了。

也怪，后来我每次从这儿经过时都能听到这漫"花儿"的歌声，只是嗓音一次比一次苍老，悲凄！

高原上打光棍的男人，心里都长出荒草了！

再后来，"花儿"声断，我们就在那个地方看见了那座女兵坟……

关于那个女文工团员的故事我并没有亲身经历过，是后来的战友们讲给我听的。

那位女演员从京城出发随团去西藏边防演出，被高山反应挡在了昆仑山上，高山反应无情地袭击着体弱的她，使她连神儿都提不起了。当时的兵站根本就没有想到会有女人来驻站，所以修盖的全是一个模式的可以住一个排的大房子。现在猛然间来了一个女病号，又不能及时送到西宁或兰州，只能临时给她收拾住处。

　　于是，在兵站那一排圆木帐房之外，便有了一顶单独存在的军用帐篷。女文工团员就在那里面休息。照顾她的只能是个入伍才一年的男卫生员。

　　昆仑兵站来了一个女文工团员的消息很快像长了翅膀一样飞到青藏线上的角角落落。那晚，兵站聚集了五个汽车连队。谁也不去想她是因病来到了昆仑山的，大家只知道她是个会唱歌的女人。

　　军用帐篷的灯亮在了兵站每一个人的眼里。那晚没有人不朝它瞭望。

　　最先走近帐篷的是两个从甘肃天水入伍的汽车兵。他俩久久地站在十米开外的地方，望着帐篷里的灯。他们没有走进帐篷的奢望，也没有要和女文工团员搭话的胆量，只是盼望着她能出来，看上一眼就满足了。要知道他们从来没有见过女文工团员是啥模样啊！

　　想看一眼女文工团员的当然不止这两个天水兵了。驻站的兵都像他们一样怀揣着这样一个羞涩的美好愿望。

　　于是，又围上了几个兵；又围上来了几个兵……

　　他们只是远远地站着，谁也没有勇气近前一步。

　　帐篷外面的响动，自然惊动了里面的主人。女文工团员不知道发生了什么事，惴惴不安地开了帐篷门，想探个究竟。当她看到一群兵围她而站时，马上明白是怎么回事了。她不顾体虚、气喘，笑盈盈地走出来，说：

　　"欢迎大家到里面来坐。"

没有谁挪动脚步。

她再次诚恳邀请大家，仍然无人进去。

这时，不知谁说了一句话："我们想听你唱歌！"

唱歌？这使女文工团员有点为难，撇开她是舞蹈演员不会唱歌不说，只瞧瞧眼下她被高山反应折磨得六神不振的蔫乎样儿，能唱吗？她正犹豫着，这里又有几个兵同时起哄：

"我们要听你唱歌！"

面对这些坦率、朴实的兵们，她不能对他们说她不是歌唱演员，也不能把自己的病情讲出来。这些可爱的战士们一年间难得看到一次演出，有的甚至当了三四年兵也没有和文工团照过面。今晚，对于他们这个一点也不苛刻的要求怎么好意思拒绝呢！

女文工团员这时好像忘了自己是个病人，便张口唱起了歌儿……

这一夜，昆仑山上这个一向冷寂的兵站，变得热闹非凡。听歌人和唱歌人的交融达到了无与伦比的默契。女文工团员后来完全不像个严重的高山病患者了，随着兵们的欢呼掌声，她唱了一支又一支歌儿，而且越唱兴致越高，越唱越想唱。兵们把巴掌拍红了也不知疼。

歌者和听者都疯了。青藏线上何曾有过这样一个男女狂欢之夜？后来兵们看到女文工团员是强打起精神唱歌了，才依依不舍地离开了帐篷……

这是绝对可以想象得到的结果：女文工团员的高山病急骤加重，唱完歌后，她就躺倒了，再没起来。

第二天，她长眠在了帐篷里。

对于她的死，没有人怀疑是高山反应所致。但是，汽车兵们却都有一种负罪感，是他们没节制地让她唱歌，使本来有病的她病情加重，催着她过早地离开了人世。

她的坟就在昆仑山一个向阳的山坡上。最初，那坟很小，你如果不大注意，就很难看得到。后来，过路的汽车兵们都知道了女文工团员的故事，便每人都捧来一掬土添在她坟堆上，使它越来越大，渐渐地变成了一座小山了。

山坡上的女兵坟，是一种象征，也是一种昭示。它告诉人们，这里曾经有一个勇敢多情的女性打破了青藏高原沉寂而单调的生活；同时它也召唤那些有志气的血性女儿们，到世界屋脊上来创造多彩的生活。

女兵坟把太阳抬得很高，很高……

三

昆仑山的风雪一年四季狂吹着。今天吹走了远方的海市蜃楼，明天吹走了的还是海市蜃楼。

一切都是那么遥远，只有茫茫的雪原……

四

单调得像凝固了似的现实，突然又被一个美丽的传说唤醒。

那天，我出车刚回到营房，就接到了一个电话。是青藏办事处宣传处文化干事李廷义打来的。

"我看到《人民日报》了，写得很好，向你祝贺！"话筒里传来他抑制不住的兴奋的声音。

"你说什么呀？祝贺？"我丈二和尚摸不着头脑。

"《惠嫂》嘛，登在《人民日报》上。"

我一下子明白了，哭笑不得。

说起来这是一件令我十分尴尬的事。原来，前一天，《人民日报》登了一篇小说《惠嫂》。作者是青藏公路管理局的王宗元。小说讲述了不冻泉养路段惠段长的爱人热心为过往司机服务的故事。王宗元、王宗仁，一字之差，且都是写青藏公路上的事，这样人们把王宗元误认为是我就不足为怪了。

说实话，《惠嫂》这篇小说的影响面毕竟是有限的，事情的爆起是后来有人把《惠嫂》改编成了电影《昆仑山上一棵草》，这个影响就海了！尤其是在青藏线上，谁能不看这部电影？

直到前两年，《北京晚报》的李凤祥还把《昆仑山上一棵草》误认为是我的作品。我不敢假王宗元的名字，赶紧声明纠正。

王宗元的贡献在于他给青藏线的男人国世界里送来了一个女性，惠嫂这个人物一夜之间在两千公里线上传开了，那情景绝对不亚于后来徐迟写了《哥德巴赫猜想》以后，陈景润的名字一下子被国人知道了。与陈景润不同的是，这个惠嫂是王宗元用笔塑造出来的，现实生活里根本没有惠嫂。

天国是虚无，天堂是幻影。

青藏公路沿线仍然没有女性。

我永远都忘不了，我们连队在长江源头兵站广场上第一次看《昆仑山上一棵草》时的那种充满渴望而懊丧的复杂心境。

那晚，天空飞着雪片。我们从西藏亚东执勤回来一到源头兵站，就听说了放映《昆仑山上一棵草》的消息。大家忙忙火火地整完车，扒拉了几口饭菜，就坐在了广场上。不用说，电影看得很解渴，但说句心里话，扮演惠嫂的演员长相实在平平，明显地带着陕北农村妇女的土腥味儿。可以得到安慰的是，她说话、办事利落，到位。对来往于不冻泉养路段的汽车司机那股热乎劲，真烫人心！尤其是那个她扯着调皮司机的耳朵让他老老实实去吃病号饭的镜头，把我们的心扯得痒痒的，谁都巴不得惠嫂也揪揪自己的耳朵，吃一顿惠嫂亲手做的病号饭。

那一夜，我相信我们每一个人都做了一个十分美好的梦。

次日，我们投宿不冻泉。兵站与养路段一墙之隔，我们连的驾驶员都到养路段去找惠嫂，结果没有，连个女人的影子也没有。只有几间半地上半地下的圆形帐房冷凄凄地挺立在寒风里，几个脸膛被高原风雪吹打得像牧民一样的道班工人，在昏暗的酥油灯下打扑克……

我们很失望。大家的心还沉浸在电影的镜头里，越是这样就越失望。

是王宗元"欺骗"了青藏线人，还是青藏线人的痴情太重？

我们不愿意在岩石与虚无之间看见一棵虚张声势的树，只希望汽车的轮子在冰雪地上展开翅膀时，能感受到大地的芳香。

鲜花，照样开在天幕。

月亮，也可以是归鸟的巢。

终于有那么一天，我们的生活中真的来了一位"惠嫂"时，我们却变得那样惊慌，手足无措……

五

一切美丽的故事几乎无一例外地是突然发生。

当我们在唐古拉山顶上被一场意外的大雪围困得寸步难行的时候，一位年轻漂亮的大姐走进了我们的生活，使我们这些野性的汽车兵们一时间变得像野兔见了雪豹一样规矩起来。

她以突然袭击的方式出现在她的服务对象面前，使我们始料不及，也使我们喜出望外。

当时，我们已经把横在车队前面的一道雪墙铲得所剩无几了，大家刚放下锹和镐，准备喘口气，最后来一个"冲呀"突围出雪山。这时，有消息灵通人士宣布了一个绝对属于爆炸性新闻的消息：

"战友们，太阳从西边出来了！温泉兵站来了一位女招待员，她马上就要和我们见面了！"……

他下面的话被我们随之而起的狂叫声湮没了。

一阵撼天动地的欢呼声之后，雪山突然变得鸦雀无声。大家都企盼着，等待着。

"发布消息的人呢？接着往下说呀，那位女招待员长得怎么样，能不能描画描画！"

就在这个时候，一辆小嘎斯车兜着一阵旋风"吱"的一声停在了我们车队旁边。

司机下车，随之一个女同志很麻利地一跳，站到了地上。

今天，在我凭着记忆描绘这位第一个在青藏线上出现的汉族女性时，心情仍然是抑制不住的激动。她把青藏公路那页惨淡而伤感的历史揭过去了，是她结束了西部这块高地的一个时代。她的勇敢和伟大是我不管过去和现在以至将来都十分钦佩的。我会尽量地把那天她留在我脑海里角角落落的印象都搜罗出来，展现给读者。这是珍贵的历史瞬间呀！

当她落落大方地站在我们面前时，我们立即都觉得自己进入了一个神话的环境。

她帮着司机从车上把一个用棉被拥着的保温桶抬下来，放到地上，这桶里装着足够我们十多台车驾驶员填饱肚子的饭菜。她十分麻利地掌起勺，一边给我们舀饭一边说：

"弟兄们，都先给我停下手里的活儿，喂饱肚子，身上有了劲还愁没活儿干吗？"

她完全是一家之主的说话语气，根本没有商量的余地。我们当中一个有胆量的驾驶员说了句实话：

"我们早就不干活了，在列队欢迎你哩！"

她一点儿也不气恼，笑着说："是吗？我怎么没听见锣鼓家伙响呢！对啦，我已经有了感觉，手心直痒痒，原来弟兄们惦着我。"

转眼工夫，她已经在我们还来不及擦掉手上的油腻的当儿，就把饭菜一碗一碗递到我们面前。

她说："天气冷得咬肉，肚子添一碗热饭热汤，比身上加件棉衣还管用。你们就放开肚子吃吧，不用担心饭不够吃，你们一共才18个人，我是按加倍的人数下米炒菜。我还发愁剩下来又得让我们抬回去呢。"

就凭这一颗心，我们身上能不热乎吗？

看着我们一个个吃了个肚儿圆，她脸上溢满喜色，好像这么多饭菜是从她喉咙咽下去的。

"吃饱了，喝足了，大家一齐动手，把碗筷收拾到保温桶里，咱们准备下山。"

"篓子班长"恋恋不舍而又无可奈何地说："谢谢你的好意了，你只能先走一步了，我们还得修车呢。"

"篓子班长"说的就是他自己的车。我们铲雪开路时，他一直没有停止鼓捣车上的毛病。

她马上接上去说："车没修好我怎么能抽身就走？我陪你修车。"

她说着就撩拨掉大衣，露出了蓝地碎白花的棉袄。"篓子班长"忙把手拦在她的大衣上：

"哪能让你实打实地干，你站在旁边看就行了。"

"你真以为我会修理汽车？太抬举我了，我只能当个不够格的小工。"

她真的给"篓子班长"当起了助手，递扳手，送钳子什么的，蛮在行的。

真邪了大门，还是那个油路的毛病，刚才"篓子班长"捣鼓了快三个小时，就是来不了油。这会儿，他拿起扳手敲敲打打，只用了几分钟，通了。油"哗哗"淌得好顺畅，神了。

她一直不换眼地瞅着"篓子班长"的一举一动，使人感到她脸上那笑容是专给"篓子班长"的。

下山时，她不坐自己的嘎斯车，非要挤在我的驾驶室里不可。我说，我是个邋遢兵，驾驶室太脏了。她一笑说，让我也蹭些光嘛。我握着方向盘，四轮生风，一路快跑，一个小时就到了温泉兵站。

她下车时问我们："小弟兄们，肚子还提意见吗？只要想吃饭，我马上就去做夜宵。"

我们同声回答："谢谢啦，咱现在最需要的是好好睡一觉。"

她打开客房门，捅开了火炉子。

借着炉火，我看见她棉袄上那些碎白花格外耀眼。

雪停。我隔窗望去，夜空皓皓。月牙儿像一个香蕉苹果坐在唐古拉山巅……

六

半夜里，睡在我旁边的"篓子班长"，捅了捅我的胳膊："还没睡着？"

"你呢？"我反问。

"也睡不着。"

"我们都得相思病了！"

他没有再说话，寂静的夜在火炉里烤着。

他又问我："你看她长得怎么样？"

我当然知道他指的是谁。我不经意地说："我根本没看清楚她的脸。"

他说："我也是，只顾忙乎着修车。"

寂静的夜压人心胸。

过了许久，他又对我说：

"这是个很了不起的人物。也许从今天起我们青藏线上这些兵要开始一种新的生活了。"

这当然是我们所企盼的事，但是毕竟很渺茫。

他接着说："注意打听打听，她是怎么来到温泉兵站的，还有她爱人的情况……"

这之后，我就渐渐地睡着了，他也打起了呼噜……

满屋子鼾声。

鼾声抬高火炉，格外香甜。

……睡梦里，我走在穿山而过的雪路上，无声地拾起雪花，好玩地扔过去。我沿着那条大风洗不掉的车辙，又走了一回唐古拉山。

她一直陪着我。还是那句话：挤一挤，让我蹭些光。

……

一惊，我醒了。

她正用根长长的铁棍捅着火炉，我觉得一股暖流直淌进了我的心里。

"吵醒你了？"她轻声地问。

"没有。刚才做了个梦。"我当然不会告诉她做的什么梦。

她继续捅着火炉。动作轻微，几乎听不到声音。只见那铁棍被炉火映得通红通红，像刚从红颜料缸里蘸出来似的。她白嫩的脸膛被炉火镀上了一层淡淡的胭红，显得美丽动人……

我心里热热的，那烧透了的炉中炭把我从头顶暖到脚梢。

捅好炉子后，她离开炉子稍远一点儿，我才看清了她苗条的身段，还有那件蓝地碎花的棉衣。这件合身、得体而又朴素的衣服越发使她显得紧凑、精巧、大方。我有个感觉：世界上没有任何一件衣衫比这件更能显示这位女性的魅力了！

后来，不管是冬天还是夏天，我们几乎都看到她穿的是这件棉袄。大家一看见那些碎白花就动心地说："看，那是一颗一颗的小星星哩！"

身居高原，夜空里的星星对我们总是有一种特殊的感情。夜里想家的时候常常梦见妈妈坐着星星来高原看我们。星星使我们想念远方的亲人，星星也使我们排除掉想家的牵挂，星星还能使我们感觉到明天的曙光。难怪在当时乃至今天不少作家在写到高原战士的思乡及寂寞心情时，总少不了这么一句话："白天兵看兵，夜晚看星星。"

星星，你是高原兵们悬在夜空呼唤亲人的小铃铛。

七

按照"篓子班长"的叮咛，我开始给女招待员建立"档案材料"。

我们这些走南闯北的汽车兵有"包揽天下消息"的本事，可以通过各种渠道打听到所需要知道的事情。也许这些消息有不少是"马路路透社"的，但是我们仍然感兴趣。

女招待员叫什么名字，没有人告诉我，我也不去打听。今天回想起来使我不解的是，当时运输任务很紧张，我们一年中起码有十个月的时间在路上跑，每月给我们提供了至少有三四次与她见面的机会，我怎么就没有问问她的名字叫什么？她经常对我们这些跑车的驾驶员说，你们大都是我弟弟那样的年龄，干脆都叫我大姐吧，我会知道怎样当好大姐的。我们一想，对，叫大姐好。又亲切又自然。谁能说我们这伙胎毛未落的猴娃娃不是她的弟弟呢！特别是她给我们拍掸身上的尘土或抚掉我们头发上的草屑时，我们个个顺从得尤其像她的小弟弟。

我们毕竟制造了一桩遗憾的事。今天我在写她和我们相处的那一年多日子里的事情时，不得不用"她"来相称。当然，更多的时候我会称她为大姐的。

据说，大姐为了来高原，还和家里人闹了一场别扭呢！

她的家在哪里？说法不一。一种说法她是冀中平原人，另一种说法她是沂蒙山区人。看来她是从革命老区出来这一点没有错，大姐的爱人叫杨孝山，温泉兵站炊事班长。这是个抗美援朝时参军的老兵。50 年代中期转战到了青藏高原，调到温泉兵站先是警卫班，后又调到招待班，我们 50 年代末来高原执勤时他已经在炊事班蹲了两年。1960 年，大姐从老家来温泉兵站探亲，看到了分别六年的丈夫。当时她 26 岁，长得秀气、水灵，很招人喜欢。两个月的假期，她把大部分时间泡在了炊事班，和丈夫一起忙着做饭、淘米、洗碗，招待过往兵站的客人。

我当时在格尔木地区跑短途运输，没有见到大姐，据战友们讲，那两个月温泉兵站的粮食比预定计划超了两百斤，可是上下唐古拉山的车辆事故比往年同期减少一半。谁也不敢说，这就是大姐的功劳，但是她的出现给过往汽车兵带来的朝气和鼓舞是大家有目共睹的。其实，这一点也不为怪，一个长期封闭的男子汉世界里突然闯进来一位女性，当然会发生可喜的变化。

大姐的假期满了，谁也舍不得她离开。站上派了两个代表送了一程又一程，不愿分手。后来他们在公路上拦了一辆去西宁的顺路车，她已经坐上车走了，送的人还立在路上像雁一样伸长脖子瞭望。

那次分手后，大姐留给大家的最后一句话是："你们以为我就那么甘心离开温泉吗？我跟孝山已经商量好了，这次回老家把家里的事安排一下，办个证明，就回到温泉跟弟兄们一起工作。"

第二年春天，她在丈夫的支持下，顶着家中众亲人的重重阻拦，辞掉了小学教员的工作，来高原落了户，在温泉兵站当了一名招待员。离开老家时，父亲流着眼泪对她说："孩儿，你太任性，家中这么多人，你问问爸爸妈妈、公公婆婆，谁同意你走？大家劝你的话说了一箩筐，你为什么一句都听不进去？"

她答："只要孝山不反对我上高原，我对于自己的选择永远都不后悔！"

来温泉兵站的当天夜里，送走了前来要热闹的战友，屋里只剩下了小两口，杨孝山便实实在在地问了她一句话：

"温泉兵站海拔五千多米，条件这么艰苦，你到这里来，到底是爱这里的战士还是爱我？"

她故意说："我不说，要你告诉我。"

杨孝山像开玩笑又似一本正经地说："我看你是爱那些来往兵站的战士。"

她问丈夫一句："爱战士怎么样，爱你又怎么样？"

孝山说："一个不爱战士的女人，她怎么可能爱自己的丈夫呢？"

大姐撒娇地用双拳捶他的胸。

杨孝山又说："我总是担心你的身体吃不消这里的苦！"

她问："你呢，身体吃得消吗？"

"我，一个壮壮实实的小伙子，吃铁咽钢也没问题。"

"那你就帮着我吃铁咽钢，还怕它消化不了吗？"

两人紧紧地相拥……

八

我必须提醒我的读者，有关大姐的故事在后面都有意无意地和"篓子班长"连在了一起。这究竟是喜事还是祸事，当时我确实无法下断论，即使三十年后的今天，我在回忆着叙述那段往事时心情仍然难以平静，也很难用三言两语说清楚。我只能按照事情的本来进程慢慢地向前推进，你跟着前行，自然就会明白是怎么回事了。

大姐像一片彩霞出现在青藏公路通车不久的雪线上，从此，这个干渴、寂寞、单调的世界里有了色彩。人心扬起了风帆，车轮鼓起了春风。

我不认为我这样形容太夸张，凡是在那个偏远、荒芜的地方待过的人，都会感受到女性魅力的奇特作用。

我永远都忘不了我们心里淌着哗哗小溪的那些滋润而欢愉的日子。

温泉这个地方，正像杨孝山给大姐描绘的那样，海拔高，终年积雪不化，严重缺氧。人待在这儿浑身没有一块舒服的地方，头疼、气喘、耳鸣、咽不下饭、睡不稳觉。高山反应厉害的人往往越不过"温泉"这道关。

汽车兵有句口头禅：温泉不留人，留人要你命。

我们发憷的这个地方，一般情况下，停车加点油，吃一顿饭，油门一踏蹿过了山，在唐古拉那边的安多买马兵站见了。

自从大姐的身影出现在温泉兵站以后，这个鬼地方的狰狞面目在我们眼里彻底改变了。高山反应退让了。过去躲都躲不及的地方，现在大家争着去投宿，去吃饭。

大姐用她的绚丽普照着一片又一片格桑花。

汽车兵们揣着一腔说不清道不明的愿望，像上足发条的闹钟一样不知疲倦地在风雪高原上奔驰着。车子还在阿尔顿曲克草原上行驶，开车人的心就飞到了温泉兵站。为了那顿可心可口的饭菜？为了在那生着旺旺的火炉的客房里伸展四肢舒舒服服地睡一宵？为了看上大姐一眼？

都有。

大姐每次看到我们打好饭菜，坐在桌前狼吞虎咽地吃起来，便给每个桌上端来一盆冒着呼呼热气的胡辣汤，说：

"先喝汤，再吃饭！"

"还有这个讲究？"有人故意问。

"热汤暖心哩！"

雪山上吹过了一股柔柔的春风。

有几个驾驶员蹲在墙角里吃饭，菜盘放在地上，边吃边聊，好开心。

大姐从炒菜间搬来几把方凳，加在饭桌前，然后来到那几个聊天的驾驶员眼前，说：

"坐下吃饭吧，跑了一天车，让胳膊腿放松放松，身上好受！"

有个战士跟她犟嘴，说："大姐，我们蹲在地上吃饭一点儿也不累，能喝上大姐端的一碗汤，就是扛着碌碡上山也有劲！"

大姐不语，光笑。

又一个战士说："不用说喝汤，就是闻闻汤味儿也够我们嚼三天的！"

大姐一点儿也不恼，逗笑说："下次我把汤烧得再辣一些，看辣掉你的舌头不成！"

"哇！舌头万岁！"那个跟大姐贫嘴的兵，吐吐舌头，做个鬼脸。

"篓子班长"说："大姐像我的妹妹。"

他坐在车场旁边的一个雪堆上，手里拿着一张妹妹的照片，这样自言自语地说。

他手拿照片沉思的姿势，很像一种自然景物。

我们围上"篓子班长"。有的说，你是想媳妇了吧！有的说，不是，他在想大姐呢！

他一本正经地说："我不是开玩笑，哪有拿妹妹开玩笑的。"他说她确实很像他妹妹，越看越像。说着他站起来，十分严肃地说：

"我一没结婚，二没想大姐，我就一个妹妹，她死了，死得好惨！"

我们都不吭声了，静静地听他讲妹妹的故事……

九

"篓子班长"姓戴，名承欣，"篓子班长"是他的外号，意思是他很有知识，满脑子都是故事。这么一说，你一定认为他蛮有文化的。其实不然，他只是初小毕业。我们说他有学问是指他脑子里那些歪瓜裂枣特多，举个例子，唐古拉山下有条季节河，夏天山上雪水化了后河里就溢满水。到了冬天，因为积雪结冰，没有了水，河也就断流了。这个道理我们是后来才懂的，刚上高原时我们傻乎乎的，哪里晓得呀！我便去请教"篓子班长"，他一本正经地回答："冬天河水哪里去了，你连这都不懂？你尿尿也不是一天到晚总在尿吧？只能是有了尿才尿，没了尿断尿，就是这个理！"我还真没敢笑，话丑理端，老班长也许没有瞎说。

这就是"篓子班长"的水平，你不服也得服。

"篓子班长"爱说爱笑，蛮打胡闹，给我们生活中添了不少乐趣。但是，在一个问题上他是绝对不会幽默的，那就是提起他妹妹的死，他准会一把鼻涕一把泪地给你讲起来……

他的小妹妹仅仅活了十岁，便走完了她的人生之路。

"篓子班长"大妹妹五岁，他是小妹妹的保护伞，到田里挖野菜，下河沟摸鱼虾，总是带着她。那年秋天，田野里的豌豆苗吊满了小刀刀似的豆角儿，实在馋人。"篓子班长"每天都要到地里摘半篮子豌豆，回到家里剥豌豆粒给小妹吃。那个季节正是麻疹发病的时候，一次小妹在跟着他摘豌豆角时染上了这种病。她整天躺在床上，高烧不退，不吃不喝，只是不住地哭叫着，把全家人的心都叫得酸疼酸疼。

"篓子班长"摘了好多豌豆角，堆在床头，妹妹却一粒也不想吃，病魔折磨得她啥也难以咽下。

全家人的心焦急得起火了。小妹的麻疹怎么也出不来，从早到晚地哭叫着。奶奶是过来人经得多，她说是麻疹没出来，内毒攻心，娃儿受不了。她让"篓子班长"逮个癞蛤蟆拿回来，说癞蛤蟆是凉性的，剪开它的肚子敷在小妹的肚脐上就能去火。"篓子班长"满山遍野地跑着捉了好些癞蛤蟆，小妹的肚子上敷满了血糊糊的癞蛤蟆，把小肚兜都浆成红色了。但是，她的麻疹仍然没有出来，最后竟被可恶的病魔夺走了生命。"篓子班长"一家人抱着小妹的尸体哭了三天。

第四天，泪迹未干的妈妈送"篓子班长"上学，行至山野一片荒坟前，突然从草丛里蹿出一只野狼，只见那狼嘴里叼着一件破碎的红肚兜。他和妈妈一眼就认出来那是小妹的肚兜，便大声哭喊着扑向小妹的坟地……

小妹得的是麻疹合并肺炎，导致心力衰竭而死亡的。当时，如果打几针青霉素就可以保住她的命。可是，缺医少药的山乡呀……

"篓子班长"的小妹已经死去十年了。他从来没有像现在这样怀念可爱而可怜的小妹。从第一眼见到大姐那天起，他就惊喜地发现，大姐就是他再生的妹妹。的确，她长得太像小妹了，眉毛，眼睛，鼻子，嘴巴，没有一处不像小妹！特别是那微微向外突出的额头，简直是一个活脱脱的小妹……

听罢"篓子班长"讲完小妹的故事，我们的心被这辛酸的往事深深震撼。我当然不会相信大姐就是小妹的再生，但是我们又不能不相信他对小妹的一片纯情。这是他对小妹沉淀了整整十年的怀念呀！

我出于安慰他，也想帮他走出沉陷的误区，便说："班长，这你就不懂啦！大姐毕竟不是你的小妹，你小妹过世已经十年了。忘掉她吧，这样对你对别人都轻松！"

我是站在另一个季节的深处看春天，这样看到的也许是朦朦胧胧的花，但是，那是真实的花。"篓子班长"听了我的话，未置可否，只说了一句话：

"真的，我现在觉得我离小妹近了！"

温泉兵站的餐桌上。

几个跑阿里的藏族司机醉成了冬虫夏草。

大姐纯洁的脚步声像雪花落地……

十

我在回忆往事的时候，老觉得眼前有一个滑轮在滚动，一会儿从食堂滚到了小河旁，一会儿又从卫生所滚到了宿舍里……这个轮子就安在大姐的脚上，她的忙碌、辛劳就像这无法安停下来的轮子，给人的感觉，她生来就是为别人操劳的。从早到晚，从站里忙到站外，从车场忙到客房……何时是她的休息日？

她对病号体贴入微的关爱和照顾，尤其令人感动。凡是报了病号饭的战士，她一概不例外地把特地做的挂面送到他们手中，若是比较重一点的病号，那挂面汤里肯定还会卧着一个荷包蛋！

大姐把这个荷包蛋做得十分讲究、别致，蛋清摊开，呈小碟状。蛋黄半开半合地立于碟中央，几丝红萝卜绕蛋黄而放，活活的一朵荷花！

病号们吃了这个荷包蛋后，给战友们炫耀说：

"香哩！病好了，翻过唐古拉山没问题！"

真神！荷包蛋成了十全大补，补了身子还补心。

温泉兵站的病号饭有了很高的知名度，我们许多汽车兵都盼着能尝尝它，甚至有些本来就没病的兵也谎报病情，蹭一顿病号饭。

于是，就有了这样两句顺口溜：

> 走遍四千里的青藏线，
> 最爱吃温泉的病号饭。

高原以外的人一定会提出疑问：一顿病号饭值得这么倾心醉倒吗？青藏线上的官兵却最清楚，这全是冲着大姐来的。其实那病号饭除了鸡蛋花样做得特别外，与其他兵站的病号饭没什么两样。

大姐征服了青藏雪域这些"野性"的汽车兵们，大姐给了他们闯荡高原的智慧和勇气。大姐是兵们心中至圣至贤的偶像。

这样，发生所谓的"篓子班长"泡病号这类本来不值得大惊小怪、却被一些人炒得沸沸扬扬的事情，就一点儿也不感到意外了。我可以肯定地说，也敢作证，那天"篓子班长"确确实实身上不大舒服。那还是没有到温泉兵站之前，途中小憩检查车，他用扳手戳着腰部对我说："他妈的，这回翻唐古拉山要出麻哒了，肚子好疼，头也像挨了砸一样不舒服！"我眼瞅着他是咬着牙把车坚持挪到温泉兵站广场，然后连车也没有保养就进了卫生所。是我扶他找到医生的，次日，带队的连长不得不临时找了个副驾驶员开上他的车走了，"篓子班长"便成了掉队的病号，"泡"在了温泉兵站。

这就是我不带任何主观色彩的纯客观的报道。谁还愿意得病吗？"篓子班长"确实是因病掉队了。

接下来，发生的故事就可想而知了：大姐像对待她遇到的每一个病号一样，用一腔热情接待了他。

先是把热烫烫的洗脸水、烫脚水送到跟前，随后，端来了卧着荷包蛋的挂面汤。

吃饱了，喝足了，两人才有下面的一段对话：

"你现在觉得哪里还不舒服？"

"哪里都没有不舒服的感觉，就是肚子有点饿。"

"想吃东西这是好兆头，你还想吃点什么？"

"鸡蛋挂面就很好了，我在哪儿也没有吃过这么可口的挂面。"

大姐便又端来了一碗卧着荷包蛋的挂面，"篓子班长"吃了。

他说还没吃饱，大姐便端来了第二碗。

他狼吞虎咽般地又消灭了。仍然不说饱，大姐只得再端来一碗……就这样，直到第五碗鸡蛋挂面汤下肚，他才满意地说：

"饱了！真过瘾！"

这时，他已经吃得满脸淌汗了。大姐问：

"你的病呢，高山反应怎么样了？"

"没一点儿事了，全好了！"

"真的好了？"

"是呀，一点反应也没有了！"

"这么说，我们温泉兵站的荷包蛋确实能制伏高山反应了？"

"那还有假？我可以作证。"

后来，"篓子班长"这一成功的"病例"传出去，使温泉兵站那本来就很神秘的荷包蛋，更加神乎其神了。几十年间，青藏线的汽车兵们为了对付顽症高山反应，发明了许多土方妙法，首屈一指的应该是大姐的荷包蛋。

我们仍然回到大姐与"篓子班长"对话的现场，他们的话题继续着。

"有句话，在我心里放了好些天，不知当说不当说？""篓子班长"突然变得腼腆起来。

"说吧，有什么不好意思的，咱们又不是第一次打交道。"大姐解除着他的顾虑。

"我总觉得你像一个人！"他转弯抹角，不敢把话说明白。

"天底下长得相像的人太多了，世界之大，无奇不有嘛！"大姐仿佛预感到了什么，也许故意不想让他说出来。

"……"

冷场。大姐耐不住了，催问：

"你说，我长得像哪一个？"

"我的妹妹！"

"你妹妹？"大姐反问一句，沉思片刻，又问道：

"你今年多大了？"

"25 岁。"

"你怎么也不问问我的年龄？26 岁了！天底下有妹妹比哥哥还大的道理吗？"

"篓子班长"不语。他寻思：我并没有说你就是我妹妹，只是说你长得像我妹妹罢了。

过了一会儿，"篓子班长"又说："你确实很像我妹妹。可是，我那小妹已经死了。如果活着，今年整整 20 岁。"

大姐知道"篓子班长"心里难受，便安慰他说："人已经去了，提她也没有用。失去了妹妹，这当然是很难过的事了。今天又有了个大姐，你应该高兴呀！"

"篓子班长"抬头望着大姐，那目光透过睫毛喷散着希望的光芒。

大姐说："你不是说我长得很像你妹妹吗？姐姐跟妹妹本来就应该长得很像嘛！"

"篓子班长"抬脚一步，上前，叫了声"大姐"，便伏在大姐膝盖上哭了起来。当年小妹去了以后，他也哭得这么伤心。

"大姐，我还要等三天我们连队才能返回来，这三天我不干活手太痒痒了！"他有点儿犯愁地说。

"舍得流大汗还不好办！帮我背冰去！"大姐一把拽着他，快步而去。

一条冰河正好把温泉兵站绕了半个圆。银白，透亮，站上的圆木房在寒风里瑟缩。

十一

我相信，凡是那个年代走过青藏线的人，肯定会对大姐背冰的身影留下抹不去的印象。

她脚下的小路，是一个孱弱女人蹒跚跋涉的脚印。

或许人们永远也想象不出来，温泉兵站的用水、吃水全靠化冰而来，这里几乎四季冰封，每一滴水都僵在冰里。半绕兵站而过的那条小河，只有在盛夏很短的日子里山巅的雪水才会溢满河道，高原人脸上解冻的笑容还没完全展开，小河就又结结实实地封冻了。兵站雇了一名藏族临时工给站上背冰，说不上是什么原因，后来他走了。谁来背冰？炊事班的同志们，这里面就有大姐。

每逢背冰的日子，她总是天刚蒙蒙亮就起床，直到天色麻麻黑才回到站上。她背着冰走一会儿，把冰靠在塄坎上歇一歇，喘几口气，又走。有人告诉她，找个扁担去吧，挑冰比背冰省力气。于是，她又天天挑着两筐冰走在雪山上，还是那么吃力……

那天，我开着车进站，老远就看见大姐挑着一担冰迈着碎步，便加足油门鼓起一阵风，追上去，与她并行。

"大姐，上车吧！"

"不用了，你快进站早点休息。"

她依然走她的路，只是含笑向我摇摇手。

我知道，我再坚持她也是不会坐车的，便开车走了。倒车镜里映着她越来越小的身影。我总觉得她是挑着冰山在跋涉，我的心情很沉，很沉。

这时候，我似乎才想到了一个问题：我们在风雪线上的欢乐、幸福，是大姐用沉重的脚步换来的呀！

我一辈子忘不了大姐挑冰的形象。我把我的内疚心情透露给战友们，他们都说，是呀，大姐是不容易，我们都是罪人，把自己的欢乐建立在大姐的痛苦上。

是不是痛苦，不好说。反正大姐是很艰难的。

年轻娃娃是狗记性，很快就把好不容易悟出的那点人情道理扔在了脑后，又在无忧无虑地开着汽车在高原上撒欢了。那全是冲着大姐的，她是我们心中的女神！

……

现在，大姐领着"篓子班长"背冰。

大姐说，没有那么多扁担，咱们都背吧。我觉得背比挑要来劲得多。"篓子班长"说："一根扁担没关系，我来挑，你空手走着就行了。我挑一担冰肯定比咱们俩背的还要多。"大姐忙摆手："不行，不行！你是帮我干活的，我怎么好意思空着手走路？"

他们背了十二趟，二十四堆冰码成一个小山，堆放在水房里。

大姐用沾满冰碴儿的手，抹了抹脸上的热汗，对"篓子班长"说："谢谢你了。""篓子班长"忙说："别谢我，我应该感谢你，这些冰最终还是让我们这些过往的汽车兵吃了，用了！"

大姐说："我现在不是以招待员的身份对一个汽车兵说话，而是以一个大姐和小弟的关系跟你聊天。"

"篓子班长"无话可说了。

十二

这是大胆的季节。

既然温泉河不生长美女，那就让这梳理雪山的春风，带起裹着冰碴儿的水花四处飞扬，落到哪里让哪里溅起一朵如花的冰凌吧！

山巅的积雪消融了。

路边一片又一片的潮阴地浸出了水。

源头的小溪们醒了，亮起歌喉唱起来了。

盘古至今，温泉河边第一次簇拥着这么多的藏族姑娘。她们身着花花绿绿各色氆氇藏袍，像快活的鸟儿，有的站在水中，有的立在岸上，还有的坐在河心的小岛上。一个个脸上乐开了花，嘴里漫着只有她们自己可以听清的藏家情绵绵、意切切的歌调。

大姐突然出现在姑娘们中间。她还是穿着一件蓝地白碎花的衣服，不过，已经换成了单衫。下身是用同样布料做的裙子，非常合体。这时，她亮起了银笛般的嗓音：

"姐妹们，在雪化冰消这短暂的日子里，我们都忙起来吧！"她把姑娘们分成三个一组、两个一伙的小摊子，然后下达任务：有的拆洗被子，有的翻新汽车坐垫，有的冲刷篷布和工作服……

哗啦哗啦的撩水声代替了说话声，叮叮咣咣的捶衣声压住了河浪的吼叫。在姑娘们停止了说话打闹以后，河滩霎时变得静悄悄的。

一抹阳光斜射着照透了姑娘们勤巧的双手。

唐古拉山所有透着春光的窗子都是大姐打开的。

温泉兵站每年7月中旬前后不足20天的日子，是这片冰雪世界开放的季节。这时节男人可以赤身露腿，女人可以亮怀穿裙子，实际情况是，这些只是季节年轮里的文字记载。现实生活中，人们仍然捂着油渍渍的工作服，当然已经把棉工作服换成了单衣衫。

在隆冬里结冰的岩石毕竟开出了花朵。

大姐走藏村串帐房，身后绕着阵阵春风。她好不容易把几十个放牧点上的藏家女动员到这里来，也好不容易地收集起了汽车兵们的这些必须洗洗涮涮的衣物。她对兵们说：

"雪山解冻的时候，牧人们不应该沉默。姑娘们的裙裾摆动起来的时候，小伙子们不应该缩在帐篷里。来吧，天、地、水和人都跳起来，唱起来！"

兵们便加入到了藏家女的洗衣歌声中。

衣服洗净了！

被褥涮绿了！

坐垫漂白了！

"拧干"的动作太有韵味了：男女各抓住衣物的一头，朝相反的方向拧去。于是，衣物便拧成了麻花，越拧越短，越拧两人的距离越近。这时候，藏家女的身段，特别是那腰肢处，也拧成了麻花状，美丽极了。最后，两人的距离更近，一不小心，那兵打了个趔趄，两头的人都拧倒在地上。

哈哈……一阵开怀大笑！

日偏西，河边草滩上晒着洗过的衣物。白的，蓝的，绿的，红的，那是朵朵格桑花，那是片片落雨的云。

几十个藏家的小月亮，这会儿仍然不会让自己的手闲下来，她们跟在大姐的身后，串到兵们的圆木房里，搜腾着她们能帮忙干的各种活儿。有的胆大的姑娘，竟搜出了兵们的内衣要拿去洗。兵们急得脸都涨红了，羞怯怯地说：

"这可要不得！分什么活儿嘛，这种事只有我们男人干得。"

大姐也认真地急了，说："嘴唇上茸毛还没褪干的娃儿也知道羞了，那些姑娘论年龄不都是你们的妹妹姐姐的，讲什么隔着藏着的事？去一边待着，就你们那屁屁眼儿大姐也洗得！"

古老的温泉河和今天的男男女女们终于流到了一个河道里。

这个季节，雪山上的太阳举着冬天的嫩芽儿企盼着春天；

这个季节，面对美女和春天，唐古拉山不会失掉对鲜花的比喻；

这个季节，温泉的兵站笑得最开心的要数大姐，还有大姐周围的那些兵们……

月亮，你今夜不要入睡。操琴的老阿爸没有锁在冰层下，他要给你伴奏。

唐古拉山从终生负重的背上，给温泉河里卸下一个冻不死的风景点。

十三

这绝不是夸张的话：三十多年来，大姐的容貌、身影常常栩栩如生地在我眼前浮现，一切仿佛都没有远去。

芨芨草，孤立于旷野遥远的地平线上。她望着高原，也许她没有看到我，我却永远能望见她。

今天，我坐在京城里我的借用于高原一地名而诞生的望柳庄书房里写这篇散文的时候，对大姐的怀念和敬重超过了任何时候，太不容易了！在那个年代，又是在那样一个地方，一个生长在内地脆弱的女青年，抛弃了家庭的温暖、称心的工作和对亲人的依恋，在遥远荒凉的世界屋脊，在女人不去的地方，开拓自己的人生之路，也为别人送去温馨，几人能做到？

我越是深深敬重大姐，就越对她最后的结局不平。她的死出乎人意料的凄惨且突然。重石沉沉地压在我心上。

那年月，任何一点儿树枝发出的嘎嘎响动都有可能被一些多事者渲染成狼嚎鬼叫。冬雨说来就来，根本让你躲闪不及。

谁会想到，温泉河上那幅藏家女和兵们欢乐劳动、相得益彰的美丽图像，竟然成了有损军队形象的龌龊画面，还有，"篓子班长"也因为"泡病号"与大姐称姐道弟落了个说不清道不明的关系而受到严厉的批判……

今天四五十岁的人还留着清晰印象的当年那场"兴无灭资"运

动，风卷浪涌，军营高高的铁门也未能挡住它波及而来的侵袭。

个人的挣扎永远是极其有限而微弱的动作。在青藏线上被我们这些兵们捧在手心怕风吹走了、含在嘴里怕化了的一朵玫瑰，只是闪烁了一下，就灭了。

苦花开在沙漠上，沙漠显得更荒凉。

大姐作为"叛逆"的典型，准备发落回乡，离开这个女人本不该来的唐古拉山。

谁也没有想到，就在这当儿，"篓子班长"……

十四

那天黄昏，太阳的余晖把唐古拉山镀成了橘红色的世界，我们车队停在温泉河边小憩。

现在回想起来，那完全是一次不应该停车的小憩。三天前，在途中行车的我们就听到消息，温泉河的水漫上了公路桥，汽车过桥时务必十二万分小心才能保证不出问题。接着，又传来了消息，兄弟连队头一天在过桥时一台车滑到桥下，所幸人员未伤亡。明明已经亮起了红灯，"篓子班长"还要多此一举地让车队停在河岸，只能在驾驶员心里投下阴影。

河岸上，一老牧人撑着一把破伞慢慢地挪动脚步。天上并没有下雨。

"篓子班长"，那天的表现确实反常。我们谁都能感觉出来他心里像着了火一样的显得六神不安。我们自然明白是怎么一回事，他对受到批判心里堵得慌，总想找个地方发泄。大家都同情他，再加上他每次做的那些在别人看来总有点邪门的事都有他的一套歪道理，他说停车小憩，我们便很顺从地跟着做了。那会儿我们是绝对不会想到后来能有一场灾难。

"篓子班长"逞能了。他站在全班的汽车前给大家壮胆：

"这河算个啥，龙王爷撒的一鞭尿！当年我在朝鲜过大江，在西藏平叛时跨冰河，那才叫考验呢……"我们乖乖地听着，确实谁也没有资格跟他攀比，在我们全连他都是天字第一号的开车能手，不过他把这河比作"尿尿"实在有点儿那个。开始过桥了，"篓子班长"坐镇在最后收尾。他要看着全部的车一台一台地过河，中途万一有个三长两短，有他在也会化险为夷。他开着车还不时地把头伸出驾驶室窗外，吆喝着哪台车该快哪台车该慢，如果谁不听招呼，他会吼破嗓子似的斥责几句。总指挥嘛，就该是这种气魄。别看他是班长，也有大将风度。还算顺利，全班的汽车稳稳当当地过了桥。

这时，"篓子班长"不知哪根筋没有舒展，出了个歪主意：洗车。没有一个人能理解他的决策。洗车？这不是明摆着踩地雷吗？河水会把车和人一起吞掉的！

"篓子班长"自有他的道理："这次回去，咱们要办路线教育学习班。你们一出车就成了聋子、瞎子，不听广播不看报，团里已决定停车一周办班，人人都要参加学习。没有正确的政治路线统率手中的方向盘，会把车开到修正主义路线上去的。现在，大家拿上脸盆舀水洗车，把车洗干净了再进学习班。"

如果你觉得"篓子班长"这番话生硬，别扭，文理不通，那就对了。它是那个年代的特殊产物，过来的人都听得懂。

这是"篓子班长"留在这个世界上的最后声音，也是比较完整的体现他思想的一份宣言。他的人生历史就在他讲了这些话后没有几分钟便画上了句号。温泉河依然没黑没白地流淌着。

我们拿上脸盆正要舀水洗车时，从河面上漂来一头野驴。野驴的腿和肚子都吃进了水里，只把头露在外面。可以看出野驴不会浮水，它挣扎着，头不时地栽进漩涡里。我们发现野驴时它离我们大约还有一百米，转眼间就漂到了我们眼前。汽车兵虽然成年在高原上跑车，但绝大多数人没有见过野驴。这么近距离看到野驴的人就更少了。就在我们调动视觉的一切功能观赏野驴的时候，"篓子班长"不知出于何种考虑，扔掉手中的脸盆，大喊一声"看我的"，就扑进河里逮野驴去了。

实话说，我们当时虽然对他的行动有些惊异，却并没有考虑到会招来难以想象的恶果。"篓子班长"嘛，那么能说会道，又有丰富的与天斗与地斗的经验，还降不住一头野驴？直到他漂游到野驴跟前，那野驴疯了一样扑向他时，我们才知道，糟啦，"篓子班长"根本不是野驴的对手。本来被洪水漫溺得濒临死亡的野驴，这时不知使出了什么法术，奇迹般地站在了水面上，一抬蹄就把"篓子班长"刨入蹄下，入了水。"篓子班长"自然不会示弱，他凭借高超的水性，一个鹞子翻身，又跃出水面，正准备与那野驴搏斗时，那驴重复了如前的动作，再次把他置于蹄下的水中……就这样来回折腾了三四次，"篓子班长"已经力不从心，失去了反抗能力。

我们在岸上都急了，高声喊着要班长摆脱野驴去逃生，有的会水者已经做好了下水搭救班长的准备。可是，一切都来不及了，班长第五次被野驴溺于水中后就再没有露出来。野驴也随波逐流，浮过了桥洞……

这一切，只不过是在几十秒钟里发生的事情。

我们跟着奔腾的河水跑出几里地，也未见到班长。那头野驴倒意外地获救了，它在漂出二里地以后，在一片较宽的河面上站住了脚，凭着它的一身驴劲，硬是走出了河道。当然，它不会跑掉，被我们逮住了。我们对它进行了报复性处理：宰杀，并让全连吃了它的肉。

班长死后，部队对他做了这样的结论：违反纪律，私自下河逮野驴，致死身亡。

他走得太仓促，连四季不离身的那件皮大衣都没有穿。大衣兜里寄给妈妈的信只写了一半，信上说，他近来情绪不好，夜里老是梦见妈妈。还说，参加完路线教育学习班，他再跑一趟拉萨，就可以回家探亲了。到时他把心里的话全掏出来让妈妈听。

我们寻找"篓子班长"的尸体整整找了三天，在确认他已经不在人世后，战友们在那条河边挖了个坑，埋进了他那件大衣，这就是他的墓。

给班长送葬的人全都耷拉着脸，默默不语。大家都觉得他活着的时候就装着一肚子的苦水，死得也太冤，对他的结论更是不公，然而，谁也讲不出替他分辩的理由来。时代的烙印深深掣肘着每个人的言行。当时唯有悼念是我们高尚的专利。

当晚。夜深人静。

在"篓子班长"坟头约十米的地方，蹲着一个人影，号啕大哭。藏族老妇人的声音……

十五

冬尼亚雅阿妈是在那辆车刚刚开动时，她一下子跪在了公路中央，挡住了车轮。

车上坐着被护送返回老家的大姐。送者不是她的丈夫，而是一位保卫干事。

她的丈夫杨孝山继续留在温泉兵站工作。

就是在这时候，大姐才从冬尼亚雅阿妈嘴里得知"篓子班长"出了事。她只觉得头轰的一声像被用冻着冰的石头猛击了一下，蒙了。

冬尼亚雅阿妈常年帮助大姐背冰，她什么事都明白。

当汽车紧挨着阿妈的身子从公路上碾过的一瞬间，大姐清醒了过来，她扯破嗓子似的大声向车后说：

"阿妈，'篓子班长'是我清清白白的弟弟，你替我为他祭坟……"

孤坟。瘦月。

一连几夜，冬尼亚雅阿妈跪倒在地上，哭诉着。那是一种赤裸裸的、谁也无法抗拒的声音：

"……好人呀……你不该走……你是我们看到的第一个汉家女……你肚里装着多少冤水……"

哭着哭着，她竟漫起了"花儿"——

　　　蓝布袄袄装棉花，

　　　棉花装上了压下，

　　　头顶石头腿跪下，

　　　大老爷你听着：

　　　汉家女娃娃到底把啥罪犯下？

这是哭"篓子班长"吗？

不，她在哭大姐的命苦……

十六

当年，篓子班长"遇难以至葬他于温泉河畔，我始终在现场，是见证人之一。

用他的皮大衣做衣冠冢就是我的主意。后来好长一段时间，我都不敢穿皮大衣，总觉得老班长一直在那大衣里面。当时，我对战友们说了这么一句话：班长是个冤鬼，总有一天我要为他写一篇文章。

在离开高原的几十年间，我曾经十余次重返故地，却一直没有勇气写这篇文章。他是含冤而死，死不瞑目，写他必然要涉及大姐。我们为什么要用一支笔把这么多的冤魂惊动，还是让他们安安静静地长眠吧！

90年代初，西安女友杂志社的刘三田女士听我讲了大姐的故事，她非常激动，对这件事很有兴趣，再三鼓动我写出来，他们发表。我至今记得刘女士的话："写吧！打着灯笼也找不到的好大姐，你把她写出来，让全国人民都叫她大姐！"

这样，便有了发表在《女友》上的那篇散文《美丽的故事也会夭折》。

这篇散文第一次把一个被泥土掩埋了近三十年的女人的故事公布于世。然而，她并没有因为时间的消逝而失去灼灼光彩，依然如宝石一般诱人。我收到了数十封读者来信，他们都赞颂这位第一个勇敢地闯进青藏高原的汉族女人。更多的来信则是打听大姐的姓名和住址，探寻她的近况，还有一位读者给大姐写了一封信，请我转达。

这些问题或事情，我自然无法回答和做到。使我于心不安的是：在那篇散文里我把一个最重要、也最敏感的问题回避了，一个字也没有提到"篓子班长"，看了散文你会觉得仿佛地球上就没有这个人似的。我相信我的读者会理解我为什么这样做的复杂心情。那是一个当年说不清道不明的问题，在我写散文的那年仍然是说不清道不明的问题。我的读者们请你不要忘了我写的是军营生活。即使到了今天，在我把大姐和"篓子班长"的故事和盘托出后，我也不敢保证所有的读者都能理解。

我只想很真实地告诉大家：大姐从温泉兵站走了以后，青藏线上一下子变得死沉沉的。这样的气氛一直持续了好几天……

那篇散文问世后，还发生了一件我没有想到的事，一位读者帮我澄清了一个很重要的情节。

他的名字叫郭立业。

十七

那是《美丽的故事也会夭折》发表后的第二年，我重返青藏线。

一天，我在格尔木遇到二十多年未见面的朋友郭立业，他是汽车团的修理工，当时已经退休，一家老少屈居于一间平房里慢熬岁月。我们谈起了《女友》发表的那篇散文，他十分坦率地说：

"你写的有错！"

"哪儿错了？"

"大姐根本没有下高原。"

"真有这事？"

"当然啦！"

"后来呢？"

"死了，她淹死在温泉河里。唉……"

老郭长叹一声，不再往下说了。

我把老郭请到我的住处，恳求道：大姐是个苦人，她那受冤的心永远都不会平静的。我们活着的人都有责任把事情的真相讲出来。

我能看出来，让老郭讲这样的故事，他的心情是不会轻松的。最后，他还是讲了……

如果没有那天清早在温泉兵站以下 50 公里处巡逻的那位哨兵的机灵和勇敢，也许人们就无法知道大姐的下落了。那是个雾气蒙蒙的天气，视线不清，哨兵远远地就看见河面上漂来一个什么东西，虽然他还没有断定是什么，但是从看见它那刻起，他就觉得那是一个人。只是一瞬间，他便放下枪，扒掉衣服，跳下河里竭尽全身之力打捞上来一具女尸。那女人看上去顶多三十岁左右，身上只穿了一件粉红色的内裤，袒胸露腿，皮肤白净，长长的头发被水浸泡得湿漉漉的，散盖在脸上。哨兵用手扒拉掉头发，脸露了出来，他不由得大叫了一声：呀，大姐……

郭立业讲完了大姐的下落，他干涩的眼角含着热泪。

我有满脑子的疑点，却没有发问的力气了，这个女人悲惨的故事已经把我的心袭击得千疮百孔了！

毕竟饱经风霜的老郭比我要坚强些，他说出了有关大姐下落的各种传说以及自己的看法："你在文章中写到大姐被护送回老家离开了温泉，确有其事。但是，据说那辆送大姐的汽车走到昆仑山中的不冻泉抛锚了，停驶了一天一夜。我想，事情大概就发生在这一天一夜当中……"

我没言声，不知道该说些什么。

老郭不知为什么突然变得絮絮叨叨地健谈起来了。我根本无心去细听，恍惚中只听到他说：大姐是被认定投河自杀的，她的后事还是她的丈夫杨孝山办的，大姐的坟就在温泉河畔……

十八

1996 年的夏天，我又一次回到青藏线。

温泉兵站已经变成了一片废墟，兵站的遗址凄凄冷冷地袒露在炽白无力的太阳光下。人呢？房呢？车场呢？生活为什么荒芜得这样快？曾记得，当年我们就是在这儿泼洒了多少笑声和欢乐！

我不愿意在这里久留。我必须立即拜谒大姐和"篓子班长"的墓。铺满鹅卵石的河滩像着了火一样干渴，我浑身热辣辣地不舒服。我走出去约十分钟，就到了坟地。

出乎意料的是，我看到的是三座坟堆。再仔细一瞧墓碑，从左至右，依次写着：戴承欣之墓，大姐之墓，杨孝山之墓。霎时，如有五雷击我头顶，麻木得几乎失去知觉。杨孝山之墓，大姐的爱人死后也葬于此地？

我久久地站在三座坟墓前，心里填满悲伤、思念和疑惑。

转而，我的心里又涌上来一缕安慰。大姐不会寂寞孤独了，有"篓子班长"和她丈夫整天整夜地伴着她；当然，"篓子班长"和大姐的丈夫，因为有亲人的相随也会欣慰。

三颗心等待着苏醒。

这时，我突然发现坟堆前面中间的地上蓬勃起三簇沙棘，郁郁葱葱，好不撩拨人心。也许这是这片荒芜的河滩地上唯一的绿色。

我相信它们在沙土的覆盖下，把根须紧紧地抱成一团。

面对这三蓬沙棘，我产生了强烈的要写大姐的愿望。

我必须把她曾经有过的辉煌生命以及因为这辉煌而带来的不幸遭遇写出来！

有谁能预料山后还会有悬崖？又有谁能发现悬崖下是一个无底的深渊？其实，生命比沙棘脆弱得多。

尽管沉默的石头还在冷笑着，尽管路边的野风与凋萎的红柳同时消失。我依然要不懈地寻找生命的支点。

温泉河呀，你浇灌了一块沉重而灾难的土地。今晚我回到阿妈的帐篷的酥油灯下。给你献上一支苍凉的歌！

这支歌也许会照亮唐古拉山最后的寂寞。

昏黄的酥油灯照出一层灰暗的天地，我提笔写下了一行字：唐古拉山和一个女人……

苦 雪

一

在昆仑山口下车的前一刻我如果能预料到前路发生雪崩，也许就越过了这一站。那样，我将终生后悔。

当然，我是没有任何犹豫下车的。

这个落雪的日子因为太阳光的装点显得格外奇异、壮丽。雪白的地面和山峰被太阳涂抹得非常富有弹性，遍地都是美妙而饱满的线条。其实，那不是线条，而是太阳的光芒。我最直接的感觉是昆仑山的太阳真毒，每一缕阳光都如芒针刺背，射在雪地上连弯儿都不带打又反弹射回，晃得人眼睛里像揉进了灰石末一样极不舒服。

使人无法理解的是照着太阳下雪天气并不暖和。于是我有个猜想，那太阳肯定是结了冰。我用胳膊裹了裹大衣，身上立马紧凑了许多，风雪被裹在大衣之外。我的身前身后身左身右都是空荡荡的、朦朦胧胧的雪山轮廓。如果是没有到过高原的人单凭我写下的这些文字理解，大概会认为这是一幅相当美丽而诱人的画面。其实不然，这种空旷、单调到极致的氛围最容易使人产生孤独甚至惧怕的感觉。当我踏着峡谷中根本无路可言的雪坡行走时，莫名其妙地总是担心这雪山会膨胀起来，把我挤上山巅以至山外的某个人根本不去的什么地方。

我已经无法分辨出去兵站的方向了。雪地上闪烁着蹦蹦跳跳的玻璃碎片似的东西，那会是阳光么？

我捏起一个雪团，砸向太阳。

"喂！赶路的先生，别往前面的死路上撞，西边有便道。"

声音绵长、脆亮，久不散去。辨不清是男是女，也不知道来自何处。四周空空，雪原雪谷深而莫测，不见人影。

"喂，喊话的热心人，这里没有先生只有学生。我是一个兵，来自格尔木城。"我唱了起来，开个玩笑。目的想把那个人引出来，我确实需要个伴儿。

没有人应和我。

雪山死寂。

雪花搅着阳光依旧飘洒着，地上的冷雪被太阳烧得嗞嗞响着。

我打了个冷战，这才发现脚下的雪地里用石块垒拥着一块木牌，上面画着一个鸭嘴似的箭头，写着汉藏两种文字："不冻泉兵站由此前进"。

我身上生出一股暖意。

从听到那个指路的声音却没有见到人以后，一种难言的惧怕咬着我的心。我加快步伐赶路，当然是走便道。风扫积雪，地上留不住脚印：那个一直没有从我耳畔消失的声音是推助我赶路的一种动力。

人在旅途上不会觉得远路很远。当兵站那缕蓝得耀眼的炊烟出现在眼前时，我觉得这才是一瞬间的事。

就在我踏进"不冻泉兵站"大门的那一刻，我分明觉得一阵风雪犹如一只手似的推我进了门。我刚进屋，身后就变戏法似的闪出一个人来。

"你颠得好疯，我到底没追得上！"

还是那个很绵很脆的声音。我扭头看去，他裹着皮大衣，扣在头上的毛皮帽遮去了半拉脸，绒毛上索索拉拉地吊着冰珠雪豆，浑身的衣褶里夹满雪花。一双粘满雪迹的毡靴活脱脱表明这是一个山野踏雪者的形象。我明白了，准是他在昆仑山口喊我走便道。我想，在这个风雪天由于他的多情，不少行人、车辆才没有冒冒失失地窜进雪窝里。

进屋后我仍然觉得被我带进屋里的寒风像胶水似的紧紧粘在身上，但是毕竟要比田野暖和得多，不一会儿衣服上的积雪就开始化了。他站着的地面上渐渐地落下了一个水漉漉的湿圈。我看看自己的脚，也有个水圈圈印。

他衣服上的积雪已经差不多被暖气舔完了，军装露出了本来的绿色，肩章上的军衔也清晰可见，上尉。眉毛上的雪迹化掉后，看清了他那双急于想说话的大眼睛……这时，他摘掉了帽子，秃噜一下蹦出了两条短刷刷的辫子。

"你……"我惊呆了，是个女军官！

她一下子变得不好意思起来，腼腆地说："我是兵站军医宋姗，代理站长。"

"代理？那站长呢？"

"还没生出来哩！"

"你的话太夸张，我不明白。"

她严肃起来，说："不明白的事天天都会遇到，你能想到不冻泉这个地方把有些人吓得腿肚子转筋吗？你听听：'不冻泉得了病，五道梁要了命。'鬼门关，就是我脚下这块地。来了还不是送死？"

我仍没有听出她愤懑不平的所指，但是总算明白了她"严肃"的起因。说完，她操起铁簸箕在墙角的牛粪饼堆上铲了一下，出门了。我想，她是生火炉去了吧！

兵站助理员小曹这时走进来，对我说："宋站长，好人！"听得出他已经捕捉到了刚才我和宋姗的对话了。我从小曹嘴里得到了不冻泉兵站和宋姗的一些情况……

不冻泉兵站空缺站长已经两年零三个月了。

这期间有三个人选走马灯般在这里代职一段时间，在代职期满后，三人都郑重声明自己身体不适应不冻泉的恶劣环境，婉言拒绝了正式任命。军人虽然要以服从命令为天职，可是任何一级组织都不会把一个有高山反应的人往死亡线上推。话又说回来，在这海拔四千多米的地方，连牦牛也不能保证就没有高山反应，又有谁会天生地适应它呢！

"有的人心甘情愿地死在舒适的床上，有的人则变着法儿把骨骸埋在荒郊山野。"小曹大概不会是诗人，他却出口成章地朗诵了两句诗。不知是不是他的"作品"？

我仍想着宋姗铲牛粪饼的那个动作，太熟练，地道得像个藏族妇女。

小曹接着他的话题说下去："就在第三任代理站长坚决要求卸任的时候，宋医生本来要随爱人内调，她突然改变主意，不走了。她找到兵站部领导说，不冻泉把三个男人吓得趴下了，它欺人太甚。我宋姗准备留下来领教领教，看它把我能吃了还是能撕了？"

宋姗就这样把打起的背包又摊开，留下了，不冻泉兵站确实需要她这个医生；没出两个月，一纸命令下来，让她代理站长，不冻泉兵站确实需要个站长呀！

从此，青藏高原的山水间到处都能听到人们在谈论一个话题：不冻泉兵站第四任代理站长是个女的。

女军人当站长在青藏线上尚属首例。

"她代理站长多久了？"我问。

"一年零一个月了。"小曹的口气里充满对自己领导的由衷赞许。"她的一个老乡告诉我们，她当兵前就是个倔敦敦烈女脾气，谁要弹她一指头，她不还一脚也要给一拳。实实在在的男孩子性格。她特看不起那三个溜号的代理站长，他们还算男人吗！"这时，棉布帘子掀开了，宋姗回到了屋里。她笑问：

"你们是不是在讲我的怪话？"

我说："正等你呢，你还没有给我讲你当站长的事嘛。"

她没吭声，在我对面坐下。

二

我们坐的地方是兵站的会议室。

宋姗四周环顾一番，说："你坐在这儿吧！"说着她便起身，朝我而来。我明白了，她是要和我换位。我想，我坐的这个地方临窗，她是怕我冻着。

她显然不愿意拐弯，话题直冲冲就来了："我绝对没有当站长的瘾头，34岁了，上尉正连，该是向后转的人了。说来碰巧，我内调的那阵子正是第三任代理站长闹着离开不冻泉的时候，不知道内情的人，还以为我也是被不冻泉吓跑的呢。"

"不服气，再加上怕被人误会，你就留下了？"这是我的猜测。

"女人留在了男人趴下的地方，她要站起来！"说着她起身，将一把钥匙甩给我：

"你住二号楼三〇七号房间，咱们是邻居。"

我摸着热乎乎的钥匙，突然想到，她刚才铲牛粪饼肯定是给我住的房里生火去了。

我们出门。

宋姗在院子里指着山坡上一栋白亮白亮的楼房告诉我，那就是二号楼。我仰头望去，觉得那楼是一座山，离我很遥远。

"那里海拔多高？"

"4300 米。"

"这里呢？"我踩了踩脚下的地面。

"4200 米。"

我很羡慕这种独特的环境，一个院落跨着山上山下两个海拔高度，站在高处看低处，人如蚁。立在低处望高台，人像鹰。我不由得感叹道："你们这院里，是两个天地，两种境界！"

宋姗不以为然地问我："境界？什么境界？"

我一时难以回答得清楚，只好说："我相信每一个初来不冻泉兵站的人都会像我一样，对你们这种半在山上半在山下的院落很有兴趣！"

"那是旅游观光者的浪漫心情，我们没有。"

"你们是什么心情呢？"我紧跟着问了一句。

"每天都在海拔 4000 米以上的地方承受高山反应的折磨，待在山下受不了时便跑到山上的客房里缓口气。在山上还是撑不住时，就只好从床上滚到地上去躺着，仍然难受得不行，就跑到院里去撞墙。"

"撞墙？"我的心一收缩。

"没关系的，是雪墙，撞一撞会很舒服的……"

我的心被搓揉得快支离破碎了。我打断了她的话："难道就没有一点欣赏高原庭院这种独特风光的闲情逸致？"

"当然会有的，那就是后院落雪前院放晴的日子，你才难以想象出我们那个乐和劲呢！尤其是那些入伍不久的新兵，几乎全跑到山上拥抱雪花去了。不过，这种热闹的场面肯定不会长久，很快高山反应就把他们袭击得失去了欣赏风景的雅兴。"

宋姗举目望着山坡上的楼房，不语；我却在琢磨着一个问题：她为什么要安排我住在山上？我试探地说了一句话："登高远望是住在二号楼的人独有的福分，我真自豪，也感谢你给了我这样一个机会。"

"作家站在这个高度，才能看清每一朵雪花是怎样向人间飘落的，这样你写出的高原六月雪才有魅力。"

她很会讲话，有艺术性。我总算明白她让我住三〇七号房间的用心了，不能不说这是良苦用心。我的肩头和心里同时感到沉沉的。我有了问她问题的勇气：

"那么，你呢，住在那个高处是不是与一个站长对自己的严格要求有关？"

"也许是吧。站长站的地方如果看不到全站的任何一个角落，那站上就会出现许多'灯下黑'。"

"可是，这样一来高山反应的干扰使你无法兑现自己的承诺。"

"假如高山症可以轻易地把一个医生撂倒的话，那么，人们就完全有一百条理由怀疑她能不能守住脚下的这块雪原了。"

我必须心悦诚服地承认我的问话在她那犀利而精妙的语言面前十分的软绵无力，我暂时不想再问什么了。

她起身，抬腕看表。"再过半小时开中午饭，我还要回昆仑山口去，失陪了。"

"为车队引路？"我问。

小曹摆手，示意我别这么问。宋姗倒不在意，说：

"接个人。"

说罢，她已经掀开门帘，一股极不规则的野风卷着雪粒扑进屋里，她一个趔趄，迎了上去。

太阳依然很红。

雪花还是那么漫不经心地飞飘着。

我和曹助理回到会议室里。

"宋站长到山口去接谁?"我按捺不住心中的疑问,终于又提起了这个话题。

"接她的儿子兵兵。"

"儿子?"我有些惊奇。

"她已经到山口跑了三四次,都是扑空。"

霎时,我觉得我从这雪山拥挤着的不冻泉腾飞而起,到了另外一个什么地方。在那里我看到了正在风雪中跋涉的兵兵,于是我与他一路同行。可是,不冻泉离他太遥远了,他离我也太遥远了,我和兵兵怎能走在一起!

不少人都不知道,青藏高原曾经是一片海。

三

我坐在三〇七号房间的床边,犹如不倒翁似的头重脚轻,感觉随时都会栽倒。

缺氧。

其实,到后来就不是头、脚失去平衡的问题了,浑身没有一块舒服的地方;尤其是两个鬓角,明明是一个大力士操起榔头在狠劲地敲打呢!我算体会到高山反应的滋味了。

小曹把像一枚导弹似的大家伙一步一挪地搬到我房间。我看到他是从宋姗房里搬来的。

"首长,到这里来的人谁也离不开这个氧气瓶。它是救命神。"小曹拍着那枚"导弹"说。

"不要叫我首长,我只是个作家。"

"作家的才华了不得，知名度高，我就崇拜作家。"

我笑了。他很纯。

"小曹，兵站的氧气是定量供应吧，要不你不会把站长的氧气瓶匀给我。"

他没想到我发现了他的秘密，赶紧圆场："氧气定量倒是真的，青藏高原空气中的含氧量不足内地的一半，谁来到这里也吃不饱氧气。不过，把站长的氧气给你与定量无关，这是她让出来的。"

我说，这氧气我不能用，否则我心里由此产生的内疚，绝不亚于高山反应给我带来的痛苦。小曹说我的这种心情完全没有必要，他作了如下解释：

"你和宋站长不一样，她是老高原了，高山反应碰到她身上，像吹了一阵风一样就过去了。你不行，初来乍到生活上有很多不习惯，弄得不好就被这种内地人连听也没听说过的病缠得躺倒了。宋站长把氧气让给你是情理之中的事，你要客气就见外了。"

我说："好，这件事我们就此打住，你给我说说宋站长的家里事。"

不承想，他立马反对我的这个建议，说："戳别人的痛处是很不道德的！"

"戳痛处？"我感到很茫然，反问了一句。

他大声地说："女人的心比男人更容易受到伤害。苦日子会把一个女人熬干的！"

说完，他静站在一旁喘息着，我相信这不是缺氧带来的结果。之后，他竟抹起了眼泪，我想，都怪我多嘴。

在我的感觉里，过了好长好长的时间，他才拿出一封信，对我说：

"这是宋站长儿子兵兵的来信，早上才收到，我还没有来得及交给她；最近一个时期，儿子对宋站长正在进行全面的'轰炸'，几乎每三两天就有一封信来，要求妈妈离开高原。先是乞求，接着就是威胁，再下来就是最后通牒了。母亲比站长难当啊！"

"你不是说宋站长到昆仑山口接儿子去了吗？"我问。

"是呀，宋站长的一个老乡上个月回家探亲，站长托他把兵兵带到高原。按说路上有叔叔照管，兵兵会顺顺当当地到妈妈身边，可是不知为什么站长一次又一次地扑空，接不着！"

我的脑海里有诸多的疑团，但是，我却不知该怎么问，也不敢问。

小曹用拳头砸着自己的脑袋，又哭了。

西部军人的眼泪不但忧伤而且动人。因为那不仅仅是水，还有血……

四

当小曹告诉我宋姗家事的时候，他说了这样一句话：虽然这种揪心的悲剧在西部军营里并不罕见，但是，当它摊到一个女军人的肩膀上时，她承受的痛苦折磨是双倍的……

那个已经过去了的事本该称作历史，宋姗一直把它当作无足轻重的事看待，她不愿对任何人提起它，因为那样只能使她伤心。这是小曹告诉我的。

宋姗主动要求留在不冻泉兵站后，带来一个在一些人看来情理之中的后果：家庭危机。

她的丈夫霍磊肯定包括在这些人之中，否则他不会一夜之间反目为仇，把爱妻推到了昆仑山的悬崖边；这也是事实：他不会把她推下去，因为他明白，让她站在这个地段，比叫她坠入谷底更容易使她回心转意。

然而，他错了。

霍磊也是个高原军人，在雪山医院当副院长。人们并不怀疑他曾经爱过这块高原，要不他不会干到现在这个不算很低的职务，也不会娶一个立志献身高原的女军人当媳妇。不过，这些肯定都是蒙上灰尘的事了，现在的霍磊连每天早晨起床后第一次呼吸出来的都是两个字：内调。什么是内调？这是高原军人的专用名词，即调离高原到内地。霍磊经过一年多的努力，花费了不少精力、心力，当然更重要的是财力，才办成了自己和妻子调到中原某城市的手续，眼看就差开个介绍信便永远地和高原拜拜了，他开始谋计着如何在即将立足的那个城郊为他俩建一个北京四合院式的独门独院。俩人？不，是三口之家。得把从小在姥姥膝下已长到十岁的儿子接回来，让他知道这个世界上除了姥姥最亲外还有爸爸、妈妈。三口人终于可以和和美美地过日子了。

　　乐极生悲。他做梦也没有想到，宋姗出其不意的行动打乱了他的阵脚。这使他十分恼火，也使他的决心变得更铁：你宋姗即使把我这个美好的蓝图点火烧了，我也要从灰烬里拣出来复归完整。不难理解霍磊这种破釜沉舟的精神，为离开青藏高原这块连兔子都不来拉屎的地方，他是以豁出命来付出代价的。

　　他极力挽救宋姗造成的这种被动局面，在一次又一次做工作却没有任何效果时，他不得不给宋姗显示了大丈夫不可撼动的威严：除非昆仑山山崩地陷，否则我是不会改变决心的。

　　宋姗的话里始终没有失去做妻子的柔情。她说："我送你先走一步，一旦不冻泉兵站允许我离开时，我一天也不多待，立刻就追你而去。"

　　霍磊肯定不会满意这种外交辞令式的回答。

　　这是他离开高原的前一夜。

　　屋子里的气氛严肃得到了只要有一点火星就会起爆的程度。两把在兵站食堂可以看到的那种有个简单靠背的椅子，互相仇视地对站着。椅子上没有人，宋姗靠床栏站着，霍磊屁股顶着桌角斜身而立。

应该有许多话要说。

又似乎一句话也不用说了。

沉闷的冷场……

这是丈夫对妻子吗？这是高原战友对高原战友吗？

空气中渗透着俩人重重呼吸的气息。终于，霍磊说话了。因为已经到了凌晨六点钟，再有两个小时他就要动身下山了。

"我仍然等着你改变主意。不过，这肯定是最后期限了，时间对你对我都是无情的。"

屋里一角放着两个已经捆绑好的旅行箱，给人的感觉那箱子各长着一只大大的眼睛，怒视着屋里的主人。也许是主人太冷落它们了。

宋姗无语。

她犹豫了一下，掂起一个箱子。那是要送丈夫远行的动作。她看了看表。

"你给我放下！我要听听你最后一次的表态。"他实在无法控制自己的激动，大声吼了起来。

宋姗只好放下箱子。

"我已经说过多次了，我先送你下山，随后我会跟着你走的。"

她的语气还是那么平静，但是能听得出她已经很疲倦了。

"那好了，你必须承担由你引起的一切后果！"他的吼声再一次在这间很寂静的屋里响了起来。

宋姗抬起了头，她真的不认识这个和自己相爱相守了十三年的男人。她不得不问道：

"话既然已经说到这个份儿上，那就请你再明白地告诉我是什么后果？"

"你自己明白!"

他拎起箱子大步走出了门。

屋外,大雪弥漫。

宋姗追了出去,声嘶力竭地喊:"霍磊……你不能欺侮我的兵兵!"

宋姗无论如何不会把本该放在心里的事置之脑后的。和她的那些同龄人相比,她对事业的执着追求肯定是出类拔萃的,这也许因为她是个兵的缘故。兵站的各项工作头绪繁多,白天没有任何闲暇能让她去考虑她和霍磊之间已经呈现着复杂局面的矛盾。确实没有。站长是兵站的顶梁柱,是过往指战员们的衣食父母。这样倒好,省得她去牵心那些永远也理不清的麻麻缠缠的家事。她总算悟到了:拼命地去干工作可以忘掉那些压得人难以喘息的烦恼。

最叫她牵心的是兵兵。真不敢想象自己和霍磊这么一闹腾会给儿子带来多大的伤害。白天她总是被那些忙不完的工作占据着脑子,无法给儿子腾出空位。只有到了夜里,她一个人静静地躺在床上时,心才从雪山冰河飞到家乡,与兵兵进行心灵对话……她拿着儿子周岁那年在格尔木照的那张全家合影,呆望着,回忆着。真是,儿子的脸上集中了两个人的特征。俗话说:"眼像妈,嘴像爸,是儿苦当家,是女一枝花。"难道灵验了,兵兵要受苦吗?

她掉下一滴眼泪,泪珠滴在照片上。她用手慢慢地去擦那泪迹,这才发现泪正落在丈夫的脸上。她的手停在半空中,久久不肯擦去……

恨这个人吗?她不知道。

……泪水不知什么时候溢满了宋姗的眼眶。

整整一夜,她手里攥着那张照片,不眠。她没有病,但是,她觉得浑身疲乏得像得了一场大病一样无法支撑。这个夜像一千零一夜那么漫长。一千零一夜,这么长的时间,足可以把人熬成干灰了!

脸颊上凉凉的，似有一条小虫在爬动。她没有擦那泪水，想着，让自己烫烫的脸颊把泪水暖热，暖化。眼泪怎么能是冰凉的呢！

一辆汽车走过夜的尽头。

雪水河里卷着冰碴儿的水被车轮带起，哗啦哗啦地响着。

夜被这响声扯得更长……

五

小曹摇着手中的信，对我说，这一年多来，我算看出来了，站长盼儿子的信，又怕收到儿子的信。

怕信？

又是日照满天、大雪纷飞的傍晚，当小曹把一封信交到宋姗手里时，他觉察出了一些。

"站长，信。"小曹说。

宋姗正和客房招待员谈事，听了没太在意，只是点了点头。

谈完事，她并没有理会小曹，又向炊事班走去。小曹不得不加重语气又说了一遍：

"站长，有你的信！"

宋姗这才回头望了望小曹，接过了信。小曹看得十分真切，她用目光扫了一下信皮，脸色立刻变得紫红，手颤颤巍巍地将信塞进了兜里。

宋姗急匆匆回到房间。

是兵兵的来信。

屋里很暗，玻璃窗上冰冻着各种雪雕成的花纹。今晚兵站停电——后院的小山房有一台小型发电机，站上自己发电，机器经常出故障，每次都请人鼓捣三四天，才能重放光明。严格地说，蜡烛是不冻泉兵站的光源，它的使用率绝对超过了发电机。

她在烛光下很费劲地看着信。发信的邮戳是 4 月 29 日，儿子一周一封信，时间很有规律。但是，信何时到昆仑山收信人的手里就没个准点了。遥远而闭塞的不冻泉没有邮局，兵站所订的报刊以及信件是从格尔木托人带上来的。这就出现了一个难以避免的问题：由于不能定时定点地收发信件，更多的时候那些从祖国各地来的信只能躺在格尔木邮电局的方格橱子里睡大觉。兵兵的信颠颠簸簸到宋姗手里已经是第五十九天了。

她要急着看儿子的信，"吱啦"一声撕开了信皮，连那圆圆的邮戳以及被邮戳盖去一个角的邮票也撕破了。宋姗是个集邮爱好者，收集了数千种邮票、邮戳印，也许这封信的邮戳邮票最该成为她的收藏品，却弄坏了！

烛光极暗。

宋姗把信纸送到眼皮底下揣摸着读信。目光拽着她的心，一起钻进了儿子写下的那些歪歪扭扭的字里行间。兵兵先是写了对妈妈的思念，接下来他所记述的每一件事都蕴含着对妈妈的抱怨，或者更直接地说，是一种带泪的控诉……

懂事而又不懂事的儿子呀，你分明是在用一把磨不出刃的钝刀子割妈妈的心！母亲那本来在儿子眼里撼不动的威严，被这把刀戳得溃不成军。

负疚！母亲愧对儿子了。她真想大喊一声："兵兵，饶我！"这样，也许能卸下一点负荷。但是，嘴张开了，她却没有喊出。

她哭了。

嘤嘤的声音，在深夜里被那卷着冷雪的风送出很远。好在她的左邻右舍大都是住站的客人，谁也不认识谁。这样，倒能让她痛痛快快地哭上一场。

雪埋掉了夜里发生的一切，包括宋姗的痛哭。

早饭后，她照例去上班。但是，她的脸上留下了昨夜的伤痛。

小曹也许有些冒失，他走到宋姗面前，说："站长，你有心事。瞒不过我。"

宋姗不想瞒，也没有必要瞒。她把信交给了小曹。

小曹安排完一切该安排的事情后，坐在兵站后院山脚下的土坎上，读起了兵兵的信。

雪停了。太阳也钻进了云层里……

亲爱的妈妈：

兵兵好想您！您想兵兵吗？您往我跟前坐坐，我把手放在您的心口上，如果您的心嘭嘭嘭嘭连续跳五下，那就说明您想兵兵了。这是老师那天上课时告诉我们的。她说她小时候想念在新疆边防当连长的爸爸时，常常这么做。

爸爸经常很晚才回家，他很忙，每天晚上他回来时我都睡着了。我睡时总要把拴在我手腕上的一根长长的皮筋绑在门锁上，这样爸爸一进屋我就会醒来的。昨天爸爸一夜没有回家，他到市里开会去了，开三天。咱家对门的王奶奶管我吃饭、睡觉。我上学过马路车很多，我真害怕。王奶奶特喜欢我，她说："兵兵，你就到我们王家来当孙孙吧！"我说："不，我有爸爸妈妈，他们不会答应我离开的。"王奶奶说："我还没见过你妈妈长得是啥样呢！"妈妈，她真的没见过您吗？

妈妈，我还要告诉您一个让您不会高兴的事。我这次算术考试又考了五十分，跟上回一样。老师出的题目，我都学过，看起来也面熟，可就是它们认识我，我却不大记得它们。老师找我谈了话，问我："你爸爸妈妈怎么不给你夫倒（辅导）功课？"我说："爸爸常去开会。妈妈在青藏高原当兵回不来。"老师叹了口气，又问："你爷爷奶奶呢？"我告诉她："我只有一个姥姥，她住在离我们家好远好远的上海。"老师听罢好长时间没讲话。

妈妈，我真的好想您呀！你们那个不冻泉天气冷得真的能把人的鼻子冻掉吗？这是爸爸告诉我的。我才不相信呢！我不怕冷，只要不冻泉有学校，妈妈，我就到您那里去上学。到了您身边，我一定好好学习，再加上有您的夫倒（辅导），我的算术一定会考及格的。

妈妈，您来信要我的照片，我给您寄上。这张照片还是我五岁那年您回家时带我去照相馆照的，从那以后您再没回家，也没人带我去照相了。

儿子兵兵

四月二十九日

……

她什么时候涟涟地哭了起来？不知道。

什么时候停止了哭声？不知道。

什么时候入睡，或没有入睡？也不知道。

不冻泉的夜，远处仍有雪水河的水浪拍岸的声音。这声音穿过夜的尽头，似乎一直流到她的枕边，又似乎接着流到了遥远的故乡。

她没有入睡。

……当阳光从被报纸粘连着的窗玻璃的缝隙间射进来，落在粗糙的水泥地面上时，她仍然未睡。啊，上班的时间已经过了半小时！

她匆匆起床，捡起掉落在地上的兵兵的信，揣进了衣兜，大步出了门。

残缺的日子，往往阳光很充足。

她即使在自己的小屋里昏死过一百次，一旦醒过来以代理站长的形象出现在不冻泉这个小兵营里时，必又抖擞起精神。她挺胸收腹，走路带着正步的节奏，兵头们就应该如此。

白天不属于宋姗。她照例要去忙一个站长应该干的每一件事，包括发号施令，连接待班的一盏马灯摔碎了需要购置新的这样一件事也要她签字；包括主持站上召开的几乎每一个会议，而且必须来一段内容差不多一样的开场白；包括到炊事班去板着面孔训斥一个昨夜未按时归营的战士，训斥后还得布置班长多留意这个战士的异常表现；包括给一个压床板的病号送一碗挂面汤，如果其使性子不吃时还得扶起他喂到嘴里；甚至包括去给正闹着离婚的那位助理员的夫人做劝说工作……在这个只有三十来个人的小站上，别的上百人上千人的大单位出现的矛盾和问题这里绝对一样不少地都会有，而这些事情哪一样少了她这个站长都不行。她要不厌其烦地去做，一次没做好，再去进行第二次、第三次，直到画上不仅她站长满意而且大家都没意见的句号为止。总之，白天同志们只能看见站长脚不沾地忙前跑后，很少有人知道夜里她还偷偷流过眼泪！

就这样，宋姗又忙了一天。

这时，她走进自己的办公室准备歇口气，一个穿着油渍渍工作服的汽车兵，气喘吁吁地追进屋里，说：

"宋站长，堵车了！"

"在什么地方？"

"昆仑山口！"

六

傍晚。昆仑山口。

飞雪已停，又起了风。空气中弥漫着一股浓浓的糌粑混合着牧草的呛人气味。夕阳毫不吝啬地将它的余晖给岿然屹立的雪峰镀上了一层金光。从山腰突兀而出的地方有一顶升腾着袅袅炊烟的藏家帐篷，帐篷顶上伸出几杆随风飘曳的经幡，它在布满夕阳碎片的苍穹映衬下显得神圣而肃穆。

青藏公路正是从这顶帐篷下面穿过，堵车的现场就在这里。

依旧是风卷着雪。不同的是太阳渐渐滑进了山里。

夜幕由远及近地合拢了昆仑山。

堵车!

这种人车杂乱无章、道路几乎要被踏翻的状况，是在高原上跑车的司机和养路工人最不情愿看到的事情。没有办法，就像昆仑山必然会有暴风雪一样，这段号称"盲肠"的地面上经常发生堵车现象。此刻，停驶在这段傍山险道上的汽车往少处说也有百辆，而且呈现着越堵越多的不可阻挡的势头。

五花八门的各种牌号的汽车与开车人的服饰仪表配得如此融洽：工作服油腻且袖口吊着索索布条、脚蹬布满灰尘旅游鞋的老司机多为驾驶轧路机或大型载重卡车的；西装革履，领带鲜艳，锃亮的小分头梳得有模有样的司机开小轿车是必定无疑；藏族司机最容易辨认出来，他们那紫糖色的大方脸盘以及洁白似玉的牙齿，钻进任何地方的人山人海里也不会淹没其身份；尽管不少小青年司机没有佩戴军衔和领章，而且也没穿军装，但是人们仍然能从他们那独特的衬衣、鞋袜上识别出是高原汽车兵，他们驾驶着清一色的一个型号的汽车，或解放牌车，抑或黄河牌车，或从日本进口的日尔曼车；当然，那三个驾驶着越野赛车的老外人们一眼就能看出……

堵车现场的混乱、臃肿是触目惊心的：不少车辆在做了最后的挣扎仍没冲出围困后便瘫痪在了原地，有的竖放着，有的横趴着，有的侧卧着……可怕的还不是已经有了这些怪模怪样的停驶了的汽车，而是仍然有不少司机闹闹嚷嚷地吆喝着要另辟蹊径，开车闯出困境……

堵车地段的旁边约五十米就是悬崖峭壁，因为天黑，望不见崖底，只能听见从黑洞洞的崖下传来沉重的流水声和水声碰在崖脚发出的回音。

喊叫声，喇叭声，马达声……

就在各路司机都你争我抢地想走出"盲肠"地段，却没有任何一个人能够挪动半步的时候，有一个人悄无声息地挤进现场了，来察看地形，为车队谋求出路。

宋姗。

雪花飘飘，寒风阵阵，偶尔从藏村传来一两声牧犬的叫声，叫声拉长了昆仑山狂躁的夜晚。

浓重的夜色如锅底般扣在昆仑山的上空。那些瘫下来的汽车陆续亮起车灯，昆仑山麓闪烁起了刺眼的光波。不必奢想，它不是大山美丽的项链，那一颗一颗的亮光分明是昆仑山在困扰中淌出的泪珠。

这阵子，就连那些最能折腾的像公牛一样的司机也蔫得没有任何力气和空间去挣扎了。司机的无能为力使许多乘车人心里原先仅有的一点走出围困的希望彻底破灭了，他们没有经过任何串通就不约而同地扎成堆，准备步行突围，而且清一色地每人都掂起了大包小包。

本来就乱哄哄的昆仑山口又添了一层混乱。可以肯定地说，数百名乘车人的起哄比司机们争路带来的后果还要糟糕。

夜里通过昆仑山的汽车并没有中止行驶，它们无一例外地撞进了堵车的泥沼里。山口的车越堵越多。

悬崖下，急流撞石的咚咚声也许由于深夜的寂静听起来更重了。堵车现场的人们仿佛感觉到脚下的土地随着它的节奏在颤动。

黑绒般的夜幕灿烂着一个明亮的小点。那是昆仑山巅的一颗星星。

青藏高原醒着。

宋姗猛乍乍地站在了受阻车队中间一台车的驾驶室顶上。人们的嘈杂声淹没了她最初的讲话声，她不得不用粗喉咙吼着自己急于要说的话：

"朋友们！朋友们！"

依旧没有人理睬她。她不得不把双手举过头顶，击掌，嗓门又提高了许多：

"朋友们，请大家都静一静！"

嘈杂声似乎稍稍小了一些，但是，她的声音仍然被淹没着。

嘭！嘭！嘭！

有人敲起了驾驶室顶。那是在帮助宋姗维持秩序。

现场出现了短暂的肃静，宋姗乘机再次大声对大家说：

"朋友们！开车的司机朋友们，乘车的旅客朋友们，昆仑山口这种争道抢路的局面再不能延续下去了。这样下去什么样不愉快的事情都可能发生。现在，大家都听我的，我就是这里的临时总指挥！"

随着她的话音，一双双眼睛被牵到了驾驶室顶。可是，天黑，没人能看清她的面容。

人们努力分辨着。突然，一个嗓音像竹尖一样尖尖的人递上了一句话：

"小姐，请你通报一下姓名！"

"我是不冻泉兵站代理站长宋姗！"

人们立即肃静下来。

不冻泉兵站代理站长！在这些高原游子们六神无主的时候，这样一个严肃而温暖的职务的出现，无疑像海涛中的港湾，立即卸去了不少人身上的疲劳和严寒。

风停了。山中的空气层静得能渗出声音来。

宋姗把手中的那盏灯往高处提了提，让人们看见了她的脸。毕竟是女人的肤色，比在场的任何一个人的脸都显得白净，由于灯光明暗的折射，她面部的线条和棱角显得分外地清晰、刚劲，透露着一种显而易见的坚毅美。虽然是夜里，人们还是能感觉到她的那双眼睛能穿透一切。她站在驾驶室顶上，这里的车、人包括远处的雪峰，在她高高的目光下一览无余。她仍然用大嗓门跟大家说话："大家不要吵吵，听我统一指挥，准备走车！"

个别人发出了疑问的躁喊，但显得十分孤立。又有人敲了一下驾驶室顶以示警告。

宋姗接着说下去：

"我是个山里人，堵车的事经多了，几乎无一例外的是因为司机争道而使情况变得糟糕不堪。大家只有互相礼让才能有通路，每一个人才能走出去。现在我对大家唯一的要求是，你们每个人都当一次军人，服从命令听指挥。哪台车进，哪台车退，没有我的命令，谁也不许自作主张挪动一步！"

她在下命令了，把最后一句话咬得格外重，谁都能感到它的分量。这是军人的气质和威严。然而，此处毕竟不是军营，就在有的司机登上驾驶室准备执行她的调令时，那个"竹尖嗓门"又发出了质问：

"尊敬的女站长，你这么热心丁疏通车辆，每小时挣几个铜板？"

宋姗的目光在黑压压的人群中一扫，很快就捕捉到了那个发话的人，回答他：

"那位说话的，你提的问题有点太可怜了吧！如果每个人整天都琢磨着往钱眼里爬，那么人索性把两只手也变成腿得了。"

人群中暴起哄堂大笑。

那人急了："你糟践人，谁是四条腿？"

宋姗："你很聪明。可是，我要告诉你，一个不懂得尊重别人的人，怎么会得到别人的尊重呢！请你不要忘记你面前站的是一个军人！"

那人撇着怪腔怪调说："亲人解放军同志，你别说大话，解放军怎么啦，离开钱照样没治！"

宋姗激动了："你只说对了一半，人没有了钱是活不了。但是，我们这些兵们肯定不是为了钱而活着。不信吗？我可以给你举出一百个例子来——洪水来了，战士们扑进急流中救出了一个又一个受难者，有谁给过他们一分钱？地震发生了，有多少战士为抢救被挤压在楼房废墟中的群众而献出了自己的生命，难道这也是能用钱买来的吗？"

说到动情处，宋姗说不下去了，人群中却响起了震耳欲聋的掌声。

宋姗依然难以控制住奔放的情绪，喉咙里哽咽着说不出话。突然，她想起了儿子兵兵，真想把兜里那封信掏出来，扔在那个人面前，告诉他：你知道吗？此刻，在千里之外一间简朴的平房里，一个孩子正呼叫着妈妈。可是，他的妈妈甚至连答应一声儿子的呼唤、让他听听妈妈的声音都不能。

宋姗只用了几秒钟想了这些。

待她重新抬起头来时，那个"竹尖嗓门"不知什么时候走人了，宋姗发现那块地方空着一个位子。

宋姗站在高高的驾驶室顶上，用劲拍了拍巴掌，让人们静下来。她身旁站着的一个小伙子，替她举起了那盏马灯。霎时，堵车现场变得鸦雀无声，司机们一个个登上了各自的驾驶室，用含满希望的目光望着她，等候命令。

战士整装待发前的气氛。

宋姗说："刚才我看了一下路况，从那块 1120 公里的里程碑的地方拐下公路，有条曾经走过汽车的便道，我们就从那里开始松动，走车。"

她用目光扫了一下人群，说：

"谁打头？车况好一点的，驾驶技术上能露一手的。"

说毕，她笑了。露一手？谁愿意在这时候毛遂自荐呢？

没想，她的话音刚一落，就有七八个司机回答她："我来！"

她感动了，这么多人愿意"表现自己"！这也许是她没有想到的。她指着一个黑脸膛的年轻司机，说：

"就是你了！你给大家开路，担子不轻啊！"

于是，她跳下车顶，大步走到了里程碑前。这时，停了的风雪又吼叫起来了。

她站在里程碑上。

她的臂膀抬起来了。

"里程碑右边的那两台北京 121 吉普和黄河牌卡车，暂时别动。"她指了指那位黑脸膛的司机，"小伙子，吃上挡，准备走车！"一时间，所有的汽车都发动了起来，马达齐吼，山与大地一同颤动。

隔，开始通；

阻，渐渐化。

深夜两点过五分，宋姗披着一身昆仑山的寒雪回到了三〇六号房间。进屋后，她没有马上点灯，她静立了好久，衣服上的积雪仍没有化。这时，她的心里莫名其妙地萌发出一瓣绿芽似的柔情，是做妻子的感情，还是做母亲的感情？她觉得屋里好像有一个久盼的什么人在等候自己，她划根火柴，点着蜡烛，桌角那块她每次进屋必定先看一眼的地方，果然放着一封信……

七

小曹告诉我，那一段时间兵兵的来信非常频繁，三天两头就有一封信。这些信多半都是经小曹的手送到站长宿舍的。那天晚上，她去昆仑山口疏通车辆，小曹把兵兵的又一封信放在了她的桌子上，希望她当天夜里一回来就看到儿子的信，这对她也是一种安慰。

小曹说，当然，这只是我的善良的愿望……

一瞅见那信皮，凭感觉宋姗就知道是儿子的信。完全是一种本能的动作——她将儿子的信长久地按在胸口，微闭双眼，沉浸在舒心的陶醉中。

是的，不管儿子在信中的诉说是思念还是抱怨，那都是贴着母亲的肺腑喊出来的。奇怪的是，今夜她却没有马上拆开儿子的信去读。这破例的行为起码使人会有两个方面的猜测：一是太累了，昆仑山口的那场消耗战确实拖得她精疲力竭，她不愿带着这样的情绪去读儿子的信；二是今夜她要在睡梦中猜猜儿子信上写的内容。要知道，猜测娇儿在信中说了些什么对于母亲来说是一种快乐，一种享受。当然，也许还有其他方面的考虑，但是，从她的笑脸上可以得出结论：她不愿去假设除了高兴以外的任何可能。

将信放回原处，宋姗上床睡了。

昆仑山的夜进入了一天二十四小时中最静谧香甜的时分。山中落雪微微擦地的声音都能听得清清楚楚。

一声轻轻的哀叹在睡梦中划破了雪夜的薄膜……

整个二号楼通道里很安静。

次日，宋姗早早就醒了过来。第一件事便是拆阅儿子的信。感觉告诉她外面还在落雪，在这样的黎明读远方儿子的信，肯定别有一番滋味在心头。

但是，她没有想到，一盆冰碴儿搅和着寒霜的水浇到了她热烫烫的心里：

妈妈：

您真的已经不像我的妈妈了。我给您写了好几封信，为什么您连一个字都不给我写？您到底还管不管我？

我很想您，妈妈，我白天黑夜都在想您。爸爸说我怎么这么没出息，离开妈妈就活不成了？

妈妈，昨天晚上我哭了一夜。爸爸又没有回家。妈妈，您再不管我，我也不要您了。不！我谁也不要，就要您……

宋姗眼前一黑，栽倒在床上。她的意识仍然很清醒：这个世界无论变得多么狭窄而与她过不去，兵兵却是她在这世界唯一的果实。即使天塌地陷挤扁了她的肉体，她也要守住儿子！

冰冷的风拂开了窗户上的夜色，屋里亮了，宋姗坐起，梳理了一下散乱的头发，唤道：

"小曹！"

小曹跟声进了屋，他看着脸色蜡黄的站长，忙去扶她。

"站长，你夜里没休息好？"

"还好。你通知站上的几位领导，原定上午要开的碰头会，推后举行。我身体有点不舒服，上午要让医生检查检查。"

小曹稍稍犹豫之后，还是把憋在心里的话吐了出来：

"站长，你不要骗我了，我知道你昨晚一夜没睡觉。一定是兵兵的来信讲了什么事吧！"

哄骗这样纯正而又真心爱护自己的年轻部属心里肯定是过意不

去的。

宋姗把信递给了小曹。

小曹并不认真地用目光扫了一遍信的内容。不语。

沉默很久，小曹才说出了下面的一番话：

"责怪兵兵无论从公理上还是良心上讲都是没有道理的。小小的娃儿，许多事情他还似懂非懂。想妈妈是人之常情，想到极处，便有了抱怨，抱怨再过分也是对妈妈的爱。我都当上解放军叔叔了，头两年还常常在夜里用被头蒙着脸哭娘呢，远离妈妈的孩儿最孤独。"

听着这在情在理的话语，你能相信站在面前的是个几天前才提干的22岁的娃娃兵吗？宋姗的心头好暖，她真高兴能有这么个早熟的娃娃军官。她对他说：

"有些事情也许你也似懂非懂，你完全可以说别人不知天是圆的，但是你自己很可能就不知地是方的。"

小曹听不大懂这话，呆望着令他尊敬的站长。

宋姗忙解释："小曹，我一丝一毫没有损你的意思。可你应该明白，我是在说真话。"

小曹依旧望着站长，不语。

"小曹，你真的不明白吗？兵兵是在爸爸身边呼喊要妈妈的呀！"

聪明的小曹不是不明白，而是不便把心里的疑问提出来。现在听站长这么一说，压在他心中的怒怨终于被点爆了。

"霍院长做事太绝情，不要说夫妻、父子感情了，即使对高原人稍微有点同情之心，他也不会让兵兵落得这么惨！"

宋姗已经没有了探讨自己和丈夫之间谁是谁非的兴趣，那样确实太累。她岔开话题，对小曹说：

"我准备把兵兵接上高原。这样，我就没有那么多心理负担了，兵兵也会比现在好得多。"

小曹惊愕地站了起来，说："你疯啦？兵兵受得了高原缺氧的罪吗？再说他还要上学呢！"

宋姗却显得出奇地平静。她说：

"其实，我们有时表现得很愚蠢，总是自己跟自己过意不去，绊子多半是自己给自己使出来的。何苦呢！提起不冻泉这个地方，不少人都说它氧气多么少，海拔多么高，对生命的威胁多么大。这些龇牙咧嘴的现象肯定都存在着，高原如果像北京、上海那么好，还不把内地的人都吸引来了？问题是，人是活的，可以征服恶劣的高原环境条件，从而适应它。魔高一尺，道高一丈，这才是真理。"

小曹静听着。宋姗接着说："我做过调查，依据在手。50年代末，也就是年长一点的人看电影《昆仑山上一棵草》的那个年代，一个道班工人的妻子在这里生下一男孩，孩子长到一岁半时才送到内地。这孩子在不冻泉的一年多时间里，除了缺氧带来的一般人常有的那些反应外，并未染上其他疾病。60年代，一位过路的女军人在不冻泉早产生下了小孩，住站二十天后送往格尔木，母女安全。我想，不冻泉既然可以接纳新生儿，兵兵已经十岁了，为什么不能来这儿生活？至于孩子的上学问题，我每晚都可以匀出时间给他当家庭教师。"

"这么说，你已经下了最后的决心？"小曹仍然不相信站长的这番话会是真的。

"我别无选择！"

"可是……"

"现在我顾不得那么多了，先把眼前这一步路走出去，至于今后会怎么样，我想车到山前必有路。"

"就怕那车走不到山前。"

"既然我已经驾起了辕，就一定会把车拉到我想去的任何一个地方！"

"你真是这么想吗？"

"我不说假话。"

两人都无话再说了。

宋姗收起了那封信，不是放进抽屉，而是装进了衣兜里。

这时，房门开了，炊事班长王喜娃带着一股风走进来，很激动地说：

"站长，我赞成你的意见！"

"你，赞成我的什么意见？"

"你不要瞒我了，我都听到了。站长，把兵兵接来吧！这里的环境、条件是比内地差一些，但是我相信兵兵来了以后会比他在老家玩儿得开心，生活得舒畅。因为他在妈妈身边啊！我总是这样想，人活在这个世界上说穿了就是活出一种精神，如果失去这个精神，你就是给他吃人参、穿绸缎、住高楼，他也照样痛苦。兵兵一旦来到有这么多人爱他、关心他的地方，他的精神愉快了，就会健康成长！"

宋姗把双眼瞪得大大的望着面前的王喜娃，这个天天都在眼皮底下打转转的战士现在突然变得陌生了，也变得亲切了。平日，宋姗与包括喜娃在内的自己的部属之间，也许有一种由于军队纪律相隔所形成的自然的距离，他们总是站在远远的地方，投给她以敬畏的目光。今天，当她以兵兵妈妈的身份出现在部属们面前时，他们给予她的除了对站长的尊重外，更多的是知心战友的温暖。她用充满谢意的目光再次望了望这位可亲可爱的炊事班长，说：

"喜娃，你说得很对，完全是这么回事。谢谢你对一个孩子母亲的理解。"

喜娃有点不好意思了，小蒲扇似的巴掌直摇晃："站长，你过奖了，烧菜焖饭的人讲的都是大实话。"

稍停，喜娃又说："站长，至于兵兵学习的事，包在我身上好了。参军前我当过两年民办教师，语文、算术都教过。"

宋姗的眼睛一亮："你当过民办教师？我的好先生哩！眼皮底有这么一个宝贝人才竟然有所不知，我看以后你就当咱们站上的义务教师好了。副站长和李军医的孩子每年都随妈妈来队探亲，半年假期，因为没有学校，只好和妈妈住在格尔木借读，他们的爸爸每周回一次格尔木，太不方便了。现在有了你这个教师，咱不冻泉兵站就可以办一个流动学校，立足兵站，面向昆仑山地区。"

小曹也满脸飞霞地说："真人不露相。喜娃，你这两把刷子藏得好深呀！"

喜娃笑答："这就叫不到火候不揭锅嘛！"

哈……

次日，恰好志愿兵毛勤勤回中原探亲，他便领受了一项特殊任务：把兵兵带上昆仑山。

八

我毅然决定改变原先只在不冻泉兵站小住一夜的打算，而要留下来生活几天。我这是冲着宋姗来的，我还想见见她的儿子兵兵。

我的心情异常沉重。

宋姗的家事拴在了我的心上。我期盼着兵兵早一天来到昆仑山。

很奇怪的感觉：我总觉得不冻泉兵站东侧的雪峰上会有一颗小太阳升起来。也许有了这个太阳，这里雪搅阳光的天气从此会结束。

雪峰之巅，夕阳鲜艳地红。

大约六点钟，宋姗回到了站上。

疲倦写满了她的脸。她来到我的房间，衣服上落着很厚的积雪。我想外面一定很冷很冷。

"还没有消息？"我问。

她摇摇头，头发上刚开始化了的雪水溅到脸上。衣服上的雪还冻着冰。

我们默不作声地坐了好久。后来还是她打破了这难挨的沉默：

"我的肚子好空，今晚陪你吃饭。"她马上又作了更正，"不，是你陪我吃饭。"

我能想象到她的无奈，痛苦。我答应和她一同吃饭。

她坐着的地方开始落下了水滴。我说："换身衣服吧！"

她又摇摇头："不用了，吃了饭我还得去山口。"

"这么晚了！"我的心里像灌了铅一样沉重。

"我心里慌得要着火了，老觉得兵兵随时会出现在那里。"

说着，她望了望窗外，黑沉沉的夜色无边无际。

"这么大的雪，昆仑山早断了来往的汽车，不知兵兵今晚会在哪里过夜！"她自言自语地说，眼睛一直盯着窗外。

这时，一股风雪扑打着窗子，零零星星的雪粒旋进了屋里。

这雪何时能停？

六点半钟吃晚饭。西部的时辰虽然比内地要晚个把小时，但是昆仑山深沟里的天还是黑得很早，这时如漆的夜色已经结结实实地笼罩了大地。我们坐在食堂里有一种钻进地下山洞里的感觉，外面雪花落在地上的沙沙声仍然听得见。

宋姗闷着头吃饭，一碗米饭很快就下了肚。她确实饿极了，给人感觉雪山如果是一个大面包，此刻她也能一口吞掉它。

我呢，食欲全无，米饭嚼在嘴里没一点味道。我不知道跟她说些什么才好。

一顿饭吃了不足十分钟。

吃完饭，我正要抽身往外走，被宋姗一下叫住了。

"我请你看一幅画。"

她摸着衣兜，我纳闷，还以为那画带在她身上。原来她掏出了一串钥匙，走到对面的会议室门前，拧开了门。一进屋我就看见屋内墙上贴着一幅画。

画面简洁、明快。背景，远处的雪峰。雪线以下是一层沙漠。

雪山冷清而孤寂，漠原荒凉而酷热。画面这种强烈的反差分明是在呼唤着一种什么。于是，出现在沙漠与雪线衔接处的那个苦瓜就有了寓意极深的意境。苦瓜画得很大，几乎占了画面的一半。我退后两步，拉开一段距离，欣赏这幅画。

"不管雪峰也好，沙漠也罢，都把这绿莹莹的苦瓜衬托成了生命的写意。"这是我最直接的观感。

宋姗似乎没有听见我的话，她的表情始终很沉静。这使我有一个感觉，她要给我讲什么事情了。

我等待着。

后来，我们一同回到了她的住处。她没倒茶水，我也没点烟，气氛无端地被营造得很紧张。

"想听故事吗？"她一开口情绪就坠入了对往事的回忆中。

我点点头。

"那是一个很特殊的过路人⋯⋯"她就这样开始了她经历的那件事⋯⋯

那天，他是突然出现在不冻泉兵站的。事先没有打招呼。他从越野吉普车上一下来，就提出去参观不冻泉。

"来到不冻泉，不看不冻泉，等于没到不冻泉。"

跟在他身后的人说首长这话说得极富哲理。他笑笑，摇摇头，说，大白话。之后，他们说说笑笑地簇拥着朝兵站后面的不冻泉走去。

这时，兵站站长已经看出他是一位过路的首长，便把手头的工作放下，陪他参观去了。过去也有过类似的情况，一些过路的首长不愿给兵站添麻烦，下车后直奔食堂碰见什么饭就随便吃一顿走了。站上一旦发现这种情况后，就会紧着忙乎一阵子，冷落首长总是不好的。

不冻泉，千年故事今流传。

当年，文成公主进藏路上，思念古都长安，一路叹息，一路流泪。一日，公主投宿昆仑山，午夜她听到山野不断传来的寒风呼啸声，思乡之情更浓更烈，彻夜未眠，哭泣不止。次日清晨，人们便发现在山口出现了一泓清凌凌的泉水，水清见底，热气缭绕。这就是后来被人们称颂的由公主的眼泪汇成的不冻泉。

首长与随行人员步行来到了泉边。可是，泉在哪儿？他们万万没有想到，出现在面前的是荒漠里的一片乱水滩，根本无泉可言。站长上前指着水滩中间一处汩汩汩向上冒着水花的地方说："首长，这儿就是不冻泉！"

"不冻泉？这就是那个美丽的传说中的不冻泉？"

他对站长说："连个标志都没有，谁知道是到了不冻泉！再说，也该把这个乱水滩修整修整了。"

站长点头说："是，我们设法搞个牌子，写上'不冻泉'三个字。"

参观完不冻泉回到兵站。平心而论，首长今天并不尽兴，没想到不冻泉就是一片水泽地。

眼下，他觉得有些饿，早晨从纳赤台兵站出发时只喝了一碗稀粥，当时高山反应使他头痛得吃不下饭。现在七八个小时过去了，肚子早饿得撑持不住了。

他转身问站长："每天开门七件事，吃饭是头一桩。怎么样，我们今天就在你这儿吃午饭，欢迎吗？"

站长赶紧说："首长，食堂早就在做准备了，你稍歇一下，马上开饭。"

首长放开洪亮的嗓门爽朗一笑："咱可是吃便饭，你千万别让我犯错误。"

这当儿，秘书扯着衣角把站长拽到外屋，悄声说："首长吃饭不离苦瓜炒肉，不知你这里的烹调技术怎样？"

站长一听愣住了。

秘书马上小声说："苦瓜，我们带着呢，你不用犯愁。"他又作了进一步的解释，"是那天我们在敦煌买的，挺新鲜。"

高原兵站的炊事员最头疼的是做"无米之炊"。常常是早晨粉丝炒土豆，中午是土豆炒粉丝，晚上是粉丝土豆一起炒。高原缺乏青菜，土豆粉丝挂帅嘛。现在有了嫩鲜鲜的苦瓜，站长心里的石头落了地。

秘书说："苦瓜炒得好不好，关键是看出锅后能不能保持清脆鲜嫩。告诉炊事员，一定不能放野火猛炒。"

站长接过苦瓜，进了炊事班。

开饭的时间比原定计划推迟了半小时。难为炊事员，他是第一次炒苦瓜，连炒两次才勉强过关。

问题出在开饭过程中。

站长确实没有丝毫与首长过不去的任何念头，天地良心，确实没有，但是由于心地太善，老实，造成了使首长难堪的局面。

那天，首长一再用筷头戳着盛苦瓜的碟子说："别客气，吃！吃！你们常年在雪线上工作，难得见到青菜。"站长嘴里应承着，就是不把筷子伸过去。首长见状，便夹了一筷子苦瓜，放在站长碗里，站长还是没吃。首长不悦了："怎么啦，这苦瓜太苦？"按说话说到了这个份儿上，站长的筷头无论如何该伸向苦瓜了，可是，没有……

首长告别不冻泉兵站时，站长去送行。首长竟一句话也没说就走了。

……

讲到这里，宋姗久不言声，沉思着。

我说："你讲了一个你自己的故事。"

她惊奇地望着我："你听出来了？"

"那当然。凭感觉。"

"你说我傻不傻？"

"此话怎讲？"

"我没吃首长的一口苦瓜。"

"是呀，那到底是为什么？依我的推断，首长是诚心实意让你尝尝鲜的。"

没想，我这么一问，竟刺激起了宋姗压抑在心中的感情，她说：

"这苦瓜我能吃吗？我当站长都一年多了，我们不冻泉兵站的餐桌上没有给指战员们放上过一次肉炒苦瓜或别的稍新鲜一点的菜，你当我这个站长太吝啬不愿意让大家吃好吗？不！是因为没有苦瓜呀！兵站一年中总有几次派车去人到兰州、西宁买菜，千里迢迢好不容易拉来一些青菜，可运到雪山至少有一半烂掉了。在蔬菜淡季，有的战士得病来到站上，想喝一碗青菜鸡蛋汤，我们都拿不出来。你说说，我能心安理得地吃一筷子苦瓜吗？"

宋姗的眼里饱含着泪水。

我理解她。那盘苦瓜，一定触动了她的隐痛。她的感情很脆弱。她说过，她对不起那些在不冻泉兵站吃不上青菜的战士们。

我知道，有关苦瓜的故事她没有给我讲完。

果然，宋姗说了话。

"这画是首长离开高原一个月后，托人捎来的。同时还捎来了两句话：'告诉女站长，这幅画不是专门送给她的。让她把画挂在会议室里，叫全站的同志看，也叫过往兵站人员看。'就这样，这幅画成了我们不冻泉兵站的一处风景。"

"你是怎么领会首长的良苦用心？"

"不知道。我只是遵照送画人的意见把它挂起来，让该看的人都能看到它。世界之大，无奇不有。各人会有各人的理解，不必强求一致。"

"现在，我就想听听你的理解。"我再问。

"我想，光看是看不来苦瓜的。为了避免画瓜充饥之嫌，我铁了心要在雪线上培育出耐寒的苦瓜，让我们这些昆仑山的士兵们不但能看见画上的苦瓜，还要吃上实实在在的苦瓜。当然，我知道这个日子肯定很遥远，但是，只要我们的脚尖朝着它，再遥远的风景也会变成眼前的花朵。"她十分自信地说。

接着，宋姗又给我透露了一个信息：从去年夏天开始，她已经在塑料大棚里种植蔬菜了，而种出苦瓜是她最强烈的愿望。

她抬腕看看表，说："我该去山口了。"

我心里老是慌慌乱乱的不踏实。我只能在心里祈祷她一路平安。

随后，我送她出门，下楼。

太阳已经滑进雪峰那边去了，天开始黑了。

山呀，今夜谁和你在一起？

九

当晚，我怎么也睡不踏实，烦躁情绪的折磨比高山反应的袭击还难受。不过，肯定不是苦瓜的故事在搅扰我，从宋姗走出会议室的那一刻起，苦瓜就不在我的脑海里占位置了；我的心跟着宋姗留在雪地上的脚印走了……

次日凌晨，我被一阵隐隐约约的哭泣声惊醒。我忙撑起身子倾听，哭声好像从遥远的地方传来，时断时续，时高时低。

这时天还没有大亮，这么早谁哭得如此伤心！

我的心头罩上了一层阴影。

哭声渐大，似乎就在兵站的院子里。不知为什么，我马上想到了宋姗，便赶紧穿衣，下床。

有人敲门。

我一抽门闩，小曹就扑了进来。他的眼里饱噙泪水，一脸哀伤。

"出了什么事？"我问。我知道我的表情一定很失态。

小曹只是哭，一语不吐。

我急了，仿佛已经知道是什么事了，冲着他喊："你是泥捏的，怎么不说话？"

他的眼泪淌成了线，结结巴巴语不成句地告诉我，兵兵出事了。他从西宁出发时身体就不舒服，有点发烧，很少吃东西。越往上走，情况越严重。昨晚走到小南川时，病情突然加重，是高山肺水肿，当时就死了……

我喝住了他："你给我住嘴！"

小曹哭得更伤心了。

我一口气冲跑到院里。这时天刚麻麻亮，建筑物的轮廓已经从夜幕上映了出来，院里堆放的东西也看得见了。宋姗抱着儿子的尸体呆坐在雪地上，她没有哭。兵兵的遗体用妈妈的大衣裹着。站上的同志们远远地站着，个个低着头，谁也不说话。

我走到宋姗跟前，却不知道该说些什么。

她抬头望望我，又低头看看孩子，终于没有控制住感情，放声号哭起来。

没有人劝她。

我对她说："外面太冷，把孩子抱到屋里去吧！"

她哭声未止，但是抱着孩子走向二号楼。小曹和另一个战士忙上来扶着她。她踉踉跄跄地走着，像个老妇人似的步履艰难。

兵兵躺在了妈妈的床上。

原先站在院子里的战士们这时呼啦一下全拥进了二号楼。仍然无人说话。

算起来，兵兵离开老家到今天已经是第八天了。八天来，他饮风咽雪，饱受苦寒。此刻，他躺在妈妈的床上肯定是最舒坦了。是的，在妈妈身边，又是在妈妈的床上，这个世界多好！

只是，他再也不能睁开眼睛看见他想念的妈妈了，尽管妈妈的泪眼一直望着他。

宋姗似乎刚从梦里清醒过来，又仿佛才进入了梦中，她开始忙起来了。她先找出自己的一件棉军衣，说，兵儿一路上受寒，身上穿得太薄，这会儿到家了要多给他盖件衣服，叫他暖暖和和地睡一觉；之后，她又说，这些天来，兵儿总是在雪地里赶路，鞋袜全湿透了，得给他换换鞋袜；末了，她拿出一个全新的软皮书包，说，兵儿从七岁刚上学时就嚷嚷着要书包，人家小朋友都有漂亮的书包，只有他用姥姥做的布兜当书包。我这个做妈的，一直没时间给兵儿办这件事，这不，前些日子才托人从北京买回了这个书包。兵儿，你醒醒，妈妈给你送书包来了！你醒醒啊，这个书包是妈妈从北京给你买的，你一定会喜欢它的……

突然，宋姗转过身来，手里拿着那个书包，伸在大家面前，你们大家说说，我这当妈妈的怎么就糊涂了这么多年，兵儿向我要个书包，就这么点事，我怎么就没能满足他！忙，是忙，兵站一年四季过往部队不断，我哪天也是从两眼一睁忙到熄灯。可是，抽点时间，托个人去办办不也就行了吗！我为什么就不能满足兵儿的这一点要求呢！兵儿啊，是妈不对。今天，妈给你送书包来了，你为什么不吭一声呢？你是对妈有意见了吧！兵儿，你能不能原谅我一次，睁开眼睛来，你睁开眼睛吧！

宋姗惹得屋里的同志们泪流满面。但是，没有一个人去劝阻她，大家都默不作声地站着，任她说，由她做。有的战士感情上实在承受不了这种打击，便跑到屋外抱头放声痛哭！

忽然，宋姗从床上抱起了兵兵。她不说话，只是紧紧地把兵兵往自己怀里抱着，拥着，好像有什么人要从她手里夺走兵兵似的。

同志们的视线都落到了兵兵身上。

少许，小曹接过兵兵抱着。他也不讲话，只是静静地抱着，怕吵醒了睡熟的孩子一样。

又过了一会儿，王喜娃从小曹手里接过兵兵抱着。他同样不说一句话，脸挂着两行泪。他一定想起了自己对宋姗许的那个愿，他要教兵兵学习，可是，现在他永远无法兑现自己的承诺了。

接下来抱孩子的是炊事班的小陈。

再下来是警卫班战士小李。

再接下来是副站长张海望……

我发现楼道里排起了长长的队伍，大家都在等着抱兵兵。我也悄悄地站在了队尾……

"兵兵，你睁开眼睛，拿着这个书包上路吧！妈妈说什么也不能让你背着那个布兜兜走，不能啊！"

屋里，宋姗撕心裂肺似的声音揪着大家的心。

十

兵兵的遗体在宋姗的屋里停放了七天。不管白天或黑夜，都由宋姗和叔叔们轮流抱着。躺在亲人们的怀里这是兵兵短短一生中的最后享受了，每个人都巴不得多抱他一会儿，再多抱他一会儿。他在生命的最后时刻，也没能见上日夜思念的妈妈，叔叔们要多给他一点体温，使他在这个多雪的季节与妈妈告别时，脸上能多添一丝安慰的微笑。雪山是宋姗选择的家，也是兵兵最后的归宿。

大雪下了整整七天。

太阳照了整整七天。

这是青藏高原对兵兵的特殊馈赠：太阳雪。

第八天，天气放晴，红日跃出，清晰而宁静的雪山泛着一片赤金。微风轻吹，偶尔有雪片带起，把天地点缀得斑斑点点，使人觉得那停了的雪又漫天遍野地下了起来。

第八天，宋姗第一次出现在大家面前。她在兵站的几间屋子里走出走进地给大家做工作，劝大家把头抬起来，不要太悲伤。她走到那个抱着兵兵遗体的战士跟前，说：

"把兵兵埋了吧，乘着今天这个阳光灿烂的好天气，我们送孩子远行……"

她的眼圈又湿了，说不下去了。

昨天，她已经在兵站西侧那座山的向阳坡上给兵兵选好了坟地。她指着那个山坡对同志们说：

"那里是我家的祖坟地。三十四年前，我的父亲，一个汽车兵，在青藏公路上走完了他一生的里程，倒在了不冻泉兵站的车场上。随队执勤的战友们把他匆匆忙忙地掩埋在山坡上后，驾车继续西行去完成任务。今天，我把兵兵埋在这里，让他天天伴着姥爷，我也能天天看着他。"

宋姗已经泣不成声了。

听她讲话的人大概除了我，其他人一个个又惊又悲，他们不知道站长父亲的坟到底是怎么回事。从来没听人说过呀，她的父亲怎么会埋在不冻泉？

这事我知道。

昨天晚上，我送宋姗去山口的路上，她忽然对我说，这几天等兵兵没有等来，不知为什么我总想起我的父亲，我要给你讲讲我父亲的故事。我父亲的坟，就在这座山头上。

我是无论如何没有想到宋姗在高原的根伸得这么深。只有这时，我感到我才真正地走进了这位女军官的心里，看到了她瘦小的胸腔里那个博大的灵魂——

60年代初的那个下午，天空一定是阴沉沉的，雪山显得很凝重。零零散散的雪花没有规则地飞飘着。汽车司机实在讨厌这种天气，视线不清，容易发生事故。

此时，班长宋刚驾驶着汽车向边疆某地奔驰，正行进在昆仑山中。高山反应一次次地折磨他，只一眨眼工夫，他的头就剧烈地疼起来。高原生活的经验告诉他，在高山反应逞狂的时候，千万别软下来，如果那样高山反应很快就会把你撂倒，叫你再也起不来。再说，他还有这一车限时要送到边防去的战备物资，不能停车呀！他咬着牙坚持开车，离不冻泉兵站只有20公里了，车一到站就好办了。不断加剧的头疼迫使他不得不让助手用背包带把他的头牢牢地捆绑起来。这是老高原传授下来的整治高山病的"秘方"，有没有疗效、有多少疗效，这都是没底的事，反正一代一代的高原汽车兵都是这么干的。这时助手拿着背包带在宋刚的头上绕了三圈后，停住了，说："班长，别这样折磨自己了，我看着太难受。"宋刚两眼一瞪："我告诉你我难受了？"他马上感觉出这样的问话是自欺欺人，便换了口气，说："正因为难受，我才让你给我治病嘛！"助手含着眼泪又把背包带在他的头上扎了三圈。他的脑袋已经完全失去了原有的模样，像负了重伤以后经过医生密密匝匝包扎过的那种情形。

在通过昆仑山中一个胳膊肘弯子时，方向盘在宋刚手中飘飘忽忽地直画龙，多亏助手不断帮他扶方向，总算过了这道险关。

他的头疼得已经无法再坚持开车了，整个脑袋好像在一瞬间就会发生爆炸，两个眼珠憋得都要蹦出来了。他不得不停下车，顺手拿出一把钳子在额角处按拧了一下，疼痛有所减缓。然后，他把钳子递给助手，说："就用它，照着我刚才的样子，每隔一两分钟按拧一次我的额角。"助手不从，宋刚来了火气："你以为我心里好受吗？咱是为了把这车物资按时送到边防，也是为了证实你和我都不是熊包！"助手不言声了，接过了手钳……

20公里路走了三个小时。当这辆汽车停在不冻泉兵站时，同志们围上去一看，宋刚趴在方向盘上已经永远地闭上了双眼……

半年后，宋刚的妻子生下了个女孩，起名叫宋姗。女儿刚满月母亲就另嫁了汉子。

宋姗没见过奶奶，奶奶早就过世了。她是在爷爷的怀抱里长大的。她15岁那年，爷爷临终前，手里攥着一个信皮，把孙女叫到跟前，断断续续地说了以下的话：

"孩子，以后家这儿没有你的亲人了，你也没家了。这信皮上有你爸爸部队的地址，爸爸的部队就是你的家，那儿有你的亲人……"

爷爷的话没说完，他眼里那盏灯就灭了。

宋姗从爷爷紧攥的手里取出了那信皮，爷爷把儿子的信攥了十五年，他不识字，他知道自己离开人世以后，这信皮会把孙女引到一个温暖的世界去。

就这样，宋姗手里捏着那个被爷爷的体温暖得热乎乎的信皮，找到了高原，找到了爸爸的坟地，穿上了军装……

在我了解到宋姗如此奇特而坎坷的身世后，一下子觉得整个世界都脱胎换骨似的变得使我无法辨认了。也许每个人的灵魂深处都有一个很小而又很大的封闭了的世界，这个世界只属于每个人自己所有。我可以断言，不少人的这个世界是一片荒芜着的空地。今天，当我无意间走进宋姗的这个世界里时，发现她多少年来在这里精心地种植起了挡沙的绿墙，修建起了防洪的堤坝。这里是她温馨的家园。

宋姗在给我讲了她的身世以后，再三地说了这样一句话：当初我执意留在不冻泉绝对不是因为这里有爸爸的坟。

我相信。

她讲这话时，还没有预料后来出现的一连串的事情……

全站的同志送兵兵去最后的家园。

他由妈妈抱着，战士们每人手里拿一朵小白花跟在其后。

没有一个人哭，只是那沉重而缓慢的脚步把整个昆仑山都踏得微微颤抖。

青青的天上挤着那么多即将落雪的云！

十一

我离开不冻泉兵站，奔赴拉萨。

宋姗送了我二三里地，她始终不说一句话，我不敢抬头看她。她手里拿着给兵兵买的那个新书包。据我所知，她把兵兵所带的全部学习用具以及衣物都让远行的兵兵带走了，包括他们一家三口的那张合影。唯有这个书包留在了她身边。我几次劝她留步，她都摇摇头，照样朝前走着。走到昆仑山口插着指路木牌的地方，她才止住了步，招招手，算是与我告别。

等我从拉萨回到京城的一个月以后。一日，我收到了宋姗寄来的一个包裹和信，包裹里是那个书包。她在信上说，上级已经决定她转业了，转业的原因她只字未提。我想，走与留，这本是部队的正常现象，没什么可说的。她信上写道，她不打算回中原老家，就在高原找个接收单位，落户。因为父亲和兵兵都在高原，她不忍心离开他们。她要一直在高原干下去，死在不冻泉，埋在昆仑山。信上还提到了苦瓜的事，她说，使她觉得内疚和遗憾的是，没有在不冻泉把苦瓜培育成功。不过，那幅画还在会议室挂着，她相信接任她工作的新站长会完成这个任务的。在信的最后，她才提到了那个书包，她写道：

你是个作家，走南闯北，没有不去的地方。如果有一天你有机会路过中原我的老家，请你打听到我爷爷宋新元的墓地，将这书包埋在那里。爷爷对我的养育之恩我永生永世铭记于心。他走得太早，不知道他还有一个小重孙兵兵，更不会知道兵兵这么小就走了。兵兵的坟墓在昆仑山，无法靠近爷爷，就让这个书包陪着老人吧！对啦，爷爷没见过兵兵，还不认识孙孙，书包里有兵兵的一张照片，他一看就知道了。有小兵兵在身边，爷爷就不会寂寞了。你找到我爷爷的坟以后，一定要站在坟头，替我叫三声爷爷。一定！一定！！

我拿着信，沉重的心久久无法平静，泪水不由自主地涌出眼眶。

我为什么突然变得这么脆弱呢？

当天夜里，我在灯下摊开信纸，想给宋姗回信，竟然写不出一个字来……

开满鲜花的坟墓

　　我任何时候都相信这一点的：大概在每个人的心底都保留着一块永远属于自己的感情世界，一直到他从地球上消失那刻为止，都不允许第二个人闯进来。当然，有个情况例外：他死后人类进入了高科技时代，后人采取特殊手段对他的灵魂进行化验打开这个秘密领地。

　　山垭卧着半个月亮。

　　我的朋友蔡（恕我不公开他的名字）最终败在一个女人的手下，让她摘去了他的心灵秘密。也许事情不该这么简单，但是，那个女人的攻势实在咄咄逼人，使蔡禁不住一点一滴地袒露了自己的那段埋藏很深的感情心迹。

　　那天，蔡找到我带着几分伤感、几分坦然的口气说，我真的服她了，把什么都告诉了她！她这一手比你厉害。

　　他败下阵，也就等于我输了。一度，朋友间风传着蔡年轻时在西藏当汽车兵有过浪漫故事。为此我曾经几次试探过他，想写点什么，他都守口如瓶，一字不吐。现在，一个女人攻下了令我望而生畏的"山头"，我自然很高兴，城堡攻开了，我能看到些什么呢？便问蔡：

"那女人从哪里来，她那么轻而易举地就冲垮了你的防线？"

"说轻而易举倒不见得，反正她比你强。"

"说得具体点！"

"女人最能琢磨男人的心。"

……

下面记载的文字便是蔡给我复述的他与那个女人交谈的内容。三年前，他退休后有暇可以到各地去观光旅游了，他首先选择了西藏的冈底斯山，而且，从此年年上一回山。因为那里有他丢失了的，却又是埋在心底的、永生也无法忘掉的恋情，那是一枚沉甸甸的等待镰刀的麦穗。

故事就发生在他重返高原的时候……

那夜我投宿冈底斯山兵站遇到的那位女性，肯定是我这几十年的人生中所见过的女人中最能启发我思路让我激动的一个。在她巧妙而坦率的不断追问下，才使包括卓玛在内的许多早已离我而去到遥远的世界安息的高原兄弟姐妹，突然之间带着昔日的笑容又活在了我面前。梦和阳光一道醒来，触摸我鬓角的霜斑。留在我记忆里那个已经冻僵了的多雪的冬天变成春水得以复活。这个女孩子——在我面前她确实是个孩子——是主动要求到喜马拉雅山下牧区去干一番事业的首都大学生。很可能是出于对即将要去的雪域高原的强烈诱惑或者更确切地说是忐忑恐慌的心情，她才到处打听谁是可以让她心里踏踏实实地闯进陌生地域的"西藏通"。我至今也没有弄明白，她是怎么得知我是个驾车在高原上闯荡了多年的老兵后，便跟踪而来。当时，我正在兵站大门外的荒野上毫无目的地散步，我相信我是一副心事重重的样子，要不她不可能走过来就这样直截了当地问我：

"老首长，我可以给你搭个伴儿，一路同行吗？"

我望了她一眼，没有回答她的话。首长？我这大半辈子都没挨过"长"字的边。再说陌路人，又是个女人，谁了解她？！

她继续对我进行攻心（请注意我用了这个词儿）："老首长，如果我没猜错的话，你大概很孤独，这冈底斯山里一定会有什么东西牵着你的心！"

这回我多望了她几眼。

她接着说："你可以不理我，但是你无法反驳我的话。"

这种能把人心看穿的人你不能不搭理她。她的话像一股冷风掠过，然而感觉是暖的。我说："如果你是真心愿意跟我谈点什么事情的话，咱们回兵站去，这儿毕竟不方便。"

她很爽快地答应了。这时夜幕从山顶徐徐滑下，冬天天黑得早。

我们走进了兵站我住的那间平房。

在明亮的灯光下，我才看清我遇到的这个仿佛从天而降的女性长得出乎我意料的漂亮。圆圆的脸略带点椭圆形恰到好处，稍稍高于一般女性的鼻子把那双大眼睛衬托得十分妥当，一头短发使她耳郭周围那片月牙似的白净皮肤露得很显眼，又净又嫩，真的，她很漂亮。

相比之下，我穿的那件从格尔木汽车团借来的极不合身且很旧的军大衣，显得太寒酸了。天气很冷，为了掩饰自己的惶恐，我顺手拿起捅火铁棍，插进了炉中。没想她抢过铁棍，说："我会。空心炉子实心菜。"

炉口扑出了蓝色丝绢样的火苗。我俩面对面地坐着。

醒夜。

山里很静，屋外公路上偶尔响起的夜行车的车笛声显得悠远而沉寂。

我们各自通报了姓名，她连年龄、爱好及家庭成员都讲出来了：23岁，烟酒不沾，但是很喜欢喝酒的男人。她的爱人与她同岁，一次喝一斤酒脸都不带红的。我暗自笑了，这人真有意思，人家谁问你这些来着？

"你从北京出发时就带着这件大衣吗？"我俩坐定后，这是她问我的第一句话。

我想很可能她是怜悯我的寒酸吧，便忙用手遮住了大衣上烟头烧下的几个破洞。谁知，她大笑起来，说："我的话绝不是针对你的，而是怀疑像我这身着装走进西藏会让藏族人避而远之的。"

她穿着绛红色呢大衣，银灰色水獭博士帽里周周正正压着梳理得平展展的短发，还有一双十分讲究且非常合脚的长筒黑皮靴。我笑着对她说："西藏也像内地一样，漂亮女人是很招人喜爱的。你的担心纯属多余，如今的西藏老百姓穿戴也很现代化。"她一笑纠正说："应该叫大众化。这样，我这个普通女人就很容易融入她们之中了。"说毕，她特地跺了跺脚。我想，那是有意让我留意她那双很时髦的鞋子。

有了这个很自然的、毫无拘束的开场白，我们下面的对话就宽松自由多了。

她并没有接着我在兵站大门外散步时那个我没有回答她提问的话题问下去，而是另辟蹊径。鬼心眼？她是在打迂回战。

她问我："据说你是个老高原，你有多'老'？"

"不敢称老，只不过翻越了上百次唐古拉山和冈底斯山罢了！"

她吐了吐舌头，又问："你肯定是每次都坐汽车过山了？"

我猜想，她这样提出问题多半是出于这样的考虑：上百次过两座世界屋脊上的大山自然是了不起了，可是如果能像登山队员那样步行过山，那才是硬碰硬的英雄。

我回答她："不管你坐汽车还是步行过山，高山反应都不会饶过你。"

"如果高山反应都像家常便饭一样，我相信大家都会有滋有味地把它咽下去。"

"很多高原人正由于在高原待的时间长了，才落下一身永远也治不好的病。这就是高山反应对他们的'馈赠'。"

她开始把谈话的焦点凝聚到冈底斯山上了，嘴里反复咀嚼着这个山名。"冈底斯山，它是藏语吧，什么意思？"

我说："冈底斯山在藏语里是'众水之源'或'众山之根'的意思。它是西藏南、北部的分界线，也是西藏外流河与内流河的分水岭。"

山与水总是相依。一夜小雪却可以把山隔断。

她终于把话题回到了她感兴趣的问题上："冈底斯山或者说西藏到底有什么牵动着你的心，值得你上百次翻越那些让许多人提起来心惊肉跳的山？"

这是个三言两语难以回答清楚的问题，我只得答非所问地对她说："年轻时开着车翻山越岭，那是战士的责任。近些年这把年纪还接二连三地重返西藏，是游览观光。"

"我觉得你在绕弯子，军人的性格应该是一针见血。"

她的"诱导"似乎在起作用。但我只能这样告诉她："虽然我在冈底斯山走了那么多次，但是，每一回走到它身边我仍然觉得仿佛到了一个很新鲜的世界。"

"'新鲜'这两个字你用得很新鲜，有味道！"

我竟然随口吐出了两句诗："人生有情生命短，时间无情花有情。"

"是你所作吗？"

"就算是抄来的吧，那也是我的真情。"

她的聪慧和灵敏是十分惊人的，马上从我的两句诗里提炼出"人"与"花"两个字，说："牵动你感情世界的是冈底斯山的花，当然，花是以人为本的。"

我很坦诚地告诉她，年轻的时候，我根本不懂得鲜花在人们生活里应该占有的重要位置，如果有人把花束放在我鼻尖下我也许会烦得把它拨开。现在活到了这个岁数，我才逐渐明白了我们的生活不仅需要平静，更需要鲜花！

她说："你不但会生活，还是个哲学家。"随之又提出疑问："可是，你在秃山秃岭的冈底斯山谈花，使我感到十分渺茫。这儿有花吗？"

我立即给她说出了我在冈底斯山看到的那一串串花的名字：

君子兰、金吊钟、美人蕉、万年青、吊兰、令箭、对红，等等。我还告诉她，这些花都种在盆里，可以移动。

"现在，我能理解你说的'花有情'这话的含意了，在这个本不该长花的地方，它给人的情更厚重。你是哪一年哪一月看到这么多花？"

我说："五年前，不过那时候只有一盆花，对红，还是我从西宁带上山的。那是冈底斯山兵站出现的第一盆花。后来，我就一年比一年看到了更多的花。"

她长长地出了口气，给人的感觉我说的那些花都是从她口里吐出来的。她说："我觉得现在我应该校正一下我一个偏执的认识了，在冈底斯山养花并不像我原先想象的那么艰难。"

我对她的纠正必须马上跟上："你错了！我可以给你打这么个比方，战士们在这里每养活一棵花比在内地经营五亩耕地所耗去的心血和体力还多。这不是我随心所欲地给你打比方，而是战士们细细地、认真地计算出来的科学数据。"

她插话："我想起来了，这儿被人称作'生命禁区'。战士们种花的历史永生永世地刻在冈底斯山上。"

我继续讲下去。花种是战士们从数千里外的西宁、兰州买来的，有的还是从内地战士们的家乡邮来的。当然，这些都是我带上那盆花到了山上以后的事。后来，我还从北京给兵站寄过一次花种子。十分可惜的是，我带上山的那盆花只在当年夏天在冈底斯山闪烁了一下，就像流星一样消失了。这里的盐碱地根本不能种花，要对土壤进行改良，兵们走出几十公里、上百公里去捡牛粪，掺进土里，改变土壤的结构成分。不少战士把自己掏腰包买来养身体的维生素片埋进土里作肥料。花苗好不容易出世了，需要日晒，可是这山里日照很短，经常是不到烧开一壶水的工夫，太阳就从头顶的山峡上走过去了。兵们便随着冈底斯山"一日四季"的气候变化，每天跟着太阳的转移不知要挪动多少次花盆。经常不变的规律是：清早花盆摆在西墙下，下午花盆搬到东墙角。

她惊叹："维生素片可以养花，我还是第一次听说。"

我接着说下去："花苗出来后，要保证活下来才是最难的了。一般情况下，十棵花能活两三棵就该给老天爷烧香叩头了。"

她沉思片刻，然后带着几分惋惜说："我今天刚来到冈底斯山，还没有来得及看战士们养的花，也不知道这些花在何处。但是，我能想象得出，在开花的季节那情景一定非常壮观。对啦，在你刚才给我讲种花的过程中，我已经听到花开的声音。真的，你语言的表达功底给我把花开的声音都描述出来了。"

我说："其实，冈底斯山的花开放时的壮丽情景，要比你想象的、包括我讲的诱人十倍、甚至更多。"

哇！

我描绘起了花景：每天太阳旋上头顶，阳光最红的时候，战士们便从砌有火墙的屋里把花盆端起来，摆放在兵站旁边的一个不大的山包上。花簇是围绕着山巅整整齐齐摆放的，远远看去好像那山包戴着一顶鲜花编织而成的帽子。自古千年，冈底斯山没见过一朵花，现在冷不丁地出现这么一片色彩斑斓的花山，当然很抓痒人心了。好像一群穿着节日盛装的藏族姑娘闯进了冈底斯山，来到战士们中间。如果你站得稍远一点看，那花山就像吊在空中的一个很大的花篮……

她打断了我的话："我听出来了，有两个问题请你给我详细谈谈。"

"哪两个问题？"

"第一，我觉得那个戴着鲜花帽的山包似乎很神秘，你有没有勇气打开让它见见阳光？"

"它每天都接受阳光的爱抚。"

"不，我是要你讲讲藏族姑娘的故事，这就是第二个问题。因为你已经提到藏族姑娘，而且是穿着节日盛装的藏族姑娘。"

这个女人的细心和判断力令我折服。看上去她并不是十分在意你的叙说，其实她很敏锐地就捕捉到了她需要的东西。是的，她终于提到了我一直回避着的藏族姑娘，我真不知怎么回答她……

她催促我："快讲下去呀，曙光就在前面。"

我说："你别着急，我不把冈底斯山的花讲明白，那藏族姑娘是永远也出不来的。"

那好吧，你就讲花的故事！

这些年，不少过山的人包括一些将军，看到冈底斯山兵站的花都想讨上一盆，带回内地。他们诚恳地对战士们说，我们把西藏的鲜花带到内地，就会有一种无形的感情力量伴随在身边。可是，没有一个战士舍得把花送给他们。一次，一位从首都来的女演员给兵站的官兵唱了几支歌儿后，非要带一盆花下山不可，她几乎要给战士下跪了，但还是没有得到花。

"如果那个女演员真的要给战士跪下呢，战士们会满足她吗？"

我回答："没有如果。反正战士们没有让她把花带走。但是战士们给她讲了与花相关的一个故事，她满足了。"

"故事？我也想听听！"她那期待的目光整个闪烁在长长的睫毛上。

我便给她讲了下面这个故事。

山坡上一位牧人吆喝着牦牛群，他要把流浪的日子背回来……

事情发生得太久远了，无法记起具体的日期，总之是50年代末的某一天，冈底斯山中突然出现了一个十姐妹道班。清一色的藏族姑娘，都20岁上下。为了养护青藏公路，她们从西藏各地聚拢到这个道班，每日手执铁耙，像梳理自己心爱的发辫一样养护着公路。那些进出西藏的汽车在她们用汗水冲洗得光溜溜平坦坦的山中公路上畅通无阻地奔跑着。很快，十姐妹道班便成了青藏公路的中心，它对跑车的司机有一种难以抗拒的诱惑。我当时是一个驾驶军车的司机，亲眼看到这些男子汉们在十姐妹面前那种狂喜而又驯服的憨态。当然包括自己在内。

女大学生听到这里，从兜里摸出一块水果糖填到嘴里咀嚼起来。我能感觉出来，她是在咂摸我讲的故事。她说：

"男人和女人打交道，最难忘的是初次见面。你能不能给我描绘描绘你和你的同志们是在什么情况下突然见到十姐妹的？"

我觉得她这"突然"二字用得很狡猾，但得当。我笑了："你当过记者吧？"

她回答："不，因为我是个女人。"

我不能不回答她提出的这个问题了，那个时刻是我终生都不会忘记的，因为从那一刻起冈底斯山放射出了万丈光芒。

我记得那是一天晚上，大约九点钟。我们一伙在雪山上抛锚、被饥饿袭击得蔫头耷脑的汽车兵，被几台大卡车死拉活拽地弄到了一个道班里。别人的情况我当时无法知道，反正我是被高山反应加上过度的疲劳折腾得几乎不省人事了。不知过了多久，我经过休息身上缓过了劲，睁开眼来，只见一个年轻的藏族姑娘坐在身边，正用热乎乎的毛巾擦着我脸上的汗。我有些心慌意乱，忙用双肘撑起身子准备坐起，她用双手按住我胸部，说："别动，静静地躺着，你需要休息。"

我问："我这是到了什么地方？"

她笑答："你的家！"

她笑时，我看到她的牙齿特别白，眉梢翘得特别好看，两个酒窝从嘴角飞到了脸蛋上。

我就是这样认识了十姐妹中的卓玛，而后认识了其他九位姐妹。在十姐妹中卓玛最小，18岁……

讲到这儿，我停下了。屋里很静。

女大学生显然不满足，问我："就这么简单吗？"

我说："是的，就是这么简单。世上所有复杂的事情都可以人为地使它简单化。"

"有些事情就是再复杂也不能把它简单化。我觉得你在为自己隐瞒了实情找借口。"她的口气十分肯定。

"隐瞒？"我的问话里带着明显的吃惊。

"对，如果你不隐瞒，我想就不会有后面的故事，你带着一盆花在四十年后重返冈底斯山，也就不会有一座鲜花覆盖的山包出现在那里。同志，你就往下讲吧，当然是讲'你和卓玛'的故事了。"她在引导我，她好像已经知道了不少事情。是的，我和卓玛的故事！其实我一点也不想隐瞒，特别是在这个双眼具有穿透力的女大学生面前……

我发现卓玛坐在我身边的时候，我的神志并不十分清醒，总觉得自己好像置身于高天云雾之间，忽忽悠悠，双脚一直无法挨着地面。她不时地用毛巾擦着我脸上的汗，说：

"你太任性，刚才昏昏迷迷中还念叨着要上路，不行，一定要多休息几天。"

我吃力地睁开眼睛，又看了她一眼，说："我是军人，只要身体恢复到能把汽车开动，我就得出发。"

她有点无可奈何地说："那就靠你自己在路上多保重了。我知道，出门人谁也不会把小灾小病放在心中。碰碰运气吧，我为你祈祷，愿你平平安安地走到你要去的地方！"

我安慰她说："我们这些跑车的汽车兵，一个个身体棒得像小牦牛，就是有点头疼脑热也能驾车翻越过冈底斯山。"

我是那伙抛锚汽车兵当中身体恢复得最快的一个——说是恢复，其实离开道班时我仍然发着高烧，当时如果有体温计的话，测量一下我想不会低于 39 摄氏度。

卓玛送我到公路边，车子开动前，她把一个什么东西塞给我。

我有点心慌，不敢打开，直到车子行驶了几公里后，我才看清那是一块藏家姑娘的头巾包着的什么，展开一看，是几块糌粑，还喷着热气呢！我心里先是一热，接着又是一酸。当时大家都在勒紧腰带过紧日子，几块糌粑说不定就是卓玛一天的口粮呢，送给我她会饿肚子的！

说到这里，我沉思起来。

她显然也在思考什么，随之，问我：

"后来的事呢，难道你能心安理得地把那几块糌粑带走吗？"

"当然不会的……"我稍有犹豫后，还是把事情的真相抖搂了出来，"车子开出大约五公里的时候，我经过再三的考虑，还是掉头回到了道班，要把糌粑送还给卓玛。"

"她是不会接受你的返还的！"女大学生的语气十分肯定。

"没错，她坚决不收，理由是糌粑谁都需要，因为每个人都不可能空着肚子干工作。现在的问题是，我是个身体虚弱的病人，比她更需要糌粑。我没有再说什么，也不能再说什么，又开着车走了。那几块糌粑我一直保存得完好无缺，始终舍不得吃。"

她说："不吃，这是合乎情理的做法。我倒关心一件事，那几块糌粑你最终是如何处理的？"

我说："你往下听，自然就明白了！"

……

那时候，青藏线上流传着这样一句话："雪山有了姐妹花，青藏到处都是家。"意思是说，自从出现了十姐妹道班以后，家的温馨便弥漫在四千里青藏公路沿线上。确实如此，每天清晨和傍晚，总会有来往的司机和行人在道班起程或落脚，他们把一身的疲劳、饥寒卸在道班，带走的是十位姑娘的深情，那是人间难得的温暖呀！

记得那是一个飞雪把大山和深沟涂抹成一溜平的午后，我驾车驶进了十姐妹道班，我是在助手昝义成的一再催促下，特地越过纳木错兵站赶到这儿来吃午饭的，为了赶路我空着肚子颠跑了近两个小时。昝义成开玩笑说："让肚子里多留些空位，这样才能多吃一点姐姐妹妹们做的饭菜。"我逗了他一句："少说两句吧，要不到了道班你会又疲劳又缺氧，不要说多吃了，恐怕连喝口酥油茶的力气也没有了。"昝义成这家伙的鬼心眼就是多，他诡秘地一笑，说："喝不了酥油茶，咱就吃排气管上那些烤玉米窝窝头干。"我苦笑一下，无语。

原来，昨天晚上在那曲兵站吃饭时，我特地省下了一个玉米窝窝头，切成薄片，放在汽车发动机的排气管夹缝里，这样车到十姐妹道班时准会烤得焦黄焦黄。我不会忘记卓玛给我的那些糌粑，送给她玉米窝窝头片，也是一种回报，我总觉得不应该让她饿着肚子干活。那个年代，中国人都是定量吃粮，谁的日子都过得很紧巴，谁的肚里都缺油水。

我原以为我给卓玛准备的玉米窝窝头片不会有人知道，没想到又贼又鬼的昝义成竟然发现了。这时我只得顺水推舟地说："到了道班，你就把它送给工人们去吧！"他又是诡秘地一笑："我不会送给大家的，就给卓玛一个人，你没意见吧？"这家伙，什么事也别想瞒住他。

我是河流，别人也是河流。大家都向大海流动。

我和她继续交谈着。

我说："我每次到了十姐妹道班，总会看到有一些'闲人'待在那里。"

"闲人？"女大学生紧问了一句。

我笑着说："忙人中的'闲人'嘛。累死累活地跑一天车，到道班里来歇口气儿松松劲，放松放松。和姑娘们聊聊天逗逗趣，难得！这会儿不就成了'闲人'了吗？"

她连连说："忙中的'闲人'，说得好，'闲'得应该！"

我说："正是在道班当'闲人'的日子里，我和卓玛有了更多的接触、了解。一来二去，我们便以兄妹相称了，我大她四岁，她叫我哥哥一点儿也不涩口。可是，我说什么也张不开口叫她一声妹妹。我们之所以有兄妹这层关系，当然与那些糌粑有关，但是它的直接导火索是我给她送的那些烤玉米窝窝头片，开始她说什么也不收，死咬住一个理不放，跑车的人比修路的人辛苦，更需要营养。我说，我年龄比你大、身体强壮有抵抗力，少一点营养没关系。她无话可说了，稍一沉思，提出了一个要求，说：'你叫我一声阿妹，要不，别想让我收你的东西。'我灵机一动，马上递上去一句话：'你不先叫一声哥哥，就别想当我的妹妹。'我的话音一落，她就大大方方地叫了一声哥哥。我呢，当然也喊了声妹妹。但是，最终她还是没有收下我的玉米窝窝头片。我明白自己上当了！女人真贼，藏族女人也不例外。"

女大学生插问一句："阿哥阿妹总算相认了，我想按照一般常理，她总会对哥哥提出一些什么要求的。"

"没错，她是给我提出了要求。不过那是我们相识半年后的一天，她突然给我倾吐了自己的一个心愿，想跟着我坐一趟火车，到内地去看看。我满口答应了。"

"我想，这是一个难以实现的愿望！"

"是的，青藏高原根本没有通火车，我一个当兵的，如何带她去内地。就是到了90年代的今天，西藏还是不通火车呀！我之所以答应了她的要求，是因为我实在是不忍心让她失望。一个藏家姑娘，祖祖辈辈都住在被岁月锈蚀得像铁皮似的帐篷里的牧民之女，坐一趟火车就是她心中的彩霞，到内地去看一看那一栋栋排列得整整齐齐的高楼大厦，就是她一生中生命放射出最灿烂火花的时刻，我不能让她因为得不到她渴盼的彩霞和最灿烂的火花而失望呀！"

女大学生打了一声长叹，说："我能理解你，也能理解她。人这一生谁都会遇到许多无可奈何的事！"

我马上接上去说道："小姐，你说得太对了。你我，还有你我相识的和不相识的人，大家几乎每天都要被一些无可奈何的事纠缠得手足无措。你跺脚吗？哭吗？一点几用处也没有。我的想法是：照样走你的路，躲得过就躲，躲不过就踢它一脚。你一生只为它的困扰流一次泪，这就是在你将要离开这个世界的时刻再流泪，但还要让眼泪滴在自己的手心里。"

"你讲得太好了！真的很好。"

"所有的绝招都是被逼出来的。"

她又问我："你和卓玛有过单独的接触吗？"

"当然有了。"

"讲讲。"

那天，我加大油门几乎开着飞车赶路，下午三点钟就到了十姐妹道班。昝义成显然已经看出了我的用心，车刚一在道班门前停下，他就说："班长，保养车的事有我，你忙你的去吧！"我们心照不宣。于是我找到了卓玛，她们三个人一间宿舍，那天下午刚好轮到她休息，宿舍里就她一人。

"你们都讲了些什么？"

开始双方都很拘谨，她讲一句就断线，我说半句都结巴。后来还是我问起了她家里的情况，这才打开了话匣子。她告诉我，她一直不知道她的阿爸是谁，她是在阿妈的背上长大的。阿妈穷得连顶像样的帐篷都没有，都是住在洞穴里。阿妈只养了一头牦牛和三只羊，每次出牧时都背着她。后来阿妈老得走不动路了，把她托给一个金珠玛米叔叔，她才当上了道班工人；她讲了她一心想当一名纺织女工，要用双手织足够每个西藏女人穿的漂亮的氆氇；她还讲了她恨死一个农奴主家的管家，那家伙总是死缠着她不放。当然，她讲得最多的还是想坐趟火车到祖国内地去看看……

女大学生说："多么纯真的姑娘！"

我继续说："卓玛一再表示她这一辈子就认定我这个阿哥了，让我不论到了什么地方都要把她带在身边。"

"是呀，一个无依无靠的孤女，她是需要找一个热乎乎的男人的胸膛做靠山。"

"我紧紧攥着她的手，对她说，阿哥这一辈子不管迟早都会想办法让你感受到人间的温暖，去做你称心如意的事情。"她听了后，问："迟早？早是什么时候？迟到什么年月？"我无法回答她的问话，只是说，"你等着吧，我相信总会有那么一天。"

女大学生沉思了片刻，说："后来呢？"

我感叹地说："后来发生的事情是我怎么也没有想到的，我相信你也是不会想到的。"

她问："难道你和卓玛的交往发生了什么节外生枝的事情吗？"

我说："正是这样。还是那几片玉米窝窝头片引起的风波。有人给领导反映我和藏北草原一个牧主的女儿谈恋爱，还说我把连队的粮食偷出来送给了那个牧主。你应该听清了吧，这里面起码有三错。我和道班女工卓玛只是刚开始交往，严格说来还没有走到恋爱的那一步，这是一错；这里更不存在牧主的问题，卓玛的家族是世代贫苦牧民，这是二错；我什么时候偷过连队的粮食？几片玉米窝窝头是我自己省下来的，那时候吃饭都定量，这是三错。你知道，那个年代，一个当兵的和牧主的女儿恋爱，那是犯了天大的不可饶恕的罪责。"我一次又一次给领导解释，说明事情的真相。但是没人相信。我的助手昝义成也主动站出来做证，再三说明我和卓玛的关系是清白的，别人反映的情况不属实且有很大出入。他怎么做证也没人听，最后连队还是做了决定：停止我驾驶三个月，把我留在驻地写检查，反省。

"我真不知道这个检查怎么写，整日坐在屋里犯愁。就在这当儿，又发生了一件我没有想到的事情。这件事使我们这些终年在青藏线上跑车并在十姐妹道班房闻过女孩身上那种特有气味的司机们终生难忘。那场突然而降的暴风雪只是在一瞬间就把整个冈底斯山变成了无边无际的雪海，出人意料的事情就在这时候发生。一场百年不遇的雪崩把山中千年不化的积雪与冰川全部折腾起来，蹦蹿起数十丈高，然后又重重地如山一般摔落在地上，十姐妹道班被结结实实地埋在了万丈深的雪海里。穿过冈底斯山的那段青藏公路断了，正在路上行驶的数十辆汽车也被雪崩卷得无影无踪了。据说，当时有个正在开车的汽车兵在雪崩的刹那间，撂下方向盘去救受难的十姐妹，具体地说，他是去救卓玛的。结果，他不但没有救出别人，自己也没有出来……"

她打断我的话："我想让你告诉我救卓玛的那个汽车兵的名字。"

我摇摇头。

她紧紧追问不放过："不，我一定要知道那个汽车兵是谁。"

我瞒不过她了，再说也没有必要瞒她。便坦言相告："他就是我的助手昝义成。我被停止驾驶以后，他晋升为驾驶员，仍然驾驶我开过的那台车。冈底斯山发生雪崩的时候，他正好行驶在山中。在最危险的时刻他想到的是卓玛，便快速开车向十姐妹道班飞驰而去。"

"昝义成的最终结果呢？"

"由于他并没有走到发生雪崩的中心地段，被雪埋得浅，三天后军民们把他和车一起从雪里刨了出来。好在他受伤并不重，只是饿得浑身没一点力气了。半个月后身体就完全恢复了过来。"

我的思绪沉入遥远的往事回忆中，久久地才拔了出来。我伤感地对她说："每想起那次雪崩，我的心就像刀尖戳一样发疼，十姐妹怎么会遇到这样的不测之祸，那个想坐趟火车到内地去看看的卓玛妹妹她再也不会絮絮叨叨地跟我讲她的心愿了。"

女大学生低头想着心事。从来不抽烟的我，这时顺手摸起窗台不知谁丢下的一根烟，捏来捏去地搓揉着，直至把它变成细末，在地上落了一层。后来，她终于打破沉默，问了我一句：

"我还没有听到故事的结尾呢？"

我说："一年后，雪化冰消，已经坍塌架了的道班房露出了房角，人们扒开残留的冰团雪块和砖瓦、屋梁，看到了十具冻得硬邦邦的尸体。由于冰冻，尸体上虽然伤痕累累，却没有腐烂，奇怪的是她们的脸一个个完好无损，双目微闭，好像睡着了一般。战士们抱着十姐妹的尸体号哭不止，那哭声就是站在冈底斯山之外的任何一个地方都能听得见。我专程从格尔木赶到冈底斯山与十姐妹做最后一次告别，我特地带着那包糌粑，还是用那块花头巾包着。我很容易地就找到了卓玛，她的一双眼睛睁得圆圆的好像要对谁说什么，又好像要把这个世界看个够才肯坦然地离去。我跪在卓玛的身边，声嘶力竭地哭着喊'阿妹'，战友们站在一旁跟着我一起哭。我费了好大的劲，才把她那紧紧攥着的手掰开，将那包糌粑还给了她。我说：'阿妹，你要走远路，用得着这些干粮。你要一路多保重，千万千万不要太亏待自己，那糌粑是我送给你的，你要是不吃，我活在世上也觉得无味。'"

女大学生问："你还没有讲对你的停职检查呢，后来做了什么结论？"

"什么结论也没有，三个月后让我继续当驾驶员。我开着车跑了一趟拉萨，经过冈底斯山的时候，浑身发瘫，双腿颤抖，车子怎么也走不动了。我只得停下车，跪在路边大哭一场，当时发生雪崩后才四个月，十姐妹道班仍然压在雪层下。那趟任务执行完回到格尔木后，我就要求复员，在原地找了个工作落户了。我觉得我这一生，生为高原人，死为高原鬼，是离不开青藏高原的！"

她问："今天的冈底斯山兵站是什么时间建立起来的？"

"那座道班房在雪崩中消失不到一年，就在原址上建起了兵站。"

"为什么偏偏在十姐妹遭难的地方建兵站，是有意安排，还是巧合？"

"我不知道这里面的缘由，反正我们这些与十姐妹有过交往并深深地热爱她们的汽车兵对于这个兵站站址的选定是十分满意的。每次投宿在兵站仿佛就像见到了十姐妹，但是也增加了一份揪心的怀念，毕竟她们永远地从这个世界上消失了。对于我来说，对卓玛的追思和怀念就更强烈了。我很后悔，在她活着的时候，我没有更多更周到地关怀这位小阿妹，这是我终生都要谴责自己的。我一点儿也不在乎别人去说什么，只要自己心底洁净就行。"

"我完全同意你有这种难得的思考。"

"还是在建兵站之前，我们一伙汽车兵在冈底斯山给十姐妹修起了一个合葬墓。墓与兵站相隔顶多五百米，因为墓修在山坡上，远远看去，那墓堆和兵站成为一个有机的整体，它像兵站的瞭望台，或者说兵站的那些房子是它派生出来的建筑群。合葬墓是山石铺底、黑黏土垒起来的。为什么要用黑黏土？因为这种土质里网结着密密麻麻的草根，俗称钢筋水泥，据说百年千年都不会零散。那是我们汽车兵专门从近百里的纳木错湖畔运来的。"

"合葬墓很大吗？"她问。

最初并不大，也就两三个普通坟包那么大吧。后来，汽车兵们在执行完运输任务回空时，总要顺便捎一车黑黏土添在坟堆上。这样，今日运一车，明日运一车，你拉一车，他拉一车，慢慢地坟堆越来越大，竟然变得像一座小山了。

她说："它是一座山，真正的山！"

我深深感慨地说："我们想给十姐妹坟头上撑起一片绿荫的愿望，在建坟之初就有了。但是，由于这里的气候酷寒、缺氧、土质瘠薄等原因，这个愿望一直未能实现。直到五年前，我重返西藏时从西宁带来的那盆对红在这里落地生根，冈底斯山才有了这片花簇。可惜的是，卓玛和她的姐妹们是看不到这美丽壮观的花景了。"

她忙摇摇头，说："不，合葬墓上的那些鲜花，正是十姐妹的化身，它们是有灵魂的，时时刻刻在向世界诉说那个雪崩之夜人们无法了解到的故事。"

我告诉她："当地的牧民都说，坟墓上的这些鲜花是永生永世都开不败的，总有一天都会长成不老的蓬勃的花树！"

……

我们的交谈到此为止。

女大学生呆呆地望着窗外。夜色很浓，冈底斯山是一片望不透的黑洞洞的深海。

突然，她对我说："走，陪我去看看她们。"

我知道她指的是长眠在山中的十姐妹，便说："天太黑，你什么也看不见。再说，坟头的花这时也被战士们搬走了。"

"不，我就是要现在去看她们。"

我拗不过她，便带着她来到了坟前。天黑，夜静。她脱下自己的那件大衣，轻轻地盖在姐妹们的坟上。她说："山里太冷了，要给她们加件衣服。"

　　冷风从我的衣摆下钻进去，飕飕地刺着我周身的皮肉。我脱下那件从格尔木借来的军大衣，轻轻地披在女大学生的身上。

　　她又脱下军大衣，盖在了坟头上，说："卓玛年龄最小，经不住这寒夜的袭身，给她盖上吧！"

　　这时，我仰头一望，夜空飘起了雪花，很大的雪。其实，我和她从兵站出来时就下着雪，我为什么没有发现呢？我突然留恋起这个世界了，我真想大声对宇宙说一句：冈底斯山，你永远都不会沉陷，因为你是西藏十个美丽的姑娘用身躯支撑着的。

　　她静立坟前，指着坟头说："姐妹们是你的知音，也是我的知音。我们不能成了断弦的琴。你我，还有她们，咱们拉起手，一起进西藏，出西藏，走遍中国，生生死死在一起。"

　　我抬头看看远处的山，突然觉得山巅的积雪很肤浅。因为它没有扎下根基。

　　春天挂在山垭，寒风过后成为一种凝固……

　　朋友蔡如释重负似的终于讲完了他的故事。之后，他长叹一声，对我说：

　　"在漫长的岁月中，我护住狂乱的心跳，把自己作为常人的感情关之门外。我在无望地等待，却没有勇气公开。现在，我把一切都讲给你听了。我当然是经过思考才这样做的，只有一个要求，你可以写一篇作品，只是不要公开我的名字。"

　　说毕，他握着我的手，无语。

　　朋友走了，我的手上还留着余温。

　　这夜，我就在灯下展开稿纸开始写作了……

女兵墓

深秋的黄叶，在寂寥的天空凄凄飘落。我走进这覆盖着碎石、荒草的枯原，寻找昔日的梦。

是找她吗？——一个长眠在世界屋脊上的女兵。

是。又不全是。

军营生活二十七载，我从南到北走过不少地方。每到一地，我都有个习惯：瞻仰烈士陵园。站在那圣洁的纪念碑前。望着那一座座坟茔，我常常对那些遗骸天涯、埋骨他乡，以山河为归宿的前辈、同辈烈士们，产生一种深切的敬意。

这里便安睡着一位我尊敬的女性。我捧着从那曲镇上藏胞家里买到的一束雪莲花，踏着铺满野花的小径，终于找到了她：广袤的草原上，一堆小土丘……

你还记得吗？在你离开你倾心热爱着的这个世界时，是我抱着你啊！我敢这样肯定：你那时是第一次被一个大男人抱着。我也是第一次抱起了一位姑娘的躯体！

你是会记得的。你当时的眼睛曾向我透露出那样强烈的神色！

那时，我是一个入伍不到一年的、跑车的司机。你呢，团卫生队一个普普通通的卫生员。你头顶上有一颗闪亮的五角星，军装外总系着一条棕色的宽皮带，在军人的世界里，你是一个普通的士兵，只有那个左肩右斜的红十字药包，显示着你有与众不同的妙手回春的本领。当时——50年代初期，在这条进藏的风雪路上，你是为数不多的汉族女人之一。以前我并不认识你，只是那天我从兰州新兵营拉了一车进藏的战友时，才看到了你。你作为护送战士的医生（领导确实是这样告诉我的），同车前往。至今，你留在我脑海里的一幅清晰的图像是：你太忙了，简直可以说世界上再没有第二个人比你忙。车上35个新兵，出发后每天你都要给他们量两三次血压。车子过了日月山，几乎每小时你都要拿上测压器，像过筛子似的，给每个战士量一量，连我这个在青藏线上已经跑了三趟的"老兵"，你也不放过。同志们有些不好意思了，觉得自己这牦牛似的身体用不着这样多事。你不依，板起脸很严肃地说："'牦牛'也不行！高山症对谁都不客气。"一车人全老实了，包括我这个"老兵"，都乖乖地把胳膊伸到你面前，任你测量、记录。

唐古拉山巅出奇地冷。我停车小憩，加油加水。你照例跑上跑下地为战士们检查身体。冷风吹不干你脸上的热汗……

就是在这时候——我终生都会记得它——1955年10月25日下午1点15分，不知从哪里飞来一颗流弹，车上站着的一个新兵应声倒下了。

山腰的崖洞里伸出了一支杈子枪……

大家马上明白了是怎么回事。土匪用罪恶的枪口瞄准了我们这辆军车。流弹还在继续飞来……

你是第一个发现敌情的哨兵。你冲了上去，毫不犹豫地冲上去！抱住了那支杈子枪，死死地抱住了！那枪口离汽车不过几十米。当时，你如果不这样办，别的任何办法都不能保证车上的战友不会再倒下去。

剩下的34名新兵全冲上去了！他们手无寸铁（还没有给他们授枪哩），硬是用34双拳头捣毁了敌人的老窝，活捉了三个土匪。当大家把你从杈子枪上抱起来时，你已经奄奄一息了⋯⋯

我开着车快速地向拉萨驶去。你需要住院抢救，时间就是你的生命！我把浑身的劲都用在了右脚尖上，狠狠地踏着油门，巴不得让汽车轮子离开地面飞起来！

那曲镇，飞车而过；

二档山，乘着风去⋯⋯

你的伤情毕竟太重了！当我开车行驶到藏北高原上时，不得不停下了车。你在这里走完了自己一生的路程。你留下了你的未来，留下了你的幸福，留下了你的幻想，也留下了你那颗永不停息的搏动的心！

我不相信你会这样离开我们，绝对不相信！我太激动了，抱起你，拼命地把你呼唤！可是，我不知道你的名字，车上没有一个人知道你的名字。我只能喊："同志！同志！"我第一次感到了"同志"二字的金贵。任我喊破喉咙，你并不睁开眼睛。我还是大声喊着，奇迹出现了，你到底被我唤醒了，睁开了美丽的眼睛，长长的睫毛扇动了几下，望着我，还有周围的同志，笑了！围着你的同志也都笑了。

我们太愚蠢了，也太老实了！就在你睁开眼睛时，没有抓紧时间和你说上几句话。结果你很快又闭上了双眼，再也没有睁开。我把你紧紧地抱着，我恨自己作为一个司机，未能把你送到那起死回生的地方，我巴不得让自己跳动的心律传导于你身上，让自己的呼吸将你唤醒⋯⋯

可是，一切都是枉然！你还是远去了。在被你掩护的一车战士中，你几乎什么都没有留下。没有姓名，没有籍贯，没有遗嘱！

我拿出随车带的十字镐，同志们轮流掘土，给你在草滩上找了安身之地。我取下了你至死仍紧握着的测压器，本想把它捎给你的家乡，送给你的亲人。可是，怎么捎去呢？思来想去，还是让它伴着你去远行吧！女战士，瞧你睡得多么安详：躺在草原露营，枕着寒风长眠。身盖六月雪被，脚蹬无名小溪。我知道，你只有躺在这里，只有这样躺着，才能心安理得地合上双眼。

时隔一月，我完成了任务，返回到藏北高原。我特地将车停在路边，步行去看望你。你的坟包还是那么一堆普普通通的黄土。所不同的是，坟前立了一块无字碑。一瞬间，我的感情，我的心涛，像海潮一样澎湃起来。无字碑？谁立的？是不会写汉字，或者连藏文也不会？还是不知道女战士伟绩的人？……我忽然明白了，全不是。只因为你是一位无名的兵，人们只能给你立块无字碑。

我给你的身上盖了一把新土，又深深地给你鞠了个躬，和你用心告别。

不知为什么，就在我转身返回的时候，我忽然想起了黄继光。你和他一样，都是迎着敌人的火力点冲上去，用胸膛堵住了那喷吐着罪恶烈焰的枪口。他，成了全国上下妇孺皆知的英雄。可你呢？默默无声地长眠于世界屋脊。又有谁知道你在生命的最后一刻所闪耀出来的火花？

委屈你了！我们的女战友！

作为一个目睹你伟大壮举的人，一种内疚深深地折磨着我。我甚至恨自己，为什么不是一个记者，或是一个作家？这样，我会为你大书特书。这一夜，我没有赶路，投宿在你坟包附近的黑河兵站，一夜未寝。

次日，天一放亮，我又返回你的墓前，掏出钢笔，在那块无字碑上连描带画地写下了五个字：

高尚的女兵

二十多年来，在我心中的天平上，你的名字始终像黄继光一样光荣、伟大。不论是三年困难时期还是十年动乱期间想到你，也不论给同辈人还是给我的孩子们讲起你，你的行动所产生的激奋人心的力量，总是会强烈地震撼着我的心！

只是，有一件事常使我挂记，使我不安：那块无字碑还在吗？我写的那五个字呢？……我担心岁月会磨去那碑及碑上的字，更担心你的形象会被人们淡忘。

女战友，我现在回到了你的身边。我是去西藏边防执行任务时专门拐进来看望你的！使我兴奋的是：一个无名的战士，终究被更多的人记住了。你的坟包变大了，而且用洁白的灰浆墁了顶。墓前的一棵青松长得有两层楼高了。松树下，依旧立着那块无字碑，碑上的五个大字已经被人镂刻在上面了。字迹一点也没变形，还是我写的字。

我深深地向你鞠了一躬，在你身边站了足足有半个小时。

昨晚，藏北高原落了今年的第一场新雪。好同志，雪花一定又打湿了你的衣服、被褥，你冷了吧！让我给你的坟上培层新土……

沉默的巴颜喀拉山

　　那一刻，在我的家乡八百里秦川，田野在阳光下闪闪发亮，麦穗上的颗粒像水晶一样透明。村庄上空温暖的炊烟，正多情而缠绵地给蓝天描绘着一幅和平、宁静、丰收的彩图。

　　那一刻，在青藏高原腹地巴颜喀拉山中，随着一声罪恶的枪声，眩晕和战栗像孪生兄弟同时卧在了洁白的雪峰下。来自我故乡的一个18岁的与我很要好的新兵倒在了血泊中。他在交出体内余温之前依然驾驶一辆军车向响着枪声的前线飞奔。

　　一个人死了，死者家乡的街道上突然变得冷冷清清。那些炊烟飘上屋脊之后打了个寒噤。

　　我刻骨铭心地记住了那一刻。

　　雪下得很大，绵绵起伏的峰峦和大山下所有的藏族村落，都模糊得只剩下了个轮廓。这样浑浊的日子是不是注定会有乌云烧黑了雪山？

有人用狞笑盖过了冰冻的莽原。但是雪山不会老，它依旧指示车队驶向无边的远方。

战士最明白，当和平、幸福、爱情这些词蒙上了硝烟，我们只能用刺刀把它们擦亮。

我讲的是一段旧事。四十七年前。

至今许多人并不知道，那时候在遥远的西藏发生过那样一场战争，现在可以说了。

那场战争的名称叫：平息西藏叛乱。

有乱才平。这场叛乱波及青海、甘肃的局部地区。

当时，我是一个入伍不到一年的新兵，汽车兵。所有的惧怕和担心都挤在车厢里，谁知道我开的车能不能到达最终卸货的地方，即使到了还能不能活着回来？

所有参加战争的人，每时每刻无不把脑袋掘在手中在枪林弹雨里穿行。

这是我从汽车教导营毕业后第一次单独开车执行运输任务，要给平叛前线运送一批弹药。所有的小心翼翼和拘谨都在情理之中。苏营长在战前动员会上讲的那句话，我这一辈子都刻在心上。他说："你们太幸福了，一当兵就碰上了打仗！"你千万不要认为苏营长在说风凉话，他是打心底里在羡慕我们。当然是不是所有的人都能理解他的这颗心那是另外一回事。

打仗是幸福吗？也许会死亡，何谈幸福？当然，随着兵龄的增长，不断地强化军人的职责，我们慢慢地理解了营长讲话的深层含意。军人的存在，就是为了迎接战争。不死那是你命大，死了虽死犹荣。祖国的和平、人民的安宁高于一切。我们发誓不希望人间有战争，可是当强盗燃起狼烟时，共和国的军人真的敢于真刀真枪去拼命。

幸福的含义太宽泛了，在和平的春风里接受阳光的抚摸是幸福；为享受阳光的人去献身同样是幸福。

我们的车队是披着夜幕行驶的，必须这样；不能开车灯，不许有任何光亮。也必须这样。

我们在日月山下的倒淌河兵站猫了整整一天，除了睡觉就是修车。心焦而烦躁地等待着深井似的夜幕降临。

太阳压山许久了，山野没有了人影，路也像断了魂。

我们出发上路。

车轮碾碎了夜的宁静，不时有狼嗥狗叫声从山谷传出。寂静的夜透着一种阴森。哗啦哗啦的流水声仿佛响在天畔。夜晚的河流最深。

路边一盏灯，很犯困的灯。

一位藏族老阿妈拦住了我们的车队。她控诉了刚刚发生的一场匪劫。几个饿鬼似的叛匪洗劫了这位孤寡老人的帐篷，连一块糌粑、一碗酥油茶都没留下。老人向他们苦苦哀求，这点吃的是她的救命粮。叛匪用权子枪戳翻了帐篷里的所有陈设，帐篷也落架了，把老人暴露在露天里。唯有那盏酥油灯还亮着，怪，野风呼呼，它就是不灭。

扬长而去，匪徒早不知溜到了哪里！

我们匆匆地为老阿妈整收好帐篷，留下一些行军干粮。我们还要赶路！还要上前线。

我忘不了老阿妈那双眼睛，她一直泪汪汪地望着我们，站在帐篷前一动也不动。她并不知道我们是什么样的军队，语言不通，给她解释了几次，她只是摇头。车子驶出好远了，我似乎还能看见她那双泪汪汪的眼睛……

高原上所有的灯都熄了，睡了。

死一般寂静。

车队继续摸黑向前滚动。

我的心无法平静。老阿妈那被捣毁了的家，是这场战争创造的一个伤口。从看见她那一刻起，我的全身就溃烂了，我无法忍受，心情怎能平静！

巴颜喀拉山不知什么时候挤上了汽车的风挡玻璃。黑沉沉的山影使山中的公路变得更狭窄，险要。

我和远处看不见的冰河的涛声互换一下眼色，减慢了车速。

一声浑浊的枪响穿透了沉沉夜幕。我有一种感觉，公路似乎要断裂了。

我的同乡战友于得江，就是在这时候倒在了巴颜喀拉山冰冷的怀抱里，永远地走了。至今我眼前还浮现着他的胸部被叛匪击中后那个汩汩冒着鲜血的枪眼：月色很暗，我看得却很真切。

叛匪是什么时候出现在公路边的洼地里，我们无从知道。也许他们早就埋伏下了。只有在一梭子飞弹带着刺心的呼啸飞向车队时，我们才意识到：糟啦，出事了！

这时，我的汽车正在拐弯。那是一个没有任何标志的连续转弯。

带队的成连长立即从头车的驾驶室里跳下来，站在风天野地里指挥车队快速通过危险地段。

叛匪在放了几枪之后，见势头不妙，就迅速地溜进了深沟里。他们是哄抢食物的，这伙整天在山里乱窜野跑的叛匪，早就粮尽弹绝，一个个饿得像掉了膘的地鼠，抢吃抢喝成了他们每天活动必不可少的内容。这回他们算扒拉错了算盘，我们是近百台车的大队伍，不会给他们便宜占的。老鼠只有溜掉。

我们车队中间的一台车被叛匪击中，歪在了公路边的沟里。于得江就是那辆车上的驾驶员，他负了重伤。连长当时没有立即顾及他，等整个车队开到安全地带后，他才组织了几个驾驶员返回到出事的地方。

我也是这些返回人员中的一个。我的内心仿佛布满细小的针孔，悲伤和血一起浸渗出来。

这是黎明时分，也许应该说是巴颜喀拉山一天二十四小时中最宁静的时候。很可能因为我们在暗夜里摸索得久了，眼睛适应了黑夜，此刻感到天地间微亮起来，依稀可见一些地形地物。

于得江流了好多血，那些血都凝固了，泛着黑黑的冷光。他已经死了，留下的是一个挣扎着奔跑的姿势。两只胳膊前后拉开着，一条腿也跨出来了。当然这姿势是躺在地上的。谁都可以想象得出，他是不可能跑出敌人子弹的速度。他就这样倒下去了，永远地躺在了巴颜喀拉山中，离他的家乡很遥远的这个地方。

远处，什么鸟在悲戚地啼叫。

比这鸟啼更深远的是巴颜喀拉山中的夜色；比这夜色更沉重的是于得江留在地上的这摊血。

我们实在无法想象他走时的那种悲惨凄凉。没有一个亲人在身边，娘的双手没有抚摸他，妹的甜奶似的声音没有呼唤他，就连他那新婚才三天的爱妻也没有为他送行。如果这一切都是因为路途遥远亲人们无法看着他远行，这自然是可以理解的。那么为什么连一个战友也不能在他身边停留？他在生命的最后时刻一定会有话要说，说了什么呢？

连队领导有交代，车队一旦有一台车遭到叛匪的偷袭，其他车不得停下，要快速闪电般越过这台车。一切只能等待车队返回时再说。战争就是这样残酷。完成战勤运输任务是第一位，死一个人没有车上运载的战斗物资重要，更何况车上有时运的就是参战部队。

在战场上，怜悯往往招致来的是更惨重的伤亡。

连长带头。我们锹铲手刨，匆匆忙忙地挖坑掩埋于得江。车轮还等着向前线飞驶，时间不允许我们认真而风光地为他料理后事。

下葬前，我多看了得江几眼，他的眼睛似乎还没有完全闭合。我心里涌上一股酸楚。不由得想起了我俩离开乡里时手拉手走向新兵集中点的情形。俩人默默地走了好一段路，好像谁都有话要说，可谁也不张口。

当兵离家时我们是以哑剧的形式告别故乡的。

就是这样，我俩默默走了近十里路，始终没有谁开口打破这种可怕的沉寂。到了新兵集中点，他先伸出手，我马上也把手伸出，两只手紧紧地相握，摇了又摇。这就算是我们的话语、我们的心声。我被分到了新兵连一排，他到了三排……

此刻，我多么想和我的战友、我的乡党于得江，好好地聊聊天。我有许多话要嘱咐他，他也一定有不少话要留给我。可是，我们没有机会了，永远没有了！

旧故事死亡，新的为什么还没诞生？

得江，这个世界再也看不到你了！

我给他的坟上添着土。我哭了，咬破了嘴唇才使自己没有哭出声。我怕老兵和那些不是我乡党的新兵笑我没出息，战场上还流鼻涕抹眼泪的，像什么话！打仗！明白吗？这是你死我活的打仗！

我只能在心里默默地告慰得江：你安息吧，你的躯体将化为高原上的冻土。你一定还会有无法实现的愿望，放心地走吧，首先是我们这些活着的乡党会替你实现的！

得江好像听不懂或者根本不愿听我的话，那双眼睛依然半睁着。我再也不敢看他了……

得江，我深深地爱着你。但我像你一样，一言不发。打完这一仗，在没有人在身边的时候，我会把内心的火焰释放出来。

至今我记忆犹新的是，我们是用得江留在驾驶室的那件皮大衣裹住了他的身体。挖的坑不太深，镐铁碰到冻土地上就跌倒，刨个深坑实在不容易，墓堆也很小，站在稍远一点的地方，几乎瞅不见。这是连长的主意。他说残忍的叛匪一旦发现了墓堆，会把尸体掏挖出来，搜寻值钱的东西，然后碎尸。其实，他们哪里知道，这些兵都是一贫如洗的"穷人"。他们最贵重的东西，就是军帽上的红五星，再就是装在胸膛里的党证、团证。可这些，哪个叛匪敢要？

有人提出，在死者的墓头立个标志，连长也没同意。这样不是招惹叛匪来挖墓吗？大家实在不忍心得江的墓变成无名坟，最后还是从汽车的帮槽上劈下一块木板，写上了于得江三个字，插在了一个很隐秘的地方。

当时，不知什么原因突然从山坡上滑滚下来一块石头，我真想用它踢伤山下的果洛草原！

于得江就这样献身在巴颜喀拉山，死在了平息叛乱的路上。

我们连里的车队在天亮之前，把物资送到了一个叫竹节寺的平叛前线，那里到处战火狼藉，空气中弥漫着浓烈的硝烟味，应该说我们此次的战勤运输任务完成得并不十分圆满，因为少了一车物资。于得江的车被敌人重创后一直歪在沟里，难以抢救。但是没有人责怪我们，因为于得江的噩耗已经传到了前线：没有人称他是英雄，一个没有完成任务的士兵，是不会被他的上级赞扬的，这只是一个平平常常的死亡。像村庄里死了一个老乡一样。战场上有多少人就是这样无声无息地走向了死亡。

那天，我们离开竹节寺时，我方的参战部队正准备进入下一场战斗。据说附近的山沟里发现了一股妄图反扑的叛匪。我看到在一个战壕边有一个年轻战士，他失去了一条腿，用另一条腿跪在地上，正在擦拭枪膛，吃力地反复地擦拭着……

我突然生出一个联想：他很像一个应试前的学生，紧张又平静地准备着一切。他会交出一份什么样的答卷呢？也许他不知道，他的上级知道；也许他和他的上级都不知道……

巴颜喀拉山的早晨很静，绝静。

静得像要爆炸。

那个失去一条腿的战士，仍然平静地擦拭着枪膛……

为什么可可西里没有琴声

——一个志愿者的爱情手记

我得到志愿者的一本手记

阳光照耀的每一天志愿者都准备着承受风雪的突然袭击/山脊上有一堆堆没有土的坟丘/索南达杰的日记成了他们的座右铭/南武与女朋友因可可西里而分道扬镳/真爱和假爱都撕心裂肺地折磨着人。

已经是十年前的事了。

那时候，"志愿者"这个词刚刚在社会生活中露出嫩芽，它对众多的人来说还是十分陌生的。我因为到了遥远的可可西里，和志愿者有过三次今生都值得珍惜的接触。我心悦诚服地称这些踏上青藏高原漫漫征途的无畏者是神圣的勇士。我知道正是可可西里一串一串让藏羚羊惊慌逃窜的枪声，把这些抱负在胸的热血青年召唤到那块沉睡中被乱箭穿醒的地方。在那里，季节深处的寒风正把最后一点热气吹冷。动物世界的一场灭顶之灾使千年的冻土层发出断裂的声音。草枝拔节的声音很小很小，羊皮撕开的声音很大很大。给人整个的感觉是可可西里的太阳即将熄灭，黑夜已爬上雪山的额顶。

志愿者是去拯救可可西里的。

我尤其崇拜那位首先只身闯进可可西里自费建立自然保护站的杨欣，他是志愿者的先行者。正是他勇敢地站在世界屋脊上向国人大声疾呼：珍惜国宝，保护藏羚羊！随着他声嘶力竭的呼唤，许多人的目光才投向了陌生的可可西里。我是冲着杨欣专程踏进可可西里的。遗憾的是，我到杨欣保护站那天未见到他本人，留守的两名志愿者告诉我，他回成都为保护站筹措资金去了。我在那间被称为保护站实则是卧室兼展室的小屋里连脚步也不忍心放开地参观着，墙上贴了不少有关藏羚羊的挂图或照片。杨欣创作的两本著作《长江源》和《长江魂》很寂寞地放在一张简易小桌上。保护站是杨欣他们自发建立起来的民间机构，经费来源靠大家的爱心捐赠和卖这两本书的小钱来维持。两本书？我当然相信会有不少人出于善良的愿望很慷慨地买下它，但即使再有两本书可卖，这点书款毕竟与一个保护站所需要的开销相差甚远。我从北京出发时就特意带着这两本书，我放下两本书的书款，仍然拿走了书。不知为什么我绝对不敢放下超过两本书定价的钱，或者只掏钱不要书，我总觉得这样做是太轻看真诚的杨欣他们了。这一点微薄得再也无法微薄的心意，并没有使我得以安慰，反而更有一番酸楚在心头。我只能在心里祈祷杨欣和他的同事们无灾无难地在可可西里干他们钟爱的事业。

站在出现在可可西里的第一个简陋的自然保护站前，我突然想到一个我一直不屑一顾的问题：有些人认为杨欣他们来到可可西里是为了出风头，为了镀金。这些同志呀，你们把人看得太低俗了，为了镀金捞什么资本的人，绝对不会跑到这片荒凉的地方打发日子。社区角落里的垃圾等着有人清除；城镇一隅福利院的孤寡老人需要人们关爱；繁忙的十字街口的那些迷途者期待伸手搀扶的手臂……这些地方戴着红丝带的志愿者是多么惹人上眼！事实却是，另有一些人偏偏"不识时务"地到了可可西里，而且是自觉自愿，甘于寂寞。在这里当志愿者肯定是另一种选择，另一种滋味。抬头看到的是无边荒原，低头瞅见的是荒原无边。凄凉的寒风无论冬夏无论昼夜都不厌其烦地在你耳边鼓噪，不听也得听，听了还得听。你既然选择了可可西里，就从一个远离生活的旁观者，瞬间责无旁贷地变成把生命时刻攥在手里稍一松动就会丢失的参与者。自己的生命，还有藏羚羊的生命。可可西里的志愿者必须随时准备着经历风险，在阳光照耀的每一天都要准备着承受风雪的突然袭击。他们在这个陌生的世界里，遇到的考验很可能是一生都不曾见过的。可可西里的原野肯定迷人，可可西里的生死考验也肯定会让你感受彻骨之痛。

世上的事情往往就是这样，越是在看来让人难以生存的多灾多难的土地上，就越是能生长出抗霜顶寒的壮param儿。果真如此！

我在这儿记述可可西里志愿者生存情况时，心房的四壁无一例外地透着寒风。一顶轻便的行军帐篷就是他们的家，帐篷一般都撑在靠近水的地方——不是河，而是湖，小小的湖。严格地说是水池，死水。但那是咸水湖，无法饮用，只可以洗洗涮涮。洗涮久了，手也被侵蚀得发白变干。吃的水要靠送水车从几十里外的不冻泉一周送一次。同时送来的还有米、蔬菜，菜多是半冻半蔫的。帐篷里的地铺上很不规则地摆着一条挨一条的米黄色睡袋，晚上人只需钻进去就可以睡觉，省去了展被子叠被子的那道似乎必不可少的程序。绝不是安眠,冰冷的睡袋总要用体温焐起码一个小时方能慢慢变热。如果碰上零下三十多摄氏度的奇寒,就是把浑身的热力全蹭出来,也未必能使冰凉如铁的睡袋热起来。半夜里,志愿者被冻醒了,身上的骨头似乎都冻萎缩了,小腿在抽筋,转圈地疼。喉咙干渴,头昏脑涨。抿口水当然会好些,可翻来覆去还是睡不着。怪了耶!白天累得人身上像少了元气,为什么夜里却不能入睡?噢,高山反应在折磨你!帐篷顶上的天窗里含着夜空明晶透亮的星星,那星星正挤对这些睡不着觉的人哩!好像在说,"干吗呢,大老远地跑到可可西里来受这份罪,吃饱了撑的?"

星星哪知志愿人的心!

几乎每顶帐篷上都写着这样一句话:"不到可可西里非好汉!"

谁能说他们不是好汉呢!

我总是这样对人说,要在可可西里做一个称职的志愿者,仅仅拥有天空并不真实,仅仅拥有大地也不完整。你只是脚踏实地地在生活中享受到天地之间的阳光抚摸,同时还要看到阳光抚平藏羚羊身上的枪伤,你才是一个真正的大地的儿子。然而,可可西里的阳光却异常吝啬,藏羚羊都战战兢兢地在阴霾的角落里躲着。你常常会看到山脊上有一堆堆没有土的坟丘,那就是藏羚羊的骨骸。就冲着要让这些坟丘减少甚至消失,志愿者也要义无反顾地吞咽下所有不曾料到的艰辛和险恶。

有一个志愿者告诉我,他第一次走进可可西里,越走越深,走进了一个没有一点声响的世界,寂寞得仿佛身居大峡谷的底部。他说他突然间陷进了一阵巨大的孤独中,真的好新鲜。他把这种感觉说成幸福,说他真的享受到了别人难以享受到的幸福。幸福?我真的不理解,为什么要说这是幸福呢?当然,他最后告诉我了,这只是他最初的感觉,或者说是从来没有过的瞬间的好奇的感觉。后来,可可西里给这位志愿者的感觉是动荡、躁乱!他的耳膜也要被这种躁乱炸毁了的那种感觉。最初的新鲜烟消云散。

他的感觉是真实的。

遍地是藏羚羊惨叫着逃窜的声音。

这个志愿者叫南武，来自南方某城市。他说这名字是他到了可可西里后起的。为什么要改名字呢？他回答得很含糊但精巧："别的志愿者也有改名字的，我改名与他们略有不同。"我不便再追问下去。因为我隐隐约约地觉察出了，他有痛楚。

我在南武的笔记本上看到了这样一段文字：

"我们的生活绝对不是寻欢作乐，但是充满着爱意。我们的内心因为寂寞而异常幸福！"

下面画着两道粗粗的线。说实在的，我读这两句话时，总觉得很有味道。还有那幸福二字，这是我第二次从志愿者嘴里听到它。看来志愿者的幸福与我们常人理解的幸福含意并不完全一样，起码品味幸福的感觉不尽相同。我问南武：这是你自己的话吗？他说，不，是索南达杰日记上的话，我们都能背诵它。

索南达杰？为保护藏羚羊献身的勇士，是可可西里志愿者的精神领袖。我看到这位被高原风雪在脸上堆了一层微红的志愿者南武，在说到索南达杰时眼睛陡地放出光彩，眸子是那么纯净。谁能说在可可西里看不到一块干净的地方？这位志愿者的眼里映着一片湛蓝的天空。我想，这样的眼睛不但宁静而且饱满，它把太阳锁在里面，也把月亮锁在里面。我突然有一种找到幸福的感觉。瞧瞧，我也幸福起来了！

因为提到了索南达杰，我们的心靠近了，话脚也密了。他内心最深处的话被索南达杰碰撞出来了。他说，他这次来可可西里，有失有得。得之切，失之痛。

我马上预感到他要说什么了。通往青藏高原的路照例要从阻力中走出来，这大概是每一个志愿者无一例外的相同经历。我问南武，"是周围的人对你的行为不理解吧！"他说，"就一个人，我很在意的人。"

他说的是他的未婚妻。他俩在同一所大学读书，就在他整装待发的头一天，女朋友出其不意地不说任何原因地改变了态度，生硬地告诉他，咱俩的缘分尽了，断弦吧！这弦字有说道，弦外有音。他俩都喜欢拉二胡，是宋飞的"粉丝"，两人就是在学校举行的一次联欢晚会上合奏一曲《梁祝》，走到了一起，断弦？那一曲和谐的《梁祝》就这样断了？

西征在即，南武已经没有时间给女朋友解释了。他看出来了，这时的解释肯定是多余的。酷热一去，便是凉秋了。一个铁了心要更弦易辙的人，如是强按牛头让她回心转意，只能将那根弦绷断，连最后的希望也毁于一旦。既然留不住了，就让她走吧！南武是背着沉重的精神负担走进可可西里的。要说把他压垮了，那是夸张了女朋友此举的作用。要说他最终走出了这个精神羁绊，那也是高抬了他南武。可以说，他在可可西里一个多月的志愿者生活，没有一天不背着女朋友突然递来的这个"包袱"。沉重，沉闷，但他背着。

爱情这个东西就这么怪，既然曾经黏在一起，那就会一直黏着。对方越是要甩掉你，你反而越是不舍得被她甩掉！即使甩掉了，还想黏着，就这么怪。南武不会轻易丢掉这个"包袱"的。

他一直想不明白，这之前女朋友虽然对他参加志愿者不十分热心，倒也表示了理解，尊重他的选择。现在为什么连个序曲都没有就演出了正剧，发出了最后通牒？这使他不得不想起了这样一个细节：那天他第一次向女朋友吐露了要去可可西里的心事后，她悄声地问了一句："还能回来吗？"当时他从这句柔声细语的问话里感受到的是爱意，便也悄声地回答她："有你的等待，我没有理由不回来。"现在看来他是所答非所问。此刻他好像才有点悟彻，"表示理解"这个外交辞令里预示的季节，既有春天，也有冬天。而且冬天降临的机缘会多于春天。后来南武终于知道，这个孕育冬天的土壤竟然是他敬重的偶像索南达杰。女朋友原先虽然担心南武去可可西里的前程，但根本不知道世界上还有索南达杰这么个为保护藏羚羊英勇献身的英雄。她钦佩英雄，但是要让她嫁给这样的英雄，她就要慎重考虑了。"如果南武也死在了可可西里，我不是守寡了吗？没有结婚的寡妇！"这是女朋友的原话。

英雄能让人激情燃烧，奋进疾飞。英雄可以使黑夜裂开一道缝隙，把光明带给渴求明天的人；同样，英雄也能让黑夜吼出几声暴雨前的炸雷，吓退胆小的人！

……

南武把思绪从沉沉的往事回忆中拔出。他看似不动声色，却被一种摆脱不掉的欲望缠绕着。他对我说，"不提这些不愉快的事了，何必让自己凄凄惨惨地痛苦着呢。亲爱的太阳每天都是温暖地照耀着我们，每个人都应该好好地生活，快乐并希望着。天空总会放晴的，那时也许会泪流满面，但那不是伤心泪，而是喜悦泪。我这不是已经来到可可西里了吗？我可以在这里放开手脚干我喜欢干的事业，我天天都守着藏羚羊。藏羚羊，我的好宝宝。挺好，确实挺好！"

谈话暂时中断。哨子响了，该吃晚饭了。

当晚，在帐篷伙房里（此时晚饭已经吃完，炊事员工作完毕，空空的帐篷里好清静。今晚我的借宿处），我和南武继续交谈。弥漫在帐篷里那淡淡的挥之不去的油盐酱醋味，平日里肯定会让人头晕并伴随着微微的恶心，可是此刻使我感受到了温馨。这是可可西里特有的可心的滋味。那滋味仿佛发出一种轻微的声音，亲切地流动在我的四周，抚摸我的心扉。我暗自想，在中国恐怕很难再找到这样一个空寂、温暖的地方了。我接着白天的话题对南武说，"你是挺好的，可以和藏羚羊生活在一起了，这是你日思夜盼的事情，能不好吗？但是我还是要直言不讳地问你一句：难道你就真的那么轻而易举地忘掉了女朋友？我要你掏出心窝里的话回答我。"

他不语，久久地沉思着。我等待了足足有五六分钟，他才说："我不会忘记的。我们的感情已经很深了。她突然提出分手以后，我似乎才恍然醒悟，其实我们并不十分了解，我于她、她于我都不十分了解。说十分了解也许苛刻了一点，就是拿了结婚证成为夫妻，要说十分了解对方恐怕也未必。我说这话的意思当然不是泛指所有人，起码我对她的了解还欠把火候。尽管如此，我还是很难适应身边没有她的日子里那种说不清道不明的寂寞感觉。人大概就是这样，在你拥有的时候把一切到手的东西都看得很淡然，总觉得不就是那么回事嘛！可是一旦失去了，才懂得所有的拥有都应该加倍珍惜。她平时对我的使性子甚至出言讥讽我几句，这时我都想让她在我面前再重复一遍。分手后我真的好惦记她，这种惦念其实也是一种动力，是让我上可可西里的动力，上了可可西里又促使我做好自己想做的事情的动力。你想想，我如果不是挺立在可可西里，而是趴下甚至躺倒这不正好说明她的担心不是多余的吗？我当然知道索南达杰是我俩分手的具体因由，但我并不会因此而抱怨这位保护藏羚羊的英雄。相反，上山后我对索南达杰的感情有增无减。眼下和这之前，可可西里如果没有他这样的勇敢者站在荒天野地，天塌地陷的事情随时都会发生。藏羚羊遭受了毁灭性的灾难，可可西里还能称其为可可西里？在可可西里，索南达杰的形象无处不在，他是志愿者顶天立地的楷模，是藏羚羊的保护神。我崇敬他，特地把流传在我们志愿者中间的他那两句话写在了我的笔记本上。每次记录我在可可西里的经历和感想时，我都会情不自禁地默念一遍。"

他说的索南达杰的那两句话，就是我在上面提到的那段文字下面画着两道粗线的话。

南武提到了他的笔记本，我很感兴趣，就问他："是日记本还是笔记本？"他反问："日记和笔记有区别吗？"我想了想，说，"日记是写给自己看的，笔记恐怕就可以扩大一些阅读范围了。"我知道我这样的回答并不十分准确，我只是想起个话头让他接着说下去。他听了却不以为然地说，"雷锋的日记全世界有多少人都读到了！"我说，"那是个特例，特殊日记。"他说，"咱们不去争论日记、笔记的区别了，那不是我们的事情。实话告诉你吧，我写的这些东西就我的本意讲，只准备给包括我在内的两个人看。"我立马想到了他的女朋友，便紧追问一句，"你是写爱情手记吧！"他没加可否。稍停，只是说，"我写了可可西里，写了藏羚羊。因为我是个志愿者。当然我在写这些内容时，无法回避我的情感世界。我的爱情是与可可西里密不可分地关联着。"

话题又回到沉重的气氛中了。

他抽出烟，点燃，狠劲地抽着。我已经知道了，他是来到可可西里才抽上烟的。他吐着烟圈，那烟圈久不散去，是要留住我和南武的这次难得的意外相遇吗？我终于按捺不住想读他这本手记的急切心情，便直奔主题地问，"能不能把你写这些只准备给两个人看的手记，再扩大一个读者呢？"他马上明白了，用警惕又温暖的目光扫了我一眼，说："你真的愿意读它？"我说，"那当然。"没想到他答应得很痛快："就这么定了！"

涌在我心间的兴奋是难以形容的。我绝对相信，我将读到的是一份围绕着可可西里围绕着藏羚羊，裸露感情世界里最真实的爱情的记录。在可可西里这个广袤的世界里，人们可以无遮无拦地表露自己的心秘。爱情这个东西最让人受伤，真爱也罢，假爱也好，半真半假的爱也包括在内，都是最最叫人牵肠挂肚的。爱得真了，你会牵挂；假爱来了，你又要伤感。牵挂和伤感都会让人陷入难以自拔的孤独之中，都是撕心裂肺的折磨。就像坐在暗夜的角落一根接一根抽着烟，嘴边一亮一闪的那个寂寞的老人，他很凄婉地自言自语："这个女人呀，怎么这样对待我？"

还是南武打破了这沉默，他说，"咱们有缘在可可西里相识，就是朋友了。我信任你，才让你看我写的这些东西。咱不叫它日记也不叫笔记，就按你说的叫手记吧，这样随意也顺口。其实，我真的很想找一个人诉说憋在心里的话，可是找谁呢？可可西里有的是藏羚羊，却难得有个知心的人。你来了，作家，热情，比我知道的事情多，看得也深刻，咱们就是朋友。这手记你可以看，翻过来倒过去正反面都可以看。你看了我的这些手记也就等于我把一切都给你诉说了，我心里也就痛快了，不憋气了。当然，我也知道你会把这本手记还有你在可可西里得到的生活素材，进行文学创作。如何创作那是你的事，我不懂，也不会干涉。"

我说，"如果我把你的手记公布于众呢？"

他说，"可以。南武是我的化名，没人能查出有这个人的。"

我有点得寸进尺了，再问，"你的女朋友叫什么名字？"

他很痛快地回答："吕艳红。"

"可以公开吗？"

"可以的。既然南武是化名，涉及的其他人，即使是真名，也可以认作是塑造的人物。"

"噢，你这么认为，有道理。别出心裁。哪三个字？"

"这就不必认真了，你跟音写去吧！谐音更好。"

我就这样得到了南武的这些手记。说难吧，还真有些轻而易举；说容易嘛，好像也不尽然。下面就是他的手记，当然是经过了我的整理，除了稍做文字上的修饰外，还增添了我从他嘴里了解到的少量内容。另外，每节手记加了小标题，前面还提炼出几句内容提要。这样本来就很长的手记就又拉长了一些。当然，这些都是经过南武同意的。

第一天和第一夜

站在世界屋脊上挥毫写字 / 不冻泉把冰雪推远了 / 不用筷子，真正的"手抓羊肉" / 瞭望塔下的"新碑林" / 信写好了可惜没有邮递员来传情……

当一名可可西里志愿者是我久埋心底的意愿。但是当我踏上可可西里的大地，面对面地站在先我一步成为志愿者的同行面前时，我才真实地知道了志愿者是什么模样，才明白了志愿者必须在什么样的条件下工作和生活。尽管这之前我已经从电视和报刊上多次见过可可西里的志愿者，可是当实实在在的志愿者出现于眼前时，我仍然感觉他们（也是今后的我）是那么陌生，又是那么新鲜，甚至还有几分畏惧。如果说陌生和新鲜属于正常反应的话，那么畏惧就有些难以理解了。畏惧什么呢，为什么畏惧？说不清。但我确实在那一瞬间有过这样的一闪念。我在心里对自己说："从这一刻起，我就是这样一名志愿者了！"

就在我这样自言自语地告诫自己时，一名志愿者正躺在我身边的担架上等候汽车把他运到格尔木去住院。听说他患上了高山不适应症，病情还比较危重。

对可可西里志愿者的这个最初的印象，是在不冻泉保护站亲眼见到的，实在难忘。那天我们穿过昆仑山来到不冻泉小憩，然后再准备奔赴我们的驻地月亮湖。不冻泉保护站位于昆仑山口以南20公里处，离格尔木180公里，海拔4611米。可可西里有五个保护站，相对而言，这个站的自然条件还算较好。遍地流淌着的泉水使此地吃水很得便，操起勺子随手一舀就是清凉的甜水。空气也显得湿润。一年前，这里的志愿者还住帐篷，大风经常防不胜防地把帐篷摇晃得东倒西歪。到了2002年才建起了砖混结构的房屋。我看到屋顶上固定着一个由横竖几根钢筋交错做成的架子，架子上是铁片制作的一行大字：青海可可西里国家级自然保护区不冻泉保护站。我们在人烟稀少的高原行车好些天，一直与空野、荒凉的大山为伴，现在突然看到这一行苍劲、雄浑的铁铸大字，心头不由得生起难以抑制的亲切感，也是一股力量。我猜想，写这字和制作它的人是站在昆仑山巅完成这个看似平常实则很不一般的任务。这一行字一出手就张扬着一种傲视苍穹的气势，豪气四溢。站在不冻泉保护站门前，我有了一种到家的亲切感。当然，它首先是藏羚羊的家。

我原地不动，好久好久地望着那一行字，不肯离去。想些什么呢？我自己一时也难以说清楚。

保护站的志愿者来自全国各地，分期分批，每批十人左右，时间一个月。志愿者来可可西里给盗猎者以迅雷不及掩耳之势的沉重打击，这是毫无疑问的。但是可可西里并没有因此就永久地安宁下来，盗猎者的枪声依然不时地从上空贼溜溜地划过。

我们到不冻泉那天，风很大，是仿佛带着钢针铁刺的风，吹打得人几乎难以站立。保护站的门紧紧地很清冷地闭合着，我敲了几次也无人应声。之后我边敲门边呼叫着，才出来一位藏族同志，他自报家门叫托多，是保护站的值班员。这是一个很豁达的人，说话直来直去，特纯朴。他说其他人都巡山去了，他们的站长扎西才让，原来是野牦牛队成员，跟着索南达杰干过，浑身的疙瘩肉，是一头真正的"牦牛"，很豪爽。托多还告诉我们，今天就他一个人留在站上值班，有什么事他都能做主。出门在外，人生地不熟，碰上这么个热心肠的人，痛快！我说没什么大事，就是想在你们这儿蹭顿饭，之后还要往月亮湖赶路呢。托多很豪气地说，自家人嘛，吃饭睡觉的事他都包了。说话间我们就进了屋，烘一下就觉得身上暖和了许多，好像从冰天雪地走到了另一个阳光融融的世界。原来屋子中间有一个很大的火炉，是大油桶做成的，火势很旺。托多对我们说，他们昨天就接到格尔木的电话，知道今天有人上山，但没想到这么快就来了。我们几个人随便找了个地方坐下，歇歇脚。一路上颠颠簸簸，四五个人挤在一辆吉普车上，确实又累又冻，肚子也咕咕地叫起来了。就在这当儿，门外响起了喇叭声，旋即就从门里进来四个人，一看，就知道是巡山队员。他们清一色地穿着厚厚的红绿相间的巡山专用的冲锋衣，许是天气太冷了，他们一个个都袖着手，脑袋深深地缩在衣领里，脸的一小半也埋了进去，进屋好一会儿后才露出整个脸。那脸赤红色，古铜一般，还沾着点点未融化的雪斑。这是高原强烈紫外线照射的结果。很快我们也就会变成这个样子的。托多说，这些天天气不好，老是刮大风，队员们只能短途巡山，中午回来吃饭，下午再出去。他还很风趣地对我说，你不是想蹭饭吗？来得早不如来得巧，正好咱们一起吃午饭。说着他就走进了用两个汽油桶隔开的另一半空间。那边该是他们的伙房，想必是午饭已经做好，他拾掇饭菜去了。我们在经过昆仑山时因为车子小抛锚耽误了几个小时，没有按原计划到达不冻泉，没想到歪打正着，正赶上他们的饭点。

这当儿，我才有空较为仔细地浏览了屋内的陈设。说是保护站还不如说成伙房兼卧室更正确，那个蹾在中间的大火炉，显然是做饭、取暖两用。堆放的那些还没有打开的包包卷卷（也许直到这批志愿者离开也不需要打开）几乎占去了屋里三分之一的空间。整个屋内就一张床，寂冷地放在一角。其他的陈设就是一张桌子了，上面放着一个记事本，我想那该是值班日记了吧。屋里四周的墙上贴满了图片，大小、新旧都无一定之规，但是每张都与藏羚羊有关。我好生奇怪，怎么就一张床呢？一个队员说，站上一共六个人，只有值班员住在这儿，其他人暂时住公路对面废弃的道班房。我明白了。

饭做好了，托多笑盈盈地端着一铝锅沉沉的羊肉来到我们面前，咚的一下蹾在地上。他想大家肯定都饿极了，便急不可待地揭开锅盖，锅里呼呼地冒着腾腾热气，立即一屋子就弥漫着喷喷的香味。他竟然不顾烫手就捞起一块块带着骨头的羊肉，分放在几个盘子里，送到我们几个人面前。"趁热乎劲吃，越是热乎吃起来才香！"他并没有给我们筷子，我们也没准备要，伸手抓起肉就往嘴里塞。生活了多少年，经历的事也不算少了，用手当筷子吃饭这恐怕还是头一回吧！手抓羊肉嘛！这顿羊肉吃得好香，一辈子都记着这香味！

告别不冻泉，我们继续赶路。这时天空阴沉沉地拉起了长脸，一会儿就飘起了雪花。前行不足20公里我们就到了索南达杰自然保护站。这个站2001年1月1日正式挂牌成立，是出现在可可西里的第一个保护藏羚羊的建制单位。就是从这时候起，可可西里开始有计划地接纳全国各地的志愿者。每年大约有三十名志愿者分批上山为藏羚羊站岗放哨，同时对昆仑山至五道梁一带的野生动物进行实地调查。我们要在这个保护站住一夜，明天再去月亮湖保护站。

雪花满世界地旋转着，长时间不肯落地，好像要给我们诉说什么。我走出小屋站在外面的雪地里，心儿被这雪花抚摸得爽爽地舒坦。我真的想让这百看不厌的悠然飞飘的雪花落满全身，直至把我埋掉，那该多享受呀！谁料好景不长，很快就刮起了风，越来越大，把原本有节奏旋转着的雪花搅成了一团乱麻，混混沌沌。风越发地变大着，还拉起了很不中听的刺耳的哨音。天地间什么也看不大清楚了。好在我们已经来到了索南达杰自然保护站，免受一场风雪的肆虐。

没有多久，风停雪止，可可西里又恢复了空远的寂静。我走到屋外想继续享受雪野的景致。天，瓦蓝如洗；地，辽阔无垠。保护站不远处的瞭望塔是这块地面上除了那间小屋之外唯一的建筑。我步行至塔下，仰头望塔，忽然觉得我还有与我同行的这些人，变得渺小了。过去常听人讲，人比山高，好些书上也是这么写着。来到青藏高原这些日子，置身于莽原之中，我才感悟到"人比山高、人定胜天"之类的话显然说得过头了。是的，某些时候在某些事情上，人在发挥了超常的智慧后确实可以战天斗地，获得胜利。但是，就总体而言，在大自然面前人还是渺小的。我们只能力争做到天人和谐，保护大自然。当然保护中也有改造，互为改造。改造仍然是为了和谐。今天，我们就是以这样的心情走进可可西里的。

瞭望塔下的空地上摆放着大小不一、形状各异的石头，少说也有百十块。大的能卧牛，小的可坐人。几乎每块石头上都或刻或写着字。什么人写的，又写了些什么呢？我很好奇，就不由自主地走进了石头滩，一一看着那些字，并抄录在随身带的小本本上——

"地球是我家，幸福靠大家——长沙望月湖二小""可可西里，神秘的地方，可爱的家乡——解放军第二军医大学杨灿""永远做藏羚羊的保护神——上海李时玉""我们不希望只在网上回味大地母亲的温柔——重庆南开中学""我们的努力是为了能流向未来——成都西安路小学""尽我们所能还母亲河本色——武汉一中""把寒冷推远，也许能用上我们的力；把冰雪融化，也许能用上我们的热——北京一作家"……

我的心被这些带着明显情感的文字震撼得痒酥酥的无法平静下来，又感到很温暖，浑身滋生着一种力量。这儿是志愿者的平台，也是进藏路上南来北往的人们抒发心志的地方。我不能袖手旁观，便挑了一块石头写下了一行字：我的爱与可可西里同在——广西一志愿者。

我手中没有刀剪，无法镌刻我写的字，也许不需多日，我的字就会被风霜荡掉了（我看到已有许多用钢笔或圆珠笔写的字只残留下了一堆堆墨迹），但是我写下的这句话会永远地长在我心里。

我为什么要写下这么一句话？那一刻我想起了艳红。种瓜得瓜，种豆得豆，种下的爱情放在心头，让她四处游走！

当晚，我在昏昏欲睡的油灯下，给艳红写了我来可可西里后的第一封信。把我在瞭望塔下看到的那些题词留言以及我写下的那句话，都抄给了她。我有伤感，但更多的是期望。曾经的风雨，曾经的阳光，毕竟储存着浪花，留下了涛声。让它在可可西里的蓝天白云下展现，也许是一种解脱和安慰吧！

信写好后，我才意识到可可西里没有邮局，寄信要托人到格尔木去办理。这信只有压在手头了。看着这封一时发不出去的信，我怎能不想起那支从20世纪50年代一直流传至今的歌曲《草原之夜》呢：

美丽的夜色多沉静
草原上只留下我的琴声
想给远方的姑娘写封信
可惜没有邮递员来传情
等到千里雪消融
等到草原上送来春风
可克达拉改变了模样
姑娘就会来伴我的琴声
……

时间过去了五十多年，今天的可可西里仍然没有传情的邮递员。不同的是，可克达拉草原的夜是静静的，有琴声，而此刻的可可西里，风雪吼吼地吹响，何来琴声？

我手拿着信，隔窗望着外面的风雪世界，望着……枪声！突然传来枪声！这枪声中不知会有多少藏羚羊倒下！

没有琴声却有枪声，这是为什么呀？

没有比泪水更干净的水

盗猎分子总是贼溜溜地躲着志愿者行凶／深山里奇怪的炊烟／宁肯饿着肚子也不吃藏羚羊肉。

我们早出晚归，在不平静的可可西里巡山。日子单调，生活苦涩。其实，谁也不在乎这些。每每看到成群结队的藏羚羊从眼前活蹦乱跳地嬉闹着跑过，我们心里就兴奋、轻松，自己也好像成了它们中的一员那样乐不可支。有我们在，藏羚羊就有了安宁日子；藏羚羊能平安地生活也会使我们单调的生活变得充实。巡山中对我们的情绪刺激最大的事，莫过于看到盗猎分子总是贼溜溜地躲着我们行凶，我们多次看到他们杀害藏羚羊后留下的罪恶痕迹。有时是一堆扒了皮的藏羚羊的血骨头；有时是带着枪伤艰难逃跑的受伤的藏羚羊；有时是失去爸爸妈妈无望回家挣扎在死亡线上的小羊崽；还有时是盗猎分子码在山洼未来得及运走的藏羚羊皮张……戳人心、刺人骨的疼呀！

"那些黑了心肝的盗猎分子，巴不得放一枪就把可可西里所有的藏羚羊都变成他们腰包里的现钱！我们就是要毫不留情面地击碎他们的美梦！"这是巡山队张队长的话，他讲的这话太能代表我们所有志愿者的心情了！每次想起他讲话时那咬牙切齿的样子，我就有一种无法抑制的责任感在心头鼓荡，燃烧。我们总是格外精心地巡山，巡逻的面积尽量大些，再大一些，不给盗猎分子留一点有机可乘的死角。正是出于这种考虑，我们九个人的分队，一分为三，变成了三个巡山小组，把巡视的范围扩大了三倍。我和张队长再加上小李为一个组，张队长任命我为组长。我说，这可不行，我怎么好领导队长呢！张队长说，队长管一个队，你只管一个组，严格地说你的手下就管小李一个人。当然到了组里队长也是组员，归你领导。他这么一说我也就无话可说了。我愉快地挑起了这副重担。

那天，我们三人像往常一样，巡山来到了太阳湖边。这里一直是我们巡逻的重点地段，丝毫不敢懈怠。因为我们很早就知道太阳湖是藏羚羊集中的地方，尤其到了春夏交替的时节，散在各处的藏羚羊要跋涉到这里完成一年一度的产崽任务。盗猎分子自然不会轻易放过这次机会，他们常常趁巡山队不留神的空当偷袭而来，杀害藏羚羊。现在我们加强了在太阳湖的巡察，盗猎分子不得不有所收敛。这样，太阳湖就出现了一段平静的时光。可是我们万万没有想到那些狡猾万端的家伙也在琢磨着对付我们的诡计。他们经过多次观察，摸清在通常情况下，我们都是下午到太阳湖巡察，他们就火急火燎地赶在我们到达太阳湖之前行动，迫不及待地猎杀一回藏羚羊。我们很快就发现了这个情况，有意改变了巡逻计划，每天先到太阳湖巡察，狠狠惩罚了他们几回。这天中午，我们出其不意地来到太阳湖边，马上就有一种异样的感觉，杂乱，惶恐，地上的草被践踏得千疮百孔，空气中弥漫着火药味、血腥味。显然有人猎杀过藏羚羊。我们估计他们走出去不会太远，决定乘势追击，追到太阳湖更深的地方，追出去三四里地时，我首先瞅见前面的山洼里升腾着一缕青烟，飘荡在蓝天草地之间，格外亮眼。还没等我说话，张队长也看见了，他用手势示意大家别声张。我们站住静观，那烟细细的，显得很孤单，慢慢悠悠地飘散着。烟势时断时续，看样子很可能是炊烟。按照我们以往的调查，这一带从来就没有定居的牧民，游牧的人也很少来，前后几百里地上不着村下不挨店，常有野狼出没，谁到这儿来找死呀！此时，我们的眼前还不时地升腾着一丝苟延残喘的青烟。张队长提醒我们，这儿很可能是盗猎分子的黑窝点，让大家做好战斗准备。

我们提高了警惕，握紧猎枪，加快车速向前赶去。果然发现了盗猎分子，有三四个破衣烂衫的人一瞭见我们追来，立即丢下所有的家当，开起一辆破吉普车撒腿就跑。我们追了一会儿，那车跑得贼快，拐过一个山弯，消失了。

我们又返回到了升起炊烟的地方。原来盗猎分子刚才正在做午饭。残火暗灰，满地狼藉。一个烘烤得漆黑的铝锅，还歪歪斜斜地架在半死不活的火堆上。火已经快熄灭了，锅里还咕嘟咕嘟地煮沸着藏羚羊肉。这些刽子手，杀死藏羚羊，还要用羊肉充饥，他们鬼精到家了。我听说，有些盗猎分子打死雌藏羚羊后，剥皮，专吃雌藏羚羊的胚胎。十恶不赦的杀手，杀生养身，残忍至极！

日头偏西，已经是后半晌了，我们还没吃晚饭呢。这会儿每个人的肚子都饿极了。眼前就是煮熟的藏羚羊肉，可是谁都没有动要去吃的心思。我们宁肯饿着也不能吃呀，那是人类的朋友，是我们志愿者保护的对象呀！

我们把铝锅里的藏羚羊肉捞出来，装进一个塑料袋里，就在太阳湖畔挖坑埋葬了。我还特地堆起一个小土堆，算是这些遇难藏羚羊的坟墓吧！我们三人久久地站在坟堆前，心情十分沉重。想着这些可爱的藏羚羊遭如此大难永远地从可可西里消失了，我忍不住流泪了。张队长哭得最伤心，一直扎着头在抹眼泪。

这天，我们回到驻地已经是夜里十二点钟了。身上虽然很疲倦，我却没有丝毫的睡意。我沉重的心一直悬在半空中，总觉得好像还有什么没做完？噢，想起来了，应该给艳红写封信。这已经是一个无法改变的习惯了，来可可西里这些日子，几乎每天都会不由自主地给她写信，哪怕只写几句话呢。我凭借烛光写着，告诉她我们白天在太阳湖边遇到的那些盗猎分子吃藏羚羊肉惨不忍睹的情景，我说我们巡山队的人都哭了，我们就像哭死去的亲人那样伤心。实在不忍心呀！我在信的末尾写道：这个世界上，没有比泪水更干净的水了！儿女的眼泪是哭父母的；爹妈的眼泪是哭儿女的；我们的眼泪是哭藏羚羊的！

由于我们加强了在太阳湖的巡逻，盗猎者逃了。太阳湖又恢复了平静，从四处赶来的藏羚羊在这里无忧无虑地欢度它们的"情人节"。这一天，我有幸看到了雌雄藏羚羊在草原上的"恋爱"，真没想到，它们的交配实在奇特，耐人寻味。那些雄藏羚羊们使出蓄积了大半年的所有锐气和精力，去占有雌藏羚羊。它们要决斗，胜者才是王子。只是它们不是与雌藏羚羊决斗，而是在雄藏羚羊之间进行。这种决斗太残酷了，少见的残酷！每只雄藏羚羊都毫不例外地长着一对长长的刀刃般的角，双方先是用长角抵着谁也不让谁，僵持许久。这时一方眼看就抵挡不住了，要输了，它突然松开长角，逃跑，猛跑。另一只雄藏羚羊则紧追不放。待追者与逃者拉开好长一段距离时，逃者突然就势往地上一趴，这时它的那对长而尖的刀般的角自然地弯向后方。乘胜而追的雄藏羚羊则猝不及防，仍在猛扑向前，正好那两把"利刀"刺进雄藏羚羊的胸部，它一命呜呼！

胜者得意地走向早就等候在一旁的雌藏羚羊。雌藏羚羊只接纳这样的英雄。

这种血淋淋的交配，实在惨不忍睹，我只看过一次，就再也不愿看到了！但它是大自然的选择，是优胜劣汰的过程，也是藏羚羊寻欢作乐的"情人节"呀！

袖珍录音机里的遗言

他说最苦的地方生活才最壮美／高山反应，使他恨不能把肠肠肚肚都吐出来／袖珍录音机里的遗言……

上午，来了一位候补队员，他叫李良。为什么叫候补？他是去西藏旅游的途中，临时动意拐到可可西里加入志愿者队伍的。也许三五日就走人。对这样热情的人，哪怕只在可可西里待一个小时，冷淡他也是罪过。那就叫候补吧。李良是海南省的青年学生，他利用暑假来西藏旅游，顺便给他们的校刊写点文章。他途经可可西里采访我们时受了感动，心劲一涌动就改变了旅程，要为保护藏羚羊做点事出把力。之后，他还要去拉萨，跑新疆，在可可西里的时间满打满算不会超过一个星期。管理局（可可西里国家级自然保护区管理局——作者注）本来要他留在不冻泉保护站，那儿的海拔相对低一些，自然条件也稍好点。当然最主要的还是他能当志愿者的时间太短，没有太大必要分配到更远的站上。可是这个李良太要强了，也是逞能吧，他死活不听安排，生生地越过不冻泉，到了可可西里最艰苦的保护站——月亮湖。他说，苦无所谓，我从海南大老远来到高原，就差一步了，为什么不到最值得去的地方去考验自己！这样的机会我这一生恐怕就这一次了，我要过得淋漓尽致的壮美。李良感动了所有的人，我们都不把他当候补队员看待了。他是那天午后到月亮湖的，他连行李都还没落肩，就跟着我们把两个小时才能走完的保护站区域跑了一遍。问题偏偏就出在这两个小时里，时间那么短，李良总想多跑一些地方，他甚至说他一定要设法碰到一个或几个盗猎者，给他们点厉害看看。我们没有取笑他，完全能理解他这种完全不同于我们心情的想法。所以我们迁就了他，领着他到处巡察，到处搜寻盗猎者，不知疲倦地赶着路，竟然忘了休息。超负荷了，还能不出问题！当时我们四个人为一个小组，个个都是全副武装；分坐两台车。李良看着车上装的那些包包罐罐的，觉着奇怪，便问：这是要干吗？带上干粮还不行，为啥还有背包、手电筒、帐篷？我给他解释，这是咱们巡山队的老规矩了，每次行动时吃、住、用、行的家伙都要一应俱全，少了哪条腿都是要栽跟头的。我们出发后，撒在荒野里，好像大海里的一叶孤舟，任何想象不到的情况都有可能遇上。我们得从最坏处打算。比如碰上突降的暴风雪，在泥沼地里陷了车，被狼群包围，等等。在顺利的时候就得想到这些逆境，事到临头才不会手忙脚乱吃大亏。李良好像听明白了，点了点头。又好像没大明白，一脸的茫然。可可西里志愿者的生活，他还没体验过。

我们坐的是两辆吉普车，旧车。按说在可可西里这样地形复杂、气候恶劣的地区巡山，都是在没有路的地方跑野车，应该配备好车。可是眼下这里的条件还不允许。一切才刚开始，能将就先将就着吧，慢慢会好起来的。队长老张说了，车坏了，咱们推车；推不动，就甩掉车步行巡山。这么一帮子壮壮实实的小伙子还怕困在荒野不成？说这话的口气是有点大，但在眼下这种不得已的情况下说出来，还是有志气的，鼓舞人心呀！

我们的汽车在荒原颠颠簸簸地行驶着，车子倒是没抛锚，人却出现了毛病，高山反应缠上了李良。他不停地呕吐，把出发前吃的那点东西全部都吐了出来，瞧那样儿巴不得连肠肠肚肚都折腾出来才罢休。他不住地叫喊着头疼，头疼！我们不得不停下车，关照他。他下了车蹲在地上，双手抱头，连声哭叫：疼死我了！疼死我了！他还直抱怨，是谁在用榔头砸我的头吧，太难受了！就在我们不知所措、忙忙乱乱地又是安慰他又是给他按摩太阳穴时，他突然从衣袋里掏出一个袖珍录音机交给我，示意打开。我不解，问，你要干什么？他说，打开听听，那是我给女朋友的遗言。我直想笑，高山反应在这里是家常便饭，用得着这么"严阵以待"吗？但我还是打开了录音机，李良的声音立即就飞了出来："亲爱的莉莉，我可能从可可西里就走向天堂了，你千万别难过，我无怨无悔。我走了，希望你能找一个适合你的人为伴。"我们听了，都笑，这人也太脆弱了，才来了半天就想死，没那么便宜。可是我们谁也没说什么，人家正经受着高山反应的折磨，还是理解万岁吧！

李良不呕吐了，头还是疼，录音机上落满了呕吐物。我赶紧拿出刚搜寻到的止痛片给他吃了，不顶用，他的头照样疼着。我说，这点药还是从张队长的提兜底层的一个信皮里挖出来的。李良似乎有些不满意，嘴里呜呜噜噜地说了一句话，好像是说，这么艰苦的地方怎么就不多预备些药呢！我们谁也没回答他的问话，就这么个条件，抱怨有什么用！还是藏族司机多边有经验，他好像早就有准备似的，在李良发出那句抱怨以后，他马上接上话茬：有准备的，怎么会没有呢。说着他就拿出了一条红布带子，三下五除二地就给李良从额头处缠绑在了脑袋上。还真管用，李良说好多了，不那么疼。他开始安静下来。我问多边，你什么时候学会用这办法制服高山反应的？他咧开嘴憨憨地一笑说，什么制服，这是没有办法的办法。只要是个人谁还不会拿上带子绑脑袋？我说，荒天野地的，要不是早就准备好这带子，事到临头到哪儿去找？多边笑答，工具箱里还有三条备用的呢，你们几个都犯了疼也不用发愁。瞧这家伙多有"心计"！

李良的高山反应基本解除。这时他拿起扔在坐垫上的那个录音机，有点歉意地对我们笑了笑，又装回到了自己的口袋里。之后，又摆摆手。我不明白他摆手的意思，正要问那录音遗言是怎么回事，没想到他主动说话了：出门人什么不祥之事都可能碰上，特别是走西藏跑新疆这样的地方，意外的事故多的是，多一手准备总是好的。我追问一句：怎么只给女朋友留遗言，家里的人呢？他说，那是女朋友的主意，她是怕我万一有个三长两短，家里老人难以承受突然的打击。好事后由她慢慢去做工作吧。

我暗想，瞧人家这女朋友，那才叫情投意合呢。

我们继续巡逻。因为有病人在车上，车速很慢。这样我们也就有机会欣赏到可可西里的旖旎风光。我的视线一直投放到地平线上，远远近近，尽收眼底。我看到了好多动物，野驴、野牦牛、盘羊、棕熊、赤麻鸭……藏羚羊倒不多，偶见三两只，点缀在众多的动物中间，很是显眼。收回视线，我看到眼前的草地上稀稀拉拉地开放着叫不上名字的朵朵野花。有数条从雪山流下来的小溪，闪烁着莹莹阳光纵横交错地流淌在花草之间。溪流中还不时地露出一簇簇小草或野花，很美丽，很安静。直到太阳快升至头顶时，我们才看到了一群一群的藏羚羊，它们正在稍远一点的山坡上悠闲自得地吃草。那些羊儿看到我们的汽车，开始时只是抬头望望，又扎下头吃草去了。可是我们停下后，它们哗啦一下就顺着一条山沟跑溜了。我猜想，藏羚羊们准以为我们要伤害它们，其实我们停车是因为李良又喊叫着头疼了。再说，我们是专门保护藏羚羊的，它们怎么就看不出来呢？

多边不得不又在李良的额头上绑上了那条布带子。但是，这一回根本不灵光了，李良还是哭叫着头疼，头疼！这时天已近乎中午，又纷纷扬扬地飘起了雪花。我们决定立即返回驻地，万一雪越下越大，赶不回去，拖累着这么个病人，那麻烦就大了！

回到驻地天已经黑了，李良的头疼一点也没有减轻。什么办法都用过了，揿太阳穴、吃药、扎针都没用。无奈我们只好连夜把他送到格尔木去住院。后来听说，医院给李良检查后，认为他体质太弱，不宜长期在高原留驻，只好送回海南了。不用说他打算去拉萨跑新疆的事也泡汤了！

李良当了半天的志愿者，病恹恹的志愿者。那也是志愿者呀，是为保护藏羚羊做了贡献，生命里有了这么一次经历，同样值得骄傲！

当晚，我在灯下给艳红写信。不知为什么总想给她讲讲李良的事情，特别想讲那份遗言，写着写着就碰到了艳红的眼神，不知该怎么写了。如实地告诉她吧，那不正好证明她反对我来可可西里是正确的嘛；不告诉她吧，又不甘心。这份遗言给我留下了心灵的疼痛、震撼和难以忘怀的烙印。还是不遮不掩地把实情告诉她吧，人人都需要深思，人人都可以反省。我给她写信怎能不带着感情！白昼长，夜晚短，时间不能泅渡，人心与人心之间，许多时候许多事情上无法丈量。我在信上给艳红写下了这样的话：当我再次回去找你时，无须敲门，因为门板没有了！写下这样的文字，我一想，不妥，她要理解错了，真的把门板抽掉了，那不等于告诉我，这里没有门了……

我很怅然，真的好怅然！

一只夭折的藏羚羊

第一次看到藏羚羊是怎么出生 / 为小藏羚羊守灵 / 小藏羚羊临死前那黑亮黑亮的瞳仁……

大老远，我们就瞅见前面的坡下有几只藏羚羊一边吃草一边慢慢腾腾地移动着，便不由得放慢了车速，唯恐惊扰了这些小宝宝。在我们这些志愿者的心里，藏羚羊就是上帝，我们要护着它们，爱着它们。显然那几只藏羚羊也发现了我们，它们不但没有跑开还站在原地仰起头望着我们。在藏羚羊的眼里我们是它们的保护神，它们也亲近我们，爱我们。我有个感觉，今天遇到的这几只藏羚羊好像有什么事要乞求我们，要不它们为什么一直眼巴巴地望着我们不离开？队长说，停止巡山，咱们观察一会儿看看会发生什么事情。与我们同行的保护站的一位工作人员有经验，他说很可能是有母羊要产崽了，咱们躲开一下，给它们腾出一个安静的空间。没有藏羚羊认为好的环境，它们是难以安全产崽的。他讲得太有道理了，我们赶紧下了汽车，步行到一个谷地（其实只是个小坑而已）。站在这个坑里我们拿着望远镜仍然能瞭见那几只藏羚羊，但专心产崽的藏羚羊已无心看我们了。就是在这里，我有幸第一次详细地看到了藏羚羊产崽的情形，那真是一个虽然美妙却痛苦、漫长的过程——

我看到一只雌藏羚羊的小尾巴高高地撅了起来，不肯放下，久久地撅着，而且越撅越高，越直，好像要一直撅到天上似的。我真为它担心，那样多费劲呀，它能支撑得住吗？工作人员说，你不必操这个心了，马上就会有一只小羊出生了。几乎是跟着他的话音，果然就见一团黑乎乎的东西从雌藏羚羊的尾巴下面掉了下来。之后，雌藏羚羊用嘴舔舐着那团黑乎乎的东西，那小玩意儿竟然蠕动着，也就是十几分钟的时间吧，最后还站了起来，摇摇晃晃地一走一摔地移动着。啊，是藏羚羊崽！我惊喜地叫喊着。它就这么诞生在可可西里，真是太神奇了！小羊崽跟随着它的母亲向前缓缓地走动着，仍然是一步一摔，摔倒了再爬起，又摔……母亲不时地停下来，回过头用舌头舔舔它的身子。随之，小羊崽又往前移走。我惊喜又不解，它们怎么刚出生就会自己走动？这样会摔坏的。工作人员说，你看下去吧，母藏羚羊就是这么产崽的。

那雌藏羚羊前行的距离越来越长，它还是要停下来，扭头看看孩子，有时还折回去，照例舔舔孩子。之后又前行，走的距离再次拉长，再返回来……就这样反复多次，既亲昵地关照着小羊崽，又放手让它们练步。我在心里暗数着雌羊反复的次数，一次，两次，三次……大约到十次时，不知何故，雌藏羚羊一直朝前方走去，再也没回来。走出去好远了，它只是站在原地看着它的孩子，孩子也不再起来了。我直纳闷，这是怎么啦？妈妈不关照孩子了，孩子也不跟随妈妈了！到底发生了什么事？

工作人员说，不好，出事了！

什么事呢？工作人员好像也不大清楚，我们就更糊涂了。

我的心忐忑不安。我们猫着腰轻手轻脚地蹭到了藏羚羊跟前，雌藏羚羊已经不知去向，只见一团湿漉漉的毛皮像面团一样柔软地摊在地上，那肉皮还在有一下没一下地微微颤抖着，一截脐带连在上面。我拿出照相机，本想拍下它，又不忍心，怎么也揿不下快门。工作人员说，它出生还不足半个小时，就夭折了。他说着就用照相机拍下了这一切。保护站收藏着有关藏羚羊的许多资料。

我们呆站着，束手无策地看着那只死去的藏羚羊幼崽。我满胸的悲伤。一个生命，一个本来可以在这个世界上绽放光彩的生命，怎么只像流星似的亮了一道弧线，就永远地消失在无底的黑暗中了！脆弱的生命呀！少顷，我问工作人员：它怎么就这样死去了呢？他回答：是难产逆生。我再问：不是已经出生了吗，还叫难产？他说：你怎么就能肯定它是很顺利地生下来的？也许从昨晚或者从今天凌晨，雌藏羚羊的肚子就开始发痛要生产了。凡是这样挣扎勉强生出来的小藏羚羊，一般都难以成活。

我的内心无法平静，仍想着刚才看到的那个小藏羚羊惨死的情景。我平时所看到的藏羚羊跑起来像箭镞一样疾快，可以跟汽车竞赛。多棒的身体呀！没想到它们从母亲肚里生出来的时候竟然是这么一个弱小的肉块，摇摇晃晃走了几步就永远地倒下去了。我们爱生灵，就要从爱护幼小开始！

被高原寒风带走了的藏羚羊幼崽呀，你的那一团肉乎乎的身体烙印着春天深处的伤痕，我会永远听你远去的哭声！

工作人员出于职业习惯的本能，当然还有怜悯之心，仔细观察、记录了羊崽死后的一切特征。之后，又一次完整地拍摄下了羊崽的遗像。他说，保护站每月或者双月都要召开会议，讨论藏羚羊的生存状态，他必须积累尽可能多的资料。我却郑重其事地建议他，有关藏羚羊的遗容相片，要尽量地少拿出来展示，实在太惨不忍睹了。他没表态。

我们在那只死去的小藏羚羊跟前默默地站立了好长时间。是向它的遗体告别还是守灵？我说不大清楚。我一直不敢去看它，偶尔看上一眼，心里就好酸疼！突然我看到那团黑乎乎的皮肉裂开一道缝，那是它的眼睛睁开了，黑黑的瞳仁，好亮好亮！这光亮一下子就落到了我心里，我惊呼一声："它活过来了！"我的话还没落音，那黑亮亮的一道缝又闭合上了。这回它真的死了！这个世界上再也没有它了！我看到，它闭合后的眼皮上好像还留着一滴泪水……

我们依旧站在小羊的遗体前，谁也不说一句话。许久，许久。要不是工作人员提议把它埋葬，我们不知道要默站到何时。于是，大家一齐动手挖坑，是给小羊建造最后的小屋吧！直到把它安埋好，也没有人说话。完毕，我说："黑黑，你在可可西里安息吧！我们还会来看望你的，为你站岗，保护你的灵魂！"黑黑，这是我为死去的小羊起的名字，我这一生也不会忘记它死前那黑亮黑亮的眼珠！

后来，我给艳红写信讲了这件事，我写道："……我眼看着黑黑死去，你知道我有多么难过吗！直到这一刻在给你写信时，我的眼里还含着泪花。我真的没有想到这只可怜的藏羚羊，出生才不到半小时就走到了另一个它不愿去我们也不愿看到的世界。它是那么的留恋它的妈妈，留恋可可西里！这从它的那滴泪水可以得到印证。它临走前还要睁开眼睛再看一看我们，死去时眼里还噙着泪水。那是它的生命里的第一滴眼泪，也是最后一滴眼泪。后来，工作人员说，那不是小藏羚羊的眼泪，而是它妈妈掉下来的伤心泪。不管怎么说，我忘不了那滴泪。妈妈的眼泪和孩儿的眼泪，都是催人泪下的伤心泪。我想，如果你在现场，看到了这只可怜的小羊临死前的凄惨和留恋，你也会忍不住要落泪的。因为我知道你是一个很胆小的女孩，最怕见到血，哪怕有一只小鸟死了也不忍心去看一眼。真的，那只小藏羚羊太可怜了！"

沙棘果与南国红豆

> 沙棘是个顽强的战士／沙棘果给藏羚羊带来祸害／南国
> 红豆最相思。

　　这是一片高地，高原平川中曲曲折折的一溜丘陵状高地。它很均匀地分布在可可西里大约西南一隅。就是在这里，我看到了一片片骆驼刺、金露梅、沙棘等高原植被。这些在不少地方生长得原本茂盛的灌木，到了可可西里这片瘠薄、干旱、严寒的环境中，却退化成不足十厘米高的"爬行植物"了。它们紧紧地扒着地面，那颜色绝对不是绿色，更别说翠绿了。褐色，或者说枯黄色更确切。乍一看，好像一条条蜥蜴僵在了地上。这时你又会有另外一种感觉，虽然没有绿色，但它们的生命力很强。蜥蜴这种能在干涸、寂寞的戈壁滩世世代代繁衍生息的小动物，够顽强的了吧！把这里的植物比作蜥蜴，这绝对是赞誉它们的坚强！

　　我站在一簇沙棘前，久久地观察，沉思。

　　它很瘦小，甚至在你如果稍有粗心大意、不仔细搜寻时就很难发现它的存在。但是我仍然要确信无疑地用"生机勃勃"这四个字来描绘这个生长在遥远山区的灌木。当然这四个字不可能是描绘它的叶子——而是说它的枝干是绝对的生机勃勃。其实那枝干一点儿也不粗壮，且大都略呈弓状地沿地面趴伏着。这并不特殊，也不重要，最让人对它肃然起敬的是它的叶子和枝干那种说红不红说黑不黑说青不青的混杂而成的色泽。我当然知道它是为了抗争高原的酷寒和风沙才铸就了这种颜色，那是健美之色。其次才是护身之色。也不必为它趴卧在地面的姿势担心，当狂风暴雪扫来时，它不会倒下。沙棘是个顽强的勇士，即使被十级暴风吹得在地上翻了个滚，它仍然活着。我听说高原牧人讲过沙棘的一个故事：有一次，罕见的暴风雪连着吼叫了一个星期，那些沙棘的枝条滚蛋蛋似的吹得遍地都是。最后被一场大雪结结实实地埋得密不透风。你猜怎么着？暴风雪停了，后来雪也化了，沙棘的骨架一点也没损伤，那混杂的色泽显得更清亮了，好像刚刚洗了一回澡。更有意思的是，那些红红的沙棘果，亮晶晶地铺满在枝条翻滚过的地方。非常惹眼，太可爱了！这时候人们最直接的感觉是，那场暴风雪太有情了，它是专门为摘沙棘果而来的。除了它，还有哪个能工巧匠会这样整齐而均匀地把这美丽的红果撒满一地？

沙棘果有丰富的营养，可入药，又可制成饮料。不少牧民把它捡起来不忍心急于吃，而是放在家里作为观赏之物，不厌其烦地看好些日子，直至它萎蔫。藏羚羊就不客气了，它们馋沙棘果馋得发疯，逮住就吃个饱。特别是雌藏羚羊，在它怀崽期间，巴不得把可可西里地面上所有的沙棘果独享。当然这也不可避免地带来了另外一个问题，那些鬼精的盗猎分子总是隐藏在沙棘附近的阳沟暗角里，守株待兔般地等候着藏羚羊出没。这样就有为数不少的藏羚羊因为贪吃而丢掉了性命。我对沙棘的感情是很复杂的。我相信藏羚羊在一次次吃亏后会逐渐学得聪明些。它们既能吃到沙棘果，又不会被贪婪的猎人钻空子猎杀。藏羚羊确实是很精明的。

这天，我终于实现了久埋心底的愿望，采集到了两颗又大又红的沙棘果。工作人员看着攥在我手心里的果子很羡慕地说，他来到可可西里已经三年了，从来还没有碰见过这样肥大鲜红的沙棘果。我想，这大概是可可西里最美丽的沙棘果了。我把这两颗鲜果装进了腾出的一个小瓶子里，它们卧在瓶里越发显得红透漂亮。我又一次想起了南国的红豆，想起了那首关于红豆的诗：

红豆生南国，

春来发几枝。

愿君多采撷，

此物最相思。

我想我会把这两颗红果带回家乡去的，即使它烂透了，我也会带回去。为什么要这么铁心地做这件事！我也说不大清楚。我只想在我离开可可西里以后的日子里，还会想起可可西里，一想起可可西里就会想到沙棘果，想到那首南国红豆的诗……

这就是我的心情，真实的心情！

站在世界屋脊上唱《青藏高原》

女朋友教我唱歌／可可西里没有超乎现实的浪漫／歌把我与大山融为一体。

没有来可可西里之前，我就不时地能听到一些人手舞足蹈地说，可可西里那个地方虽然苦了点，却是山高水长，风光无限，最能让人产生无限的遐想。遐想？产生什么样的遐想，我没有体验，也无法体验。后来，我参加了学校举办的一次诗歌朗诵会，听到了有人朗诵一首诗时，又提到了可可西里可以让人遐想万千，美丽无比。怎么又是遐想呢？因为我认识诗的作者，就随意地问了他一句，可可西里会让人遐想什么呢？没想到这位作者根本没去过可可西里，他只能很概念化地告诉我，在蒙古语里可可西里就是"美丽的姑娘"的意思，可想而知，它能不让人天上人间地去联想吗？他还说他没去过可可西里，就是凭着这样的想象在一夜之间写出了这首朗诵诗。

天哪，神奇的可可西里！没到过它身边的人，竟然也如此钟情它。但是，说心里话，我是半信半疑。更何况，后来我知道了，什么"可可西里是美丽的姑娘"，"姑娘"二字纯粹是杜撰出来的。

学院批准我来可可西里了，我的心情异常激动。当然更多的还是小心翼翼，不是不愿迈开前行的脚步，而是怕踩到"雷区"。我在心里努力勾画着那个将要身临其境的美丽天地：那是地球上唯一的一块保留着天然资源的无人区，天高云淡，白云下面的草坡上野生动物悠闲自在地走动着。这时候即使不会唱歌的人，也按捺不住心头的激动，没腔没调地唱起了那首让内地人听了心花怒放的《青藏高原》。唱完了肯定还不解渴又唱起了《天路》，还有那首《回到拉萨》……这是怎么啦，越唱越来劲了！那是站在世界屋脊上唱世界屋脊，心里还不波涌浪翻？

你瞧，我人还没到可可西里呢，就天上地下地遐想起来了。这不是遐想又是什么呢？这一想还真启发了我，学唱歌。我音乐方面的天赋实在不敢恭维，五音不全，唱什么歌都跑调，对不起听众。我下定决心要学会唱歌，首先要把《青藏高原》唱顺溜起来，这样才有资格走上青藏高原。教我唱歌的自然是艳红了，当时她还没有跟我分手，教唱还算耐心，掏句心里话说吧，我下定决心学唱歌，还不是冲着让她教我？人就是这样，每做一件事除了可以亮在桌面上的堂而皇之地说道外，总还会有藏着掖着的隐秘。让她教我唱歌，一对一地面对面站着，那会是多么美好的滋味！至今我仍然记得她讲过的如何把这支歌唱出味道来的话："要挺起胸昂起头来唱，那劲头就出来了。"我就是这样学会了唱《青藏高原》。她给我打了60分，刚及格。我已经很满足了。

现在，我终于来到了可可西里。现实跟理想的距离之大是我万万没有想到的。《青藏高原》这首歌最初留给我的关于可可西里那种神圣的想象，或者说道听途说带来的那种急切的向往，随着我在这块土地上生活的时间不断增长而越来越渺茫了。我绝不诅咒可可西里，怎么可能呢！我就是冲着保护藏羚羊才千里迢迢地上了高原，我当然做好了吃苦甚至吃大苦的思想准备。我只想实实在在地说明一点，或者说要纠正一些人对可可西里"克里空"般的单相思。可可西里是可爱的，藏羚羊也同样可爱。但是可可西里绝对没有超乎现实的浪漫，也肯定不是美丽的姑娘。这就是我的基本认识，一个志愿者发自内心、始终不变的对可可西里的态度。这样，当我们第一次被暴风雪围困在巡山路上时才能坦然面对；当我们断粮两天一夜后在雪山上吃雪咽草根时才没有怨天尤人；当我们在深山看到一堆堆被盗猎者扒掉皮的藏羚羊骨骸时，才产生了一种强烈的无法遏制的责任感。确实如此，我们是有备而来的。我不会因为这样那样意想不到的艰难横在面前就缩手缩脚地没有出息地懦弱起来。

我没有理由消极地应对恶劣自然环境对我们的考验。尽管来到可可西里后，我常常会感到人类在大自然面前有时极其渺小，你根本无法战胜它，想躲避也来不及。但是我们始终要昂首挺胸，这是艳红说的，做个男人就应该这样。到了可可西里，越是在走投无路时，我就越要求自己要有求生的欲望。我要活着，必须活着！有了我们的安在，才会有藏羚羊的乐园。可可西里确实应该永远成为藏羚羊的乐园。我们可以在大自然面前吃尽苦头，却不能变得不堪一击，成为可怜虫。

我又想起了那首《青藏高原》，不能不想起它。那句话总响在耳畔："昂首挺胸地唱。"每想起它，我便不由自主地哼唱起来：

> 是谁带来远古的呼唤／是谁留下千年的祈盼／难道说还
> 有无言的歌／还是那久久不能忘怀的眷恋……

我唱得心花怒放。但是我相信不是那种自以为是的傲视天地的心花怒放，而是我与可可西里已经融在了一起、与大山融在了一起的那种心花怒放。青藏高原和我同唱。唱吧，这是一个志愿者顽强的呼吸，从压抑的胸腔里迸出来的。虽有痛苦，却也自豪！

我当然很想让艳红听到我的歌声。那样她保不准会说："嗬，南武，你行呀你，成歌唱家了！唱得还不错嘛！"她是在夸我吗？我怎么觉得她的话里总有一种酸溜溜的味道。顾不得那么多了，还是唱吧，唱《青藏高原》……

女研究生的可可西里故事

三男一女在野外如何露营 / 一连串又尴尬又快乐的故事……

巡山的工作又苦又累且带着几分危险，这是毫无疑问的。当然也尽兴，干自己乐于干的事情，苦累终究会融进快乐之中。

最怕的是遇到尴尬的事，哭吧不是流泪的时候，笑呢又笑不出来。又哭又笑？哪有这样的表情！当然有，这也是可可西里馈赠给我们的快乐！

真的，这种事偏叫我们碰上了……

绝大多数情况下，我们当天外出当天就可以回到驻地。但是，也有例外。有时不知不觉来到远天远地巡逻，或者碰上难以预料的天气突变，志愿者只好在野外露营。幸亏这样的时候并不多，否则可就苦了我们。所以我们每次出发时总要带着被褥，随时准备在野外过夜。在野外住宿挨冻、受苦，这是明摆着的事，有时还叫人难为情，那才真叫是难为情呢！三男二女或一男一女，能不难为情吗？

我倒不是说我自己摊上了这事，而是说在我之前发生的事。头年夏天，可可西里志愿者队伍里冷不丁地来了一位女队员，她叫何艾琴，是南方某大学的硕士研究生。她当然不是可可西里的第一名女志愿者，但是发生在她身上的故事是独一无二的。也怪，这些事怎么都让她遇上了。据说，何艾琴当初正式提出来可可西里履行志愿者的义务后，受到了周围人的一致反对。一个身单力薄的女娃到那个地方去不要命了！尤其是她的家人，简直要跟她闹掰了！如果何艾琴屈服了，可可西里很可能永远会失去一个女志愿者创造的奇特而美丽的故事。铁了心要为保护藏羚羊贡献智慧和力量的何艾琴，最终没有受到干扰，还是冲破阻力热情洋溢地来到了可可西里。与她同行的还有另外一名女志愿者，这也是亲友们最终能容忍她这次行为的一个重要理由。但是伴她上山的那个女队员来到可可西里没有几天，就借故撤走了。她留给何艾琴的最后一句话是：还是撤吧，男人可以在这里有所作为；女人不行，确实不行！何艾琴不服气，说，那我就试试吧！这样何艾琴就成了名副其实的"女子独立大队"。

一个女孩混杂在一群男人中间，又是在可可西里这样一个遥远而荒凉的地方，让她很不自在的事情接二连三地发生。她没有抱怨，这是她自己选择的路，要抱怨只能抱怨自己。她只能让自己的生活和心理去适应这种陌生的环境。那天外出巡山，包括队长在内共四名志愿者，三男一女。一辆半新不旧的吉普车载着他们颠来跑去，哪里的藏羚羊受到盗猎分子的威胁，他们就勇敢地奔向哪里。那些在藏羚羊面前耀武扬威的盗猎者，老远只要一瞅见志愿者的汽车，撒腿就溜之大吉了。跑？我追你，追上了批你罚你；追不上，也要吓得你失魂落魄。这就是可可西里志愿者的生活，挺长威风的。说来也怪，许是那天他们巡走的地域宽了，深了，不时地能碰到盗猎分子。追，紧追不放！就这样追着追着，离驻地越来越远了。天早就黑了，他们还在马不停蹄地追击一股疯狂的盗猎分子。

到了晚上，他们只能在野外宿营了。一辆吉普车就是宿舍，就是家。事前根本来不及考虑或者说考虑了谁也没有把它太当回事的问题突然难住他们了。四个人，三男一女，两床被褥，这就是说何艾琴得和一个男人共盖一条被子了。这对何艾琴来说，与其是胆量的考验，还不如说成是感情的考验。她怎么能接受这样一个现实呢？和自己躺在一个被窝里的是她老公以外的另一个男人。不盖被子吧，这里的夜晚气温少说也有零下十多摄氏度，挨得过去吗？再说那位男同志，他当然不可能有什么歪想法了，自己的同志嘛。可那毕竟也很不舒畅呀！好啦，顾不得那么多了，由队长点名分配，点到哪个男同志就该他不自在去吧！何艾琴眼睛一闭，管他是谁来跟自己搭伙呢！不就一个晚上吗，牙一咬就过去了！

那一夜，真是太难熬了。她不说什么，也不好说什么，只是把被子拉过来递过去地来回折腾着，弄得与她共用一床被子的那个男同志根本无法入睡。其实她完全是一副好心肠，拉过来被子是因为觉着太冷想多盖点。递过去是因为又觉得自己太自私，还是让着点好。可那男同志就遭罪了，睡不稳实，无奈之下只好起身，坐在一旁闷着头抽起了烟。蒙蒙的烟雾悄悄地弥漫了车厢，呛人。这回不仅是何艾琴，另外两个男同志也无法睡觉了，他们抱怨他：你够缺德了，要熏死我们啊！那男同志只得摁熄了烟，呆呆地坐着。何艾琴见状，心里当然不安，便问那个"搭伙"的男同志："你在想什么呢？"那男同志回答："我别的不敢想，只是想睡个觉怎么就这么难？可可西里到底是容不得女人还是男人？你们各位能不能给我找个可以安身的另外一个什么地方，让我可以大胆地休息，这样我也就解脱了！"这话不仅是冲着何艾琴，连另外两个弟兄也捎带上了，他们听了光是笑并不说话。倒是何艾琴很不好意思地说："将就着睡吧，大家都作难！反正都是熟人，谁也不会把谁怎么着。"显然这话里有话，绵里藏针，有几分警告。不用说是警告三个男人吧！她这么"安民告示"之后，像是吃了定心丸，很快就睡去了。呼噜！女人的呼噜打起来绝对不亚于男人的。也好，权当催眠曲！

催眠？根本无法入睡。三个男人很幸福地坐着，你一言他一语地无话找话地抒发着各自的感慨。"真没想到女人也会打呼噜，而且打得这么厉害！""嗨，那是因为你还没结婚，当然无法体验了。""我说，咱们三个干脆下车找一个什么地方睡去吧！""你能放心地离去吗？小何一个人被我们丢在车上，出了事谁担当得起！""今晚我们真正地当了回她的卫兵，为一个女孩幸福地失眠！"……

何艾琴倒是安安静静地睡了一夜。次日清晨，她见坐着睡得很酣的三个男人，热泪哗一下就涌出了眼眶。"大哥们，是我害得你们连觉都没法睡！"三个男人像商量过似的忙说："不，不！人生多经历些事情是好事。我们都不会忘记可可西里这一夜的！"

第二天，他们继续向远处巡山，因为有消息说，那里有盗猎者活动。忙了一个白天，夜里又该在野外露营了。这晚情况稍有改善，他们借宿在无人区边缘一个小矿上，三个灰头土脸的挖金人像遇上了救星一样热情地迎接了他们。这无人区难得见到一个人，挖金人平常就是缺少和人说话。他们腾出地窝子，自己去帐篷里休息。地窝子不透风比帐篷里暖和，谁不晓得！其实挖金人是冲着何艾琴的，女人走到哪里总会得到特别的关照。挖金人精灵着呢，让她在地窝子里住一夜，那女人特有的气味好些天都能闻到。没承想新的问题随之而来，睡觉前何艾琴照例要上厕所，真难为这个女人了，荒天野地的哪里有厕所？平时这里的男人走出地窝子三步远就方便，还要什么厕所！何艾琴自然无法享受这种自由。她刚走出地窝子，一片苍茫荒野就无边无际地呈现于眼前，空空旷旷，黑灯瞎火，还有沙沙的响声不知从何处传来。她有一种走进偌大坟地的感觉，浑身瑟瑟发抖。她站在地窝子前不敢向前迈半步。这时一个年轻人走了出来，何艾琴赶忙说："我有事，你别管，你回屋里去吧！"年轻人说："我就是知道你有事才出来的，是队长派我出来保护你的。在这地方你一个人是做不成事的。"队长派人来看我？何艾琴无话可说了，没想到自己办这么点事还惊动了队长，派人保护？那年轻人很温暖地走到何艾琴前面，站住。何艾琴什么也不说了，紧紧跟上。年轻人头也不回地前行，她说："行了，现在你可以回去了。"年轻人不肯走，他转过身背着何艾琴说："你开始吧，听挖金人说这儿野狼很多，其他野虫野兽的也不少。还有那些爱凑热闹的打工者，他们成年累月难得见个女人，馋极了！"他还要说下去，被何艾琴打断了："行啦行啦，贫什么嘴呀贫！"年轻人忙说："好啦，你就放心吧，我不会回头看的。"何艾琴又好气又好笑，这哪儿是上厕所呀！有苦难言，可又有什么办法呢？无人区就是无人区，一切都不能按常规办事。她像做贼似的匆匆方便之后，正要起身，忽然见右边不远处有一点绿莹莹的光在闪烁。她马上意识到有狼，在家时老人多次讲过，狼到了夜里眼睛就放射着这种可怕的绿光。她赶忙起身，一个箭步就跃到了那个年轻人跟前。手里还提着裤子。这时那男人还背对着她，根本不知道发生了什么。她说，你到底还管不管我，狼都来了！年轻人这才如梦初醒，转过身冲着那两道绿光大声地吼叫了几声，狼一看今晚这帮人不好惹，便夹起尾巴溜走了。何艾琴满腹感谢，不由得对那男队员产生了一股深深的感激之情。俩人赶忙回到了地窝子。

时间像脱缰的马，从可可西里那野天野地的荆丛中不知不觉地流逝。人在改造环境，也在适应环境。每天夹在男人中间的唯一的女性，她不能逞强，当然也不可示弱。随意，顺大流吧。终于有一天何艾琴发现连她自己也渐渐地忘掉了自己的女性身份了，这是值得高兴呢还是悲哀？她没工夫考究。她常常像男人一样自由自在地生活在无人区，不让人家关照，她照样生活，男性如果在生活上向她倾斜一些关怀，她也绝不拒绝。晚上她照例要出来方便，总会指名道姓地冲着任何一个男队员喊：喂，请帮忙！马上就会有人应一声：来啦，稍等等！一切都习惯了，确实习惯了，谁也不觉得有什么异常。这一个月的可可西里生活，她一辈子都不会忘记，太值得铭记了！

对于"何艾琴闯荡可可西里"的故事，对于她的坚守和她对男人的豁达，我都佩服，打心里佩服。谁都不容易！其实，人呀归根结底就是好好生活。什么是生活？生下来，活着，到了什么山上唱什么歌，到了什么地方走什么路，入乡随俗，就这个理儿。清高什么呢清高，为了生存，为了事业，就得往前走。猫起身子，既想躲狼又想避虎，最后说不定虎狼为奸一齐伤害了你，一事无成！

我按自己的意愿来可可西里这没有错，艳红以自己的兴趣跟我分手也没有错。我会把我的这个想法全部告诉艳红，当然首先还是要给她讲讲何艾琴的故事。何艾琴呀，她是一个比许多男人都要坚强都要宽容的女人！这样的女人，了得！

楚玛尔河畔的警牌

小藏羚羊的奶妈——山羊 / 一只被汽车撞得半死不活的藏羚羊 / 你是可可西里的卫士吗？

每天都巡山，每天都可以看到藏羚羊。看到它，想着它，心里就有一种希望，一股力量，就很幸福。

不尽如人意的事也是每天都发生着。我常常能看到那些被丧尽天良的盗猎分子残杀得肢体不全、倒在血泊里的藏羚羊，我的心如刀剜一样疼痛难忍。一次，我们在青藏公路楚玛尔河附近巡山时，看到有几只秃鹰在天空低旋，还不时发出几声贪婪的长而怪的叫声。不好，可能有情况！我们急忙跑到跟前一看，果然有一只刚生下来的小藏羚羊躺在草地上，母羊不知去向。小羊受了伤，浑身湿漉漉的，凝结着一块一块的血迹，四条腿在寒风中不停地颤抖。见我们来了，它用乞求的惊恐的眼睛望着我们，我们懂得那是在传递求饶的意思。我们不敢怠慢，赶紧小心翼翼地把小羊弄回帐篷。我们要给它养好伤，等它长大，再送它回到可可西里的怀抱中去。

可怜的小藏羚羊牵动着每个人的心，大家合计着给它取名"祖塔才仁"，藏语的意思是"长寿的藏羚"。大家从心底里为小羊祈祷，坚信受磨难的它必有后福。它无法吞咽食物，保护站的工作人员罗尼松玛就把食物嚼碎了再喂它。谁知小羊只是用小嘴巴闻闻，还是不吃。羊也娇气，不是妈妈的奶它就是不吃。我们直犯急，不吃东西还不饿坏它吗？我赶紧给保护区打电话求援，让他们想办法救救这只可怜的小羊。保护区的领导很重视这件事，立马派了两个人、一辆汽车，两天两夜赶到我们驻地，把"祖塔才仁"护送到了保护区，特地给它找了个奶妈——一只山羊。开始，奶妈不认这个干儿子，干儿子也不搭理这个奶妈，僵着。工作人员多次撮合、调教，终于使它们走到了一起。小藏羚羊吃了奶妈的奶，身上活泛了，渐渐地长出了劲，可以勉强地站立了，还开始挪步。大家好高兴，像看到自己的孩子一样亲热，你抱抱他抱抱，小羊天天都生活在大家的怀抱里。其实，我们这些志愿者大都没有结婚，哪有孩子？现在抱着小藏羚羊却像抱着儿子一样亲，完全是一种感觉，珍爱小藏羚羊的感觉！

我们遇到的遗失在草滩上的小藏羚羊大多是幼崽。它们离开了父母的呵护后，根本无法独立活动，苦苦挣扎，非常可怜。其中不少活活饿死或被那些成天在草原上觅食的野兽伤害。为什么总有藏羚羊幼崽遗落荒野？对于这个现象我们开始并不了解其中的根由。后来，经的事多了，见的世面广了，才慢慢地解开了这个谜团。原来，盗猎分子每年猎杀的上万只藏羚羊，多半是怀孕或哺乳期的雌羊。它们身体笨拙行动不便，往往难以逃脱猎人的枪口。雌羊走后丢下了幼崽，孤独无助，很容易就被野兽和盗猎者抓去了！

没有妈妈呵护的身单力薄的小羊崽呀，你的活路在哪里？我们又一次目睹了你的不幸遭遇。

那天上午，仍然是在楚玛尔河附近的公路边，我们看到了一只被汽车撞伤的小藏羚羊。显然撞后不久，它四条腿绷直地躺在地上，嘴角和鼻孔还不时地往外冒血，身体尚留着余温。我实在不忍心看着它就这样半死半活地躺在荒郊野外等死，就建议把它抬到不远处的索南达杰自然保护站，赶紧抢救，说不定还可以让它活过来。于是我们手忙脚乱地，又是抬又是抱地把受伤的小羊往屋里折腾。谁知还没有等我们进屋它就咽下了最后一口气。没有救活这只藏羚羊，我的心里难受了好些日子，一闭上眼睛它那可怜的样子总是浮现在眼前。

据保护站的同志讲，来往于青藏公路上的汽车，常常会轧死、撞死藏羚羊。这是很无奈的事。司机无奈还是保护站无奈抑或是藏羚羊无奈？说不清楚。动物虽然也有灵性，但毕竟不像人那么长心眼，尤其是那些出生不久的小藏羚羊，傻里傻气，它们看到公路上跑着的汽车很觉新奇，一点儿也不害怕，甚至会情不自禁地特意停下来，用疑惑的目光看这个从来没有遇到过的庞然大物。淘气的小羊有时还要和汽车赛跑，比比谁能跑在前面。逗你玩！不少藏羚羊就是这样丢掉了性命！当然受害的还有其他动物。为此，我们在楚玛尔河一带加大了巡查力度，提醒过路的司机这里是藏羚羊多年来自然形成的一条通道，汽车开到这儿务必减速慢行。大多数司机能听我们的招呼，为藏羚羊让道。也有个别司机仍然大大咧咧地自行其是，飞车照开不误。撞伤撞死藏羚羊的痛心之事时有发生。

看来，为了保护藏羚羊的安全，我们这些志愿者还得下功夫继续做工作，让更多的人自觉地和我们一起成为可可西里的卫士。很快我们就在藏羚羊经常通过的路口，用木板制作了一批警示牌，上面分别写着这样的警语："藏羚羊是人类共同的朋友，你要善待它！""司机同志，让藏羚羊从你的车前安全通过！""手把方向盘，心想藏羚羊！""可可西里是藏羚羊的乐园，作为藏羚羊的朋友，你使它快乐了吗？"等等。

警示牌上的这些字都是出自我的手。我是指警示牌上的字，写的字，而不是内容。你还别说，写得蛮苍劲的，撇似剑，捺如刀，真有那么一点警世醒人的味道哩！在学校里，我的毛笔字是很"臭"的，这是艳红爱意的评价。她总认为我写的那些字缩手缩脚的伸展不开，像怕冻着的蚂蚁。所以过去我从来不在稠人广众之地显露我的毛笔字，唯有在给艳红写信时才拿起毛笔，我就是要"臭"她。她呢，也乐于接受这"臭"。来到可可西里，我是这批志愿者中唯一的大学生，大家眼里正牌的知识分子，平时起草个简报、写个保证书什么的，非我莫属。写标语牌自然也是我的事了。也许是没有可比性了，矮子里面拔将军。也许是站在世界屋脊上写字的缘故吧，我真的有那么一股无与伦比的自豪感，总之我是放开了手脚去写，提笔洒墨，成行而已。那些毛笔字写得还真有豪气，好苍劲！我在大家面前绝对地露了一手——过去没有机会施展的书法才华！

好些天没有给艳红写信了，今天一定要写封信，心里有话要说。我很愉快地告诉艳红我写标语牌的事，我说我进步了，毛笔字写得溜溜儿的利索。不信吗，你看看这封信，用毛笔写的这封信。这是我来可可西里后第一次用毛笔给她写信，我在信的最后写道：你不是说我的字"臭"吗？现在看看，闻闻，不但不"臭"了，还挺美呢！可可西里美！

这仍然是一封发不出去的信。静静的夜晚，可克达拉草原上只留下琴声，可是可可西里却没有琴声。可克达拉——可可西里，都是可字开头，情况却是那么的不同！我的耳畔又响起了那首伤感的歌：

……
想给远方的姑娘写封信
可惜没有邮递员来传情
……

告别可可西里之前，我和南武还有一次长谈。当然是我读完他的这些手记之后。

我俩静静地坐在志愿者的帐篷里。

他给我讲了一个小故事。他说是昨天刚发生的故事，明天他们就要离开可可西里，返回老家了。

他说，那天他们巡逻到了一个很远的地方，半沙漠半荒滩的丘陵地带。路很难走，很是磨缠人。走了两个多小时也没有走出去，却意外地发现了一顶盗猎者的帐篷，人不知去向。他们在四周搜寻了半天，也没见到一个人影。看来是盗猎者遗弃的帐篷。当时他们口干舌燥，疲惫至极。每个人的水壶早已腾空，拿出压缩饼干，口干得难以下咽。随行的藏胞兄弟阿旺扎西用"挖坑埋饼"的办法为他们解了围，他将饼干分成四份，每人一份，包在手绢里，然后就地挖坑埋进。他们又去巡山了。两小时后他们返回原地，这时埋在土坑内的饼干已经浸湿。他们既填饱了肚子又解了渴。

南武的故事讲完了。他不再吭声，我直纳闷，他为什么要讲这么一个故事？

讲完故事的南武若有所思地停了好一会儿，才说："我和艳红的事到底会是什么结果，我当然盼着重归于好。我的等待是诚心的。

我总是这样想，我到可可西里闯了这一个月，就像把我俩的爱情埋入湿润的地内，让那快要干枯的枝叶得以滋养。双方趁这个暂时分别的日子都静下心来认真反思反思，毕竟我们已经相爱了两年，难道就那么轻而易举地失去对方？可可西里为什么一定要成为我们爱情中不可逾越的鸿沟！"

我听出来了，也看出来了，南武很在乎艳红，爱她爱得很深。就连可可西里恶劣的自然环境在他们的爱情面前也应该退让三分。当初艳红不让他来可可西里，那已经是过去的事了，他不相信当他从可可西里回来站在艳红面前时，她不改变态度。可是他毕竟是个受到爱情伤害的人，心有余悸，举步维艰，三思而后行。迷茫的人呀，他的前面仍然是一团让他捉摸不透的云雾！

我理解他，给他也讲了一个故事——

这个故事同样是讲埋在土里的事，只不过埋的不是压缩饼干，而是种子。考古学家曾经在汉代古墓中发掘出一瓷罐种子，好几样，麦、花草等。这些种子竟然保存完好没有退化，科学家试着将其埋进土里，没想到它们竟奇迹般地发芽了。生命就是如此执着！

南武显然被我说的这件事震惊了，他望着我，却不说话。我说，种子不会在泥土里腐烂，因为泥土里有水分有养料。我想你和艳红的爱情种子也不会烂掉，因为你有一份没有枯萎的感情，还有艳红教你唱会的那首《青藏高原》。这些犹如灯盏，让人仰望，终究会有光芒。

南武用心地听着，不点头，也没摇头。

他说，我实在不情愿看到因为我来可可西里当了一回志愿者，我心中的爱情大厦就轰然倒塌。爱上一个人是不容易的，如果是刻骨铭心的爱就更不容易了。同样舍掉一个所爱的人也是不容易的。我们要是把爱情中的男女比作左右手，痛心地砍了其中任何一只手，最后到头只能装上假肢。要让这个假肢长出血肉恐怕是不可能了。受伤害的是双方。不要总把爱情当成儿戏，总把婚姻说成坟墓。有感情有基础的爱情也难免有曲曲折折峰回路转的时候，但只要有爱就应珍惜！

我咀嚼着南武的话。他来可可西里时带着对姑娘难以割舍的心情；离开可可西里带着一沓无法发出的信，同样是难以割舍的心情。"我真的不能相信她会无动于衷！"这还是南武的话。他在爱河里陷得太深了！这好？还是不好？我想，起码不是什么坏事。爱，这正是南武走上可可西里和到了可可西里有所为的动力！他总是在渴望，渴望把一捧雪放在茶炉上煮得滚烫、芳香，与另一个人分享。可是往往苦与香都是他一人独享！

后来，我从可可西里回到了北京，常常想起南武这句话，想起我从来未见过的那个叫艳红的可爱而又任性的姑娘。如今，爱情在金钱面前变得廉价了，我总觉得南武和那个艳红不会这样，也不应该这样。他们的过程已经很苦了，结局为什么还要再苦呢！

今夜，京城的春夜，意外地落起了雪。除了雪还有风。雪跟风搅在一起，才能飘向远方。

远方，雪山顶有一轮谁都看得见的明月。

藏羚羊背上的可可西里

藏羚羊，你快点跑。跑成一条流线，与地平线一样美丽的流线。你可否注意到你的背上驮着可可西里，那是祖国扇动的羽翅，它充盈着奇光异彩，那是一位"美丽的少女"！

这个世界上有些事情很奇特；这个世界上有些事情却很平常。奇特的一直奇特着，久而久之也就淡为平常了。真有这事？可可西里为证。

这四个字透着怪味，好像从国外引进而来。我相信任何一个第一次触摸它的人，大多不明其意。尤其是近些年，因了藏羚羊这个精灵突如其来地闯进国人生活，"可可西里"这四个字的出镜率一路飙升。从乡间打麦场的草庵到城街胡同游的三轮车上，多少人都津津乐道可可西里。不甘寂寞的人总是乘这乐和劲出来凑热闹，他们像选到了黄道吉日似的，凭着从半道截来的那点儿一知半解的资料，再加上合理的虚拟和想象，今日编一个藏羚羊蓝色的梦，明天写一部可可西里畅想曲。哇！原本一过客俨然成了高原的"受害者"，缺氧把他们撞击得死去活来。可可西里严重缺氧吗？看看他们笔下解释的可可西里这四个字的含意："美丽的藏羚羊故乡。"

就这样，原本一块清纯的净土，被这些"半路杀出的程咬金"炒得沸沸扬扬，好像成了嫁不出去的姑娘。

"可可西里"一词系蒙古语，译成汉语是"神秘的少女"或"美丽的少女"的意思。也有人译为"青色的山梁"或"青色的高原"。

可可西里是人世间一块少见的神奇土地，这是不争的事实。我曾数十次亲临它，每次到了那里或在遥远的京都想到遥远的它时，总会有这样一种舒爽的感觉：犹如无声的雪，落在窗台的干枝梅上，雪化了，梅更让人耐看。

这就是可可西里？

够诗意了，也很浪漫。只是虚了点，太缥缈。此刻，午夜。世界在另一边睡去，可可西里却醒着，咚咚咚的蹄声。藏羚羊！我开始和它交谈，窃窃私语……

神奇的可可西里，究竟神在哪里，奇在何处？

神在它有一种野性的原始，荒芜的壮阔。奇在它托着昆仑山、唐古拉山和冈底斯山这三座中国的大山，怀抱着长江、黄河、澜沧江的发源地。可可西里有多大的胃口呀，它把横跨在新疆、青海、西藏三省区的一块呈现着雪峰、冰川、河流、湖泊、峡谷、温泉、草甸、沼泽、盆地、丘陵的高山台地，紧而不松地夹峙于中间。这是除南极、北极之外的世界第三大无人区，被称为地球"第三极"。旷世罕见的雄伟峰峦装点着神秘的可可西里，它本身的平均海拔高度已经超过了4000米，从昆仑山口开始踏上它的边沿时就站在海拔4300米处了，所以走进可可西里的感觉始终是踏跨着一片坡度很缓的川地，少去了攀山登岭的险要。当然缺氧的折磨时刻存在着。这是科学测试的结论：海拔每升高100米，年平均地温下降1摄氏度，冻土厚度就增加20米。这里广泛分布着大面积的永冻层，紫外线特别强烈，只需在可可西里步行一会儿，脸庞就轻而易举地变得红扑扑的像一块岩石的色泽了。气候燥热，温差很大，常年严寒。空气中的含氧量还不足内地的一半，人类难以长久驻留。为数不多的游牧而来的藏族、蒙古族、哈萨克族牧人，只在水草丰茂的季节偶尔露面阳坡。游牧人是飘忽不定的云，择水而栖，择草而栖，择太阳而栖。这当然是旧皇历了，今日的可可西里已经摘掉了"无人区"的帽子。1954年青藏公路通车，解放军率先成了可可西里第一代公民，紧接着公路沿线建起了道班房，养路工也落户了。恶劣的自然环境无情地改造和磨炼着他们，他们也以超凡的坚毅和赤诚改造着大自然。水引来了，树栽活了，菜种出来了。正是在这种征服和被征服的拉锯式较量中，人类和自然界才逐渐有了和谐相处的契机。

其实，可可西里真正的神奇在于它的野生动物，特别是藏羚羊。这些精灵们在这块荒野上生活得自由自在，在世界上任何一个地方再也找不到这样一块可以让它们寻欢作乐的自由乐园了。今天，在中国乃至在全世界，只要一提起藏羚羊，人们就会想到可可西里。抑或只要说到可可西里，大家就会联想到藏羚羊。可可西里和藏羚羊，一对双胞胎女儿，引领着人们走进一块连接着大地和天空给我们惊奇和喜悦的天地。

可可西里遥远的地理位置和残酷的自然条件，阻挡着人们走近它的同时，也为野生动物筑起了一道安全生活的屏障。千百年间，野生动物在这块广袤的世外桃源肆无忌惮地纵情驰骋、随意嬉戏、繁衍生息。生物资源极为丰富的青藏高原大约有230种野生动物，在可可西里就可以看到近乎一半。野牦牛、藏羚羊、盘羊、岩羊、野驴、雪豹、棕熊、猞猁、鹿、麝、喜马拉雅土拨鼠、长毛野兔等，在这里无忧无虑地送走了每一个白天和夜晚。在寒来暑往的交替中，它们度过了无数个欢乐的动物狂欢节。数百种的野生动物中，以藏羚羊为最多。可可西里是目前国际上公认的藏羚羊生息的最主要地域。今天，当全世界的人都把关注的目光投向可可西里时，中国人不该只感到自豪，而应该脚踏实地做些保护野生动物的行之有效的工作。

藏羚羊是国家一级保护动物，又称羚羊、长角羊。它是青藏高原上的特有动物，体形结构和生活习性都明显地体现了适合高原环境的特征。藏羚羊外形近似黄羊，但比黄羊大得多，体长一般在140厘米左右。雄羊肩高可达79厘米以上，有一对长而扁的角，长70厘米左右，角自头顶长出，除稍稍朝外偏斜外，几乎是垂直向上，挺拔高昂。侧看，似乎只有一只角，所以又称它为"独角兽"。藏羚羊最奇妙处在于，它的两条后腿间皮下长着一个直径大约2厘米的圆孔，孔边还有个皮盖子，奔跑时孔中充气如同皮囊，因而快速如飞，它跑起来每小时可达70公里。那精灵真够敏捷了，风驰电掣般，奔跑时整个身体变成了一道美丽的流线，时直时曲，十分耐看。此时你会感到整个可可西里乃至昆仑山都被它驮着飞了起来。驾驶员如果不把汽车的油门踏到底根本跑不过它。尤其是在青藏公路附近，藏羚羊在很远的地方瞅见汽车或听到声音，四蹄一蹽就没影儿了。这说的是最初，后来往来汽车多了，它们就见怪不怪了，还故意逗汽车玩，和汽车赛跑哩！

回忆起我第一次在可可西里见到藏羚羊时的情景，耳畔还溅飞着那乱蹄奔腾的轰响，历历在目。

那是20世纪50年代末的某个中午，青藏高原被毒辣的太阳暴晒得河瘦山裂。我们汽车连四十多辆车组成的车队，刚一驶出霍霍西里（当时称霍霍西里）腹地的五道梁，远远就瞅见三五百米处的公路上飞卷着一大片浓浓沙尘，铺天盖地，旋转奔腾，还伴随着阵阵山摇地动般沉闷的吼响。前路犹如晨雾弥漫，无法前行，我们不得不停车等候。那片沙尘扫过公路后又向荒原深处蔓延而去，公路依然烟遮云罩。那阵子我们感到寂寥的天幕下，所有飞禽走兽都已窒息，唯这沙尘卷着那吼响独霸着可可西里。这情景持续了近半个小时才烟消云散。公路恢复了平静，大地显露出清晰的面目。我看到远处的岗坡上，站立着一大片活物，正是那片沙尘的制造者。一位老兵惊喜地说，黄羊！我这才知道刚才是黄羊穿路而过。我顺着老兵手指的方向细看，岗上的那片黄羊足有三百多只，甚至更多。它们都仰着头朝公路上张望，我能感觉出那是在窥视我们这些开军车的兵。是在担心我们会伤害它们吧，要不为什么刚才跑得那么溜快，现在跑脱了，还不安地张望着？也许我们应该给这些黄羊招招手示意我们的友好。军人虽有钢枪在握，但不会随意开枪伤害任何生灵的。但是我们没有这样做，连这点举手之劳的友好都没做。那时候的新兵太实诚，不懂事。起码我是这样。

　　今天回忆这件事时，我的心里除了涌满美意的滋润，还含着些许的歉意。这歉意当然有当时没有给羊们招手的追悔，但是更重要的还不是这个。四十多年后的今天，我必须郑重其事地纠正一个错误认识，那就是老兵把藏羚羊说成了黄羊，由于他的误导，我和我的战友们一错再错，在后来的好长一段时间里也把藏羚羊误认为是黄羊。可可西里确实有黄羊，也是国家重点保护动物，而且数量不少。但是我们那次看到的并非是黄羊，而是藏羚羊。"黄羊"毕竟是我在可可西里经历的愉快的第一次，值得珍藏。

　　我第一次遇见藏羚羊的地方是楚玛尔河畔。从此，这条河就像我的脉管一样深嵌在我的体内，使我永生难忘。对一条河何以如此深情？当然因了藏羚羊，也因了这个虽然叫起来朗朗上口却不明其意的名字。真的，我至今无法弄明白楚玛尔河这四个字的确切含意。不过，这并不重要，重要的是楚玛尔河流域是盛产藏羚羊的地方。我曾经多次对朋友讲过这样的话："在青藏高原诸多的地域中，唯楚玛尔河让我心动，最能让我产生创作的灵感。"每次进藏途中，我都会情不自禁地在楚玛尔河停留，看它那静静的流波中卷着的细浪，听它那缓缓漩涡中跳荡的诉说。我还会掬起它的清波洗涤面颊，当我的肌肤挨上它的水珠后，我那因为在高原奔波变得枯萎疲惫的心便在那细碎柔软的河心渐渐舒展。

如果说第一次在楚玛尔河见到那一群数百只藏羚羊，带有偶然性的话，那么后来一次又一次在楚玛尔河与藏羚羊相遇，就是必然的了。四千里青藏线，为什么唯有楚玛尔河是藏羚羊的集散地？羊们依恋这里的什么呢？正是在思考寻找这个问题的答案中，我对藏羚羊有了更多的深层了解。

那是一次无意中的重要发现。我和五道梁兵站马军教导员在拔野葱时的发现。

90年代初的一个盛夏，为了创作一部"青藏线系列报告文学"，我落脚五道梁体验生活。一天，马教导员心血来潮邀我去拔野葱。我却兴趣不大，一是手头事情紧不愿脱身，二是野葱有甚好吃？但是马教导员最后还是把我说动了，他说野葱好不好吃在其次，关键是走出兵站到了可可西里的野滩上，你可以看到很多对写作有用的东西。就这样我们来到了野葱滩。

一簇簇野葱蓬勃在荒滩上，像寒风旋来的片片残雪点缀着亘古山野。残雪？它的叶管细而长，有五六根，呈伞状排列着。那灰灰的绿色显然是高原的特殊环境造就的。我问这草滩上为啥只见野葱却无别的草？马教导员说，你仔细看看，怎么会没有别的草呢，不过是都让藏羚羊吃掉了。我果真看到地上有被掘过留下的草根茬，便问：莫非野葱有毒，藏羚羊才不肯动它一口？他以反问回答我：有比野葱更可口的草，它们为什么还要啃不喜欢吃的野葱？我明白了，藏羚羊贪求美食，才放过了野葱。我们这些久住高原的兵倒好，却心甘情愿地收拾着人家的残羹剩饭。我一边拔野葱一边观察着藏羚羊用舌头割掉的那些草的根茬，大多数的枝叶已经填进了它们的胃囊，从偶尔残留下的几片叶子上，还可以看到几根嫩嫩的刺。我想象着它死去的青春，像沙漠对水的回忆。马教导员告诉了我其中一种草的名字：红景天。这是我第一次听说这个诱人的草名，很新鲜，有一种让人眼球湿润而视线阔远的感觉。

后来很长一段时间，我常常要情不自禁地给别人讲起红景天。心里滋润极了，我喜欢上了它。我每次路过可可西里或藏北草原，都会停车寻找红景天，远远看着生长红景天的地上像一片火在燃烧。这时必然要对朋友们说，藏羚羊可真会挑，吃着美丽的红景天，那可是藏族医药中的宝贝草药！许多初次进藏的人吃了它可以减轻高山缺氧的痛苦。

当然，随着对藏羚羊更多地了解，我才知道它们的食物并不全是红景天，或者说主要不是红景天。因为这种藏药太稀缺了。其实藏羚羊的食物很宽泛，它们经常取食的高原食物类是多级绿绒蒿、禾本科和沙草科等。比如硬叶苔草，它的草尖生长着一段 4 毫米左右的芒针，特别耐咀嚼。还有长着硬刺针的垫状金露梅，以及雪灵芝、刺茅，结有红色豆荚的棘豆、垫状点地梅、蚤缀等高山荒漠植物，都很适合它们的胃口。看出来了吧，有刺的植物才是藏羚羊的最爱。

可可西里既是藏羚羊的自由天地，也是藏羚羊的坟墓。掘坟者就是可可西里的狼。

生活在这片荒原的狼是以恶出名的，它不放过任何一次捕猎飞禽走兽的机会。可可西里狼的家族里，狼如果结成群体后，所到之处就是难以抗拒的灾难。这里的狼个头高，一般在一米以上。身体呈浅灰色或黄灰色，背毛中杂着少许黑色针毛。它的两耳高高竖起，如两把带刀的探测器，四条腿特别强健刚劲如四根松椽。其头狭长，颈部也长，常常咧开大嘴，露出的上列齿发达且锋利。狼的忍耐性和凶残性总是毫不掩饰地表露得淋漓尽致，甚至连它的嘶叫声也让人毛骨悚然。它很会寻找重伤藏羚羊的时机，往往趁它们迁徙进入产羔的危难时期，追击于藏羚羊群的后面，瞅机会对体弱的母羊和初生羊羔发起进攻。一旦被它追盯，藏羚羊就难以逃命。

超乎常规的事在任何时候都可能发生。你也许不会想到，温驯、脆弱的藏羚羊发起怒来，竟然能凶相咄咄地拼死野狼。

一天傍晚，仍然是在楚玛尔河畔。当刺耳的西北风变成坚硬的寒冷在可可西里奔跑的时候，藏羚羊妈妈带着羊羔在草滩上悠然自得地漫步。娘儿俩许是在挤疙瘩似的羊群里憋得太烦闷了，走出来呼吸新鲜空气吧！调皮的羊羔实在玩得太开心，一会儿跑到前面挡住妈妈的去路，一会儿又颠到妈妈的身后，捉迷藏吗？它不知不觉竟然乐疯了，跑出去好远，还不时地摇头晃脑，仿佛要妈妈夸赞它几句。

妈妈放纵着这个活泼任性的孩子，使它越玩越走得远……这不是一只掉队的小羊，但是当它玩耍着离开妈妈的怀抱时，就成了一只实际意义上的掉队者。就在小羊玩得正尽兴时，灾祸出其不意地从天而降。一只野狼突然把小羊拦截，那孽畜龇牙咧嘴，两颗带钩的虎牙中间伸出闪着凶气的舌头。它明要吃掉小羊，却不急于上前，偏要对着小羊狞笑、吼叫，怪怪的、阴森森的。小羊被吓瘫了，卧在地上。野狼这才扑上去，先伸出前腿重重地在小羊身上拍打，然后用那铁铸般的脑袋狠劲一挤，小羊就轻而易举地滚到了它的嘴边。

野狼的晚餐眼看就剩下张口擒拿了，谁会想到这时局势发生了180度的突变，不知从何处蹿来两只雄性藏羚羊，它们杀气逼人，显然要从狼嘴里救出自己的伙伴。两只雄羊从两侧夹击野狼，好像商量过似的伸出各自那长长的犄角恰到好处地叉住了狼的头部，使其措手不及地处在了招架挨打的劣势。之后又见两只雄羊以迅雷不及掩耳之势，把刀样锋利的长角直直地刺进了狼腹部的两肋间。野狼一声惨叫，慌乱地扔下即将到嘴的小藏羚羊，企图逃走。两只雄羊根本不饶过它，再次追击上去，用长角刺中它。两次重击，狼挣扎了几下，蹬腿惨死。这时，一直惊愕在远处哆哆嗦嗦的羊妈妈才如梦初醒般地走上来，关照自己的孩子。可是孩子已经奄奄一息，不久就死去了！

草滩上躺着两具尸体。小藏羚羊和野狼。

人们会永远记着这样一个事实：在可可西里的荒野上，倒下的成千上万的藏羚羊的尸体旁，同样也能看到残害藏羚羊的野狼尸骸。

当然，在动物与动物的残斗中，总体而言，藏羚羊是弱者。正是这种弱者的处境，使它们天生地具备了逃避死亡的本领。其实，掩蔽、逃躲也是它们另一种斗争的方式。除了野狼，还有鹰隼和其他猛禽也常常伤害藏羚羊。

为此，藏羚羊在遇到危险时便将身体藏匿在崖下或它们自己刨挖的沙坑里，有时索性也这样休息，安眠。此刻，雄藏羚羊只把高仰的长角暴露在外面，远远看去像一棵小树。这样的伪装有时蒙骗了天敌，有时也招来了杀身之祸。狼们、鹰们经过长期观察，已经识破了藏羚羊的伪装，便扑上去，不费吹灰之力得到了一顿美餐。

藏羚羊就是这样，在可可西里自由奔驰又小心翼翼地生活着。

我们这些常年跑青藏线的汽车兵，在行车的日子里，创造了一种很有趣很刺激的游戏：汽车和藏羚羊赛跑。那真是太有意思了。这场游戏的发起者并不是汽车兵而是藏羚羊。很可能是因为它们已经发现并感受到我们这些朴实善良的汽车兵们，不会伤害它们，才斗胆走近了我们。先是站在公路边不远不近的地方瞭望汽车，那长长的车队，不管是数十辆还是上百辆，一兵一车，浩浩荡荡，壮观！羊们看得多了，不是烦了，而是从好奇变得亲切，想和汽车兵们亲近的欲望越来越强烈。它们便换了个方法，在汽车周围兜着圈奔跑，有时只有几只搭伙，有时是几十只结伴，有时是上百只甚至数百只组成大队。在一般情况下，它们是与汽车平行跑，车速快它们就快，车速慢它们也随之变慢。但不管车速快还是慢，它们总会跑在汽车的前面一段距离。当然是我们有意压慢车速让它们跑在前面，这样我们就可以清楚地看到它们跑起来那优美的流线型体形。太美了，像一团很大的弹丸在空中飞旋。这时，我总觉得连我们的汽车也被藏羚羊驮着跑起来。藏羚羊的背太有承载力了！这是藏羚羊的速度！

我们和藏羚羊就这样赛跑了一阵子后，羊们还不觉得过瘾，就在和汽车拉开一段距离的时候，有些淘气的家伙会突然从汽车前方横穿过去。我们不慌不惊，任由它们在车前穿行，甚至有意放慢车速让它们过去。也许是这些羊们以为它们真的玩弄了我们，穿过汽车前方跑出一段路后，又转身跑回来，站定，向汽车兵们显示它们的能耐。兵们高兴了，给它们加油助威，有人会按响双音喇叭，使它们跑得有节奏。于是，好些兵跟着按喇叭，车笛声声，此起彼伏，藏羚羊跑得更来劲了。汽车和藏羚羊的赛跑达到了白热化程度。这时候，兵们的脑子很清醒，总是让车速一慢再慢，唯恐伤了藏羚羊。

在比赛中，我还看到过这样一幕：雌藏羚羊带着它的一群儿女一起与军车赛跑，那些小羊们跑得并不比妈妈慢，它们总是要显示自己有限的力量，争先恐后地跑在妈妈的前面，也就是说它们绝不被汽车落下。每当它们跑到超过汽车好远的地方时，便慢下来怡然自得地边走边吃着草，还不时仰起头望望落在后面的汽车。是在得意它们在比赛中拿了头奖，讥笑落伍的汽车吧！

比赛总有画上句号的时候，我们该整理整理放纵了的情绪，继续赶路了。军事都是奉命执勤，哪一个驾驶员不肩负着使命？我们加大了马力赶路、赶路。再见，可爱的藏羚羊！

直到后来，我才渐渐地从汽车与藏羚羊赛跑带来的欢快中醒悟过来，认识到大可不必对这样的比赛给予太多的赞许。因为藏羚羊们是揣着惊魂一路狂奔，是看着汽车司机的眼色比赛的。不信，我说说一只小藏羚羊是怎么死去的，你就会明白了。数十年后的今天，我在回忆往事时心里仍然涌满着不安和愧疚。

那只怀孕的藏羚羊，你真不该来！

在那个周天飞飘着蝴蝶般雪花的中午，我们几个驾驶着军车的汽车兵又一次和一群藏羚羊较着劲赛跑。当我看清有一只肥肥大大的藏羚羊出现时，赛跑已经接近尾声。说句实在话，如果不是它逗能似的和我们的汽车一比高低，我们绝不会使劲追赶它。那桩血淋淋的事件就是这样发生的。当时我们就断定那是一只有孕在身的藏羚羊，便一再提醒自己不要让它有剧烈的运动，我们有责任关照快做母亲的藏羚羊。可是它呢，好像根本不在乎自己的身孕，故意挑逗我们。是的，绝对是在挑逗我们。它一会儿跑到我们汽车的左侧，还歪着脑袋望我们，傻笑的样子。我们觉得挺好玩的，就停车准备打开车门和它近距离交流。谁知还不等我们下车它又跑到了右侧，仍然歪着脑袋傻笑的样儿。待我们又一次停车准备打开右侧车门时，它又跑到了左侧……它就是这样和我们玩捉迷藏。已经这样折腾了好几个回合，我仿佛忘记了它怀有身孕，便对助手说，停车，咱俩从两侧的车门一起下，看它还有什么办法。谁知那家伙太聪明了，见我们双管齐下，立即来了个180度的大掉头，跑到汽车后面去了。它在耍我们，不让我们捉住它。实在是太可爱了！我们不忍心折腾它，毕竟是有孕在身呀！其实，从一开始我们就不是为了要捕捉它，只是想和它逗逗乐而已。就是在这样前后左右的躲跑中，我们突然发现它可能要分娩了，它的步子越来越慢下来，甚至可以说在挣扎着。我们不约而同地不再追赶它，将车原地停下，想给它一个安静的环境，让它的宝宝可以安然出世。好像只是一瞬间的事，那藏羚羊就从腹部脱出了宝宝，瘦小的身体，蠕动着。母羊用嘴舔着它的孩儿，还轻轻地拱它。我和我的战友们简直不敢相信，藏羚羊就是这样分娩的。终于小藏羚羊与母体分离开了，其实我们谁也没有看清它们母子是怎么分离的。只见母羊静静地站在孩子身边，微闭起双眼，是在等待什么还是在休息？抑或是不知道该如何照料刚刚出生的小羊，疼痛地（也许很快乐吧！）分娩之后确实需要呈现另一种状态。我们都束手无策地看着这个尴尬的场面，既高兴又有些担忧，更确切地讲是在犯傻，犯傻多于高兴。刚出生的小藏羚羊能活下去吗？这是我们当时最大的忧虑。事实证明，我们的这种担心实在多余。大约过了不到半个小时，那个被我们认为是一块肉团的小藏羚羊，竟然磕磕绊绊地挣扎着站了起来。没想到刚站起，就摔倒了。再站起，又摔倒……就这么反反复复地不少于十几次，最后终于在妈妈用嘴的帮扶下站稳了。哇！小生命，可爱的小生命！

可是，好景不长。当小藏羚羊再次摔倒后，就站不起来了。我们等着，等着，它始终没有起来。

它死了！

母亲静静地站在一旁，望望孩子，又望望我们。我感觉得出它那眼神是在企求，企求我们保护它孩子的尸体，还企求我们不要再追赶已经骨散心衰的它了。刚刚分娩完且身体虚弱的母亲，又面临孩子夭折，它需要安静，需要安慰！

这是我第一次见藏羚羊分娩，也是最后一次了吧！当时和后来我都这样想：这只怀孕的藏羚羊，为什么在分娩前要和我们这样活蹦乱跳一番？不知道，无法知道！只能猜测。难道它本来是想找一个安静安全的地方做妈妈，中途遇到了我们这伙爱凑热闹的汽车兵，便快乐得忘了有孕在身，而和汽车赛跑，招致孩子夭折之祸？或者它压根就不打算和我们耍闹，只是被不懂世道的我们追赶得晕头转向，才没头没脑地奔跑起来，早产了？我找不到确切的答案，恐怕永远也找不到了！不管怎么说，是我们一手造成了这出悲剧！悲剧！

那只怀孕的藏羚羊，你不该来！

我们这些贪玩的汽车兵，就不该逗它！

好多年前的那只小藏羚羊倒在母亲血泊里的早晨，就这样痛苦万状地留在了我永久的记忆里。今天，在不少人津津乐道藏羚羊的时候，我对它的怀念、怜悯之情尤其强烈。容易吗？妈妈和爸爸培育出它是豁出命来的呀！

不错，是豁出命的。

雌、雄藏羚羊在平时是"分居"生活的，各自成群，雌羊带着小羊在一起，雄羊们自己结成小群单独活动。这样，自然而然地形成它们自己的活动范围。雄羊的范围略大于雌羊。平常它们几乎不交往，即使偶尔碰个面，也是擦肩而过井水不犯河水。为什么要这样生分？至今无人知道。也许因了"分居"生活的缘故，这近在咫尺的却显得长长的距离，加深了它们之间的思念与恩爱。一旦相聚，就有火花，就爱得死去活来。

每年春天，这是藏羚羊发情的季节，是它们疯狂示爱交配的季节。雄羊也罢，雌羊也好，在这个寻欢作乐的日子里集群的数量都猛然增大，数百只藏羚羊挤成一个群体，在草滩上举目可见。羊多势众，无论是攻还是守都有雄厚的兵力。这个季节我每次驱车从可可西里经过，总能看到一群又一群藏羚羊在坡上或坡下蠕动着，那甜蜜的寻偶的叫声响彻大地。我虽然没有福分享受到它们示爱交配时痛苦着却很幸福的场面，但是一位朋友给我绘声绘色地描述，确让我有身临其境之感。

决斗。藏羚羊的爱情是经过决斗获得的，所有的快感和幸福都交融在无休无止的残忍决斗中。可可西里某块被雌藏羚羊选中的草滩，便成为它们施展爱情伎俩的洞房。惨不忍睹却心花怒放。雌藏羚羊自然在静静地等候着向自己射来的丘比特之箭。其实等候并不等于拱手相让，它们的静候堪称锋利且尖刻。

决斗是在雄藏羚羊之间进行的，胜者才有资格入洞房。双方既是攻者又是守者，见机就进攻，遇攻善防守，这才是勇者。它们毫不例外地都用长角搏斗，那一刻，将浑身的力量都聚集在那利箭似的长角上，然后猛地冲向对方。双方的长角绞在一起，你不退它也不让，僵持，长久的僵持。这时谁的耐久力强，就可能获胜。终究会有一方负伤，卧倒在地，再也起不来。这时胜者便大摇大摆地走向静候在一旁的雌羊。

强者战胜弱者，这是规律。但在雄藏羚羊决斗场上，也偶有弱者取胜的个例。那是它们靠机智灵活的谋略，靠智慧赢得了胜利。

这只眼看就要被对方战胜的雄藏羚羊，它并没有倒地，而是猛然脱离强者的角逐，逃之夭夭。逃，未必注定败！那强者便乘胜追击。逃者在前猛劲跑，追者使劲追。突然逃者有意缩短它们之间的距离。追者得意了，眼看就要追上了。就在这当口儿，它突然出其不意地就势往地上一趴，乘胜追击的雄羊则猝不及防，仍在向前猛扑。扑空了，它那长长的利刀似的角随着头部栽地而折断。同时，趴地雄羊的长角恰如其分地戳进了它的腹部。血迹横流，这是轻者，重者则一命呜呼！

在藏羚羊交配的季节，草滩上满是雄藏羚羊血淋淋的残体。还好，没有负伤的就成了胜利者，雌羊便心甘情愿地把自己许配给这样的英雄男儿。胜者入洞房了，这是它最得意也是最能狂显雄性本事的时刻。怀抱着得来不易的爱妻，这是占有，绝对自私而野蛮的占有。随后便是发泄，凶狠的发泄，难道是带有报复性的发泄吗？

或许是。它们拼命地扑向瞄准的目标，将它们所有的锐气和精力都集中在身体的某一个部位，任意纵欲。这也是雌羊最享受的时刻。

藏羚羊们酣畅淋漓地交配之后，便一改往日的陌路不识，在一夜之间突然变得形影不离了。它们要相依为命地度过生命里程中一段厚重的日子。也许在一个取食的早晨，雌羊隐隐感到腹部有些异样，微凸。那是它们的爱情结晶开始孕育。这种微细的变化甚至连雌羊本身还处在朦胧中，可它们的丈夫雄羊已经先知先觉地有了感应。这时，雄羊就主动地把由雌羊带领的小羊们接过来，抚养，关照。孩子，跟着爸爸来吧，妈妈费神费心地把你们管到这么大，现在该爸爸尽抚养你们的义务了。因为妈妈要给你们生弟弟妹妹了。我会像妈妈一样把你们照顾得好好的。雄羊如是说，一边说一边像雌羊一样用头抵抚着每一个孩子。

没有任何交接仪式，一切都是水到渠成，顺其自然。那些小羊还来不及对妈妈说一声谢谢，就百依百顺地簇拥在爸爸的周围了，新的生活就这样开始了。

大自然的更替、动物界的生生灭灭，就是这样有情又无意地延续着，消耗着多少个黑夜和黎明。百年，千年……明明是一串神秘的印迹，但是在你还没有完全找到答案的时候，猝不及防的一场大雪把一切掩埋得无影无踪。这方天地永久地封门了，你只好在永冻层前却步。

雄羊爸爸不一定像雌羊妈妈那样温柔耐心，但有一点是雌羊妈妈望尘莫及的，这就是它的坚毅、顽强，给孩子们带来了另一种温馨。中午的阳光虽然刺晃着眼球，但孩子们还是暖融融地乐于接受。这一天，也就是从羊妈妈手里引领到孩子的当天，在经过大半天的辛苦跋涉后，雄羊把孩子们带到了一个神秘的地方，这里有一种草是小羊们做梦都想得到的美味大餐。

唐古特微孔草。

青藏高原真正的夏天还没来到，这种具有潜藏生命力的高原小草，就迎着可可西里的猎猎西风，一棵一棵争先恐后地破土而出，绽露在微铺着冻霜的地面。它是草长莺飞的季节最先见到天空和太阳的耐冬草。浑身上下都张扬着战士的风采，短短的草茎簇生成小球状，茎的顶端抱着点点小花，花呈灰白，不艳不俗，远看似凝固的霜片。风来不低头，雪来不退畏，它总是桀骜不驯地挺立于荒原。雄藏羚羊是如何发现这种能给它的子孙饱胃囊、壮筋骨的草种，不得而知。但是生长着唐古特微孔草的这块丘陵地，确实从某一天开始成了小藏羚羊们的乐园。当然，这里不仅生长着唐古特微孔草，还有它的姊妹草：青藏苔草、红景天、矮黄芪、大紫花针茅、黑苞风毛菊、冷龙丹、青海雪灵芝、藏荠、早熟禾、短穗兔耳草、多刺绿绒蒿等。小藏羚羊们太有口福了，爸爸把它们领到了植物丰富的美食乐园。

雌藏羚羊的腹部一天天凸显。羊崽有意无意地在轻微地蠕动，使妈妈迫感分娩的日子要来到了。这是久盼的也是牵心拽肝的日子。一切都按照自然规律在运行。大约在雌羊受孕六个月后，也就是临产前的一个多月，分散在可可西里广袤荒原上的藏羚羊，便不约而同地大批集结，从各自的栖息地向产仔地跋涉。这个产仔地是阿尔金山下的鲸鱼湖、布喀达坂峰下的太阳湖和月亮湖、长岭与黑山下的库赛湖。这些湖畔就是雌藏羚羊的"大产房"。它们要在那里完成一年一度的产仔使命。

奇了！千里迢迢，长途跋涉，近者三五百里，远者上千里，为什么单单把产仔地选在这些湖畔？我的疑问就是从得知有这些"大产房"那刻萌生。

谁来解疑？中国科学院西北高原生物研究所辛光武先生，我久闻其名，读过他写的很多有关高原生物的科普作品。他曾有过丰富的对野外动物考察和生态研究的经历。那天清晨，我和朋友在西宁郊外散步，巧遇光武先生，他善解人意，知道我在创作关于藏羚羊的文字，便津津有味地讲了藏羚羊迁徙产仔的根由，真让我大开眼界，增长见识。

每年的6月或7月，藏羚羊会自发地组成声势浩大的群体，风驰电掣般地涌向可可西里腹地的那些湖畔，度过产假。雌羊的跋涉异常艰苦，它们大都要带着上年生的小羊，一边走一边吃草，月下赶路居多。沿途对孩子们悉心的照料最使妈妈操心。遇到狼、鹰的袭击是常有的事，这时妈妈就得千方百计地保护孩子们的安全，即使这样也很难保证身边的孩子不受伤或者死亡，最让妈妈痛心难忍的是肚子里的宝宝因为惊吓而早产。迁徙的路上洒满雌藏羚羊的担惊和悲痛。出行刚离开栖息地时，会有一些雄羊一同伴随，精心照料爱妻，还要顾及即将出生的孩子。但是往往走到半途，大部分雄羊便悄然失踪，有的原地栖息，有的自由游荡，寻找其他雄羊结群生活。

湖终于出现在地平线上了，雌羊们兴高采烈地扑向它的"产房"。原来，每年到这个季节，正是这些湖泊地区的干燥期，无雨，热风劲吹。湖周围的那些大小不规则的湖泊，很快就亮起了肚皮。什么样的肚皮？细腻的胶泥，明晃晃的，一望无际。风吹日晒，这些胶泥便微微卷起，呈瓦片状，凹成碟盘。雌羊们太喜欢这些碟盘了，因为它们的乳房在这个即将产仔的日子，奶水逐渐增多，膨胀，随之发痛，发痒。就像有了矛会出现盾一样，大自然为雌羊早就准备好了挤奶器，它就是这些"瓦块"。雌羊卧在其上，硬硬的又略带些绵柔的"瓦块"，会将一些过剩的奶水挤出来，流于碟盘内。逐渐积累，胶泥瓦块上就存下了不少奶液。这些遗奶恰恰又是那些在湖畔生存的鸟们理想的美食。鸟们吃得贪婪，吃得解馋！它们边吃边拉，在湖畔积存下了一层粪便。无人打扫，越积越多。这些鸟粪又成了藏羚羊和刚出生不久的小羊崽的绝佳食品。因为鸟粪中含有丰富的母羊产后急需补充的氮、磷、钙等营养物质。

唯这里的湖畔有这样得天独厚的生存条件，何乐而不为？对藏羚羊、对鸟们均如此。

你中有我，我中有你。鸟也和谐，羊也和谐，人与可可西里都和谐。

和谐？

光武先生在他的著作《藏羚羊》里忧心忡忡地写下了这样一段文字："由于藏羚羊亘古不变的迁徙行为，使那些偷猎团伙掌握了藏羚羊种群的这种迁徙行为和所走的路线，而伺机杀戮，屡屡得手……保护藏羚羊，必须要很好地保护它们的迁徙路线，要想恢复藏羚羊群体的数量，必须保护好它们的繁殖环境。"

藏羚羊正遭灭顶之灾！

藏羚羊在哭泣！

昆仑山深处密集的枪声中倒下了一群群大自然灵物的身躯。可可西里成了一片流血的天地！一幕又一幕惨不忍睹的杀生接踵而来，青藏大地在战栗，连同那些沉睡的大山，连同摇摆不定的冰河，连同山畔那一颗颗星星，都把自己抱得更紧……

——大约上百只迁徙的藏羚羊，没有任何提防地走进了盗猎团伙早就布好的埋伏圈。盗贼从几个方向同时开枪。羊们理所当然地无法辨清子弹来自何方，便围着领头羊团团转。很快，一只接一只的藏羚羊倒地。血，满地是流血。有的羊死了，有的受伤后还活着，挣扎，哀叫，撕肝裂肺地叫。刽子手得意忘形，一脸狞笑，他们甚至暂时丢下枪奔上去，趁藏羚羊身上还有余热时挥刀剥皮。还没有死去的藏羚羊发出疼痛难忍的嘶叫声。

——一只雌藏羚羊卧倒在血泊中，不法分子早已剥走了它的皮，只留一团鲜红的肉在微微颤动。一只刚出生不久的小羊还偎依在母亲的怀中，吮吸着乳汁。它吸到的是血，满嘴都是生涩殷红的血乳。这时，大群的秃鹰、乌鸦从四面八方赶来，吞吃着血淋淋的藏羚羊尸骸。偎依在母亲尸体上的小羊的眼珠被鹰啄去，小羊吱吱惨叫，四条小腿拼命地乱蹬着，很快死去！

——由昆仑山、阿尔金山、祁连山环抱着的柴达木盆地的重镇格尔木，是青藏公路的咽喉要道，又是不法分子交易藏羚羊皮张的集散地。这些刽子手把猎杀来剥下的藏羚羊皮运到格尔木附近后，埋在戈壁荒滩中，然后由买主交钱运走。埋入干沙中的皮不会腐烂。好长一段时间，格尔木四周的沙漠成了不法分子藏匿赃物的"天然仓库"。

……

野蛮杀生，肆无忌惮，贪婪掠夺，暴殄天物。被称为"美丽少女"的可可西里瞬间成为"流血的世界"！

人们也许不会想到，这种不堪入目的野蛮狂暴，却是起始于电杆上的一张"告示"。那是刚刚进入90年代不久，在青海省玉树藏族自治州曲麻莱县府驻地叶格滩的一根电杆上，猛乍乍地贴出了一份高价收购藏羚羊皮的告示：本人大量收购藏羚羊皮，视皮的质量每张 300 ~ 500 元不等。光天化日之下违法收购人竟然留下了姓名、住址和电话号码，却无人追查。

这份告示，使可可西里上空不断响起的射杀藏羚羊的枪声更加密集，更加嚣张。

我们不能不追溯到贫穷的西部人望眼欲穿盼来的那个脱贫致富的日子。今天的回忆已经是在冷静之后的理智思考，带着剧痛与心酸！

可可西里地区是我国最大的砂金矿资源之一。青海的贫困农民进入可可西里淘金，穷人们早就做着发财的梦，这时潮水般地涌进荒原，占领了每一条山谷、沟壑。起初还有管理部门的严格把关，但是当清纯的潮水变成浑流，管理就失控了，采金证件的滥发直到失效。各地的采金人一窝蜂地涌向无人区的太阳湖、卓乃湖一带。从 1982 年起，来这里圆黄金梦的淘金者以逐年递增 5000 人的速度在增加。到 1989 年，曾一度达到 10 万人之巨。如果仅仅是淘金倒也作罢，问题是这些淘金者因了人多断了食物的来源，他们便把饥饿的目光投向了包括藏羚羊在内的野生动物。枪声响起，动物倒地，野味成了他们充饥的食物。后来当他们得知一张藏羚羊皮的昂贵价钱后，就发现了比淘金更便捷的发财之路——捕杀藏羚羊。如果一天捕杀到一只藏羚羊就可以有三五百元的收入，哪儿找这样的美差！特别是在可可西里腹地几个湖畔的淘金人，当时正赶上藏羚羊千里迁徙，集中产仔的季节，一天中猎杀几只藏羚羊是举手之劳。他们的贪财之心越发膨胀，肆意捕杀藏羚羊，肉用来补充食物，皮可以高价出售，何处寻得这样的美差？！

藏羚羊是块肥肉，诱惑着四方的发财者。当然也让有良知的人反思。

一天，一位名叫王卜军的复员军人，怀着梦幻似的欲望从山西榆次踏上了可可西里的土地。年轻人此行的目的奇特且带着诗意：打猎。许是军人出身，眼下又当上了警察，舞枪弄刀成了他无法改变的爱好。朋友怂恿他，可可西里是个天然大猎场，何不前往显示一下出色的枪法。就这样，在 1997 年 7 月的某天，他和朋友开车进了可可西里。实事求是地讲，王卜军一行进可可西里与藏羚羊无关，大不了是浪漫的愿望瞬间膨胀了一回。否则那个狩猎人的一席话怎么会让他打道回府放弃了心怀多年的梦愿？那个人不可能是王卜军在可可西里遇到的唯一的狩猎人，但确确实实是让他痛心疾首改变主意的人。当时王卜军已经走进荒原少说也有二三十里地了，却未见到一只藏羚羊，他找到一个名为淘金实则狩猎的人，打问在哪儿能见到藏羚羊。那人用十分自豪的口气告诉了他什么地方有藏羚羊，还夸口说他一个晚上就打死过 600 多只藏羚羊，全是母羊和小羊，上好的羊绒。王卜军听了心里有一种无法形容的惊讶，或者说恐惧。他就是以这样的心情赶到了那个地方，谁知只看到了几只惊慌失措的藏羚羊逃躲着人们的追捕。失望不是主要的，所见所闻才给他展现了可可西里的真实状况，也深深地刺醒了灵魂麻木的他，这就是人性的善良。那些淘金兼打猎的人告诉他，他们打猎已经不用枪了，改用毒药。毒药不仅能毒死藏羚羊，还把它们的天敌——狼、棕熊、藏狐等一网打尽。王卜军看到了遍地的动物尸骨，听到了藏羚羊在枪声中的凄声痛哭。这分明是走进了一个阴森森的地狱，像死过了一回似的令他战栗。他无法安生，不能安生！他再也不忍将自己的枪口对准那些四处躲藏的野生动物了。打猎，使王卜军迷恋上了玩枪；盗猎，使他从噩梦中苏醒。王卜军"死"过之后又醒过来了，他弃枪从军，加入了"可可西里自然保护站"的志愿者队伍。这是后话。

如果有更多像王卜军这样迷途知返的人，即使遭到严重伤害的可可西里也会从噩梦中恢复宁静。不，一旦跌入现实，便不可避免地有沟壑、有坎坷。愿望总是跟现实存在着无法接近的距离。实际情况是：越来越多的不法分子闯进可可西里，越来越多罪恶的子弹穿过了可可西里。那片土地满目狼藉，血肉横飞。它在枪声中醒来，又在枪声中沉睡。当盗猎者的疯狂达到不可抑制时，反盗猎就成为必然。以下仅仅是青海省森林公安局6年间的一个局部又是局部中很不完全的统计。它不可能全面揭露盗猎者的罪行，也不能系统地显示反盗猎的辉煌。

——1992年，破获猎杀、贩运、走私藏羚羊及皮张的特大案件5起，收缴藏羚羊皮404张，查扣违法狩猎枪支5支、车辆6部，抓获犯罪嫌疑人19人。

——1993年，破获特大案件8起，收缴藏羚羊皮1174张，查扣枪支16支、车辆14部，抓获犯罪嫌疑人17人。

——1994年，破获特大案件8起，收缴藏羚羊皮2332张，查扣枪支29支、车辆4部。1月18日，青海省玉树藏族自治州治多县西部工作委员会书记索南达杰在可可西里太阳湖地区，一次就查获藏羚羊皮1300余张。令人震惊的是，在与盗猎分子的激烈搏斗中，索南达杰竟然被罪恶残暴的盗猎分子枪杀。

——1995年到1997年3月，查获重大、特大盗猎案件10起，收缴藏羚羊皮159张，查扣枪支9支、子弹1670发、车辆11部，抓获犯罪嫌疑人60人。

在不冻泉自然保护站，参加过反盗猎的藏族青年边吉，痛心疾首地给我描绘了他们看到的偷猎人在夜晚枪杀藏羚羊的触目惊心的场面：这些人都是鬼心眼，精得要命。打死一只羊还想打死10只，真的10只到手了，又想着要得到百只，更多。他们的眼睛和脑子成天就盯着、琢磨着一件事，猎杀更多的藏羚羊。当他们观察到迁徙的藏羚羊有在夜里迁移的规律后，心花怒放，像幽灵一样神不知鬼不觉地乘着夜色，躲在藏羚羊必经的山包后面，旁边停放着几辆准备运走藏羚羊的汽车。等到藏羚羊走过来时，他们就突然打开车灯，炽白的光束像箭一样射向藏羚羊，驱使羊儿在晃眼的光柱里迷茫得不知所措，最后被子弹射中，倒毙。微弱的月光下，仍有藏羚羊没有断气，痛苦地抽搐、哀叫。最可怜的是那些小藏羚羊，它们在失去妈妈后，晕头转向乱作一团，在灯光里东跑西窜，惊恐，哭泣，流血，不知道发生了什么事情，直到被子弹打中，倒在血泊中。枪声渐渐消失后，夜陡然静了下来，怕人的死寂笼罩着可可西里。遍地都是藏羚羊的尸体，依然可隐隐听到偶尔有藏羚羊微弱的泣声。这是盗贼最得意的时刻，他们开始收捡他们罪恶的成果。一车一车的藏羚羊尸体被运出可可西里。藏羚羊死了，哭泣声犹在，呐喊声犹在……

收购藏羚羊皮的不法分子，大都来自四川、西藏，也有少数是青海本地人。他们都有几部汽车，雇用保镖，携带巨款，最终将藏羚羊皮运到拉萨走私。从可可西里到拉萨，或者从格尔木到拉萨，迢迢千里，遥遥关山。最初，路上少有关卡，他们尚可蒙混通行。越是后来，一路设卡，十里八里就有查私的公安人员把守，盗运者多有落网。为此，犯罪分子铤而走险，绞尽脑汁，想出歪门邪招应付查私。他们借用运煤、运化肥的汽车或油罐车，甚至其他一些行业的专用车来贩运走私。先在运煤的车厢上铺满藏羚羊皮，之后压上钢板，再装煤。这样，钢板就可以抵挡公安人员要检查时捅进煤堆的钢钎；他们把汽油桶锯开，下半部填满藏羚羊皮后，焊一层隔板，再装满汽油；他们还用大塑料袋把藏羚羊皮层层包扎，沉入油罐车的罐体内……犯罪分子总希望灯把夜照得更黑暗一些。这当然是妄想，因为灯毕竟有光芒。

这是发生在拉萨的一幕：

一个肥头大耳的不法商人，一次就收购了6000张藏羚羊皮，雇人取绒后将残皮抛入拉萨河，河面上一时漂满了血羊皮。这商人当时落网，连他都不忍看这满河的血腥，蒙上双眼跳进河里洗罪。

这是发生在五道梁运输站的另一幕：

一个老妇人被公安人员从长途汽车上引领下来，70岁稍有不足，藏族人，藏袍半旧，藏靴不新，甚至还可以看到头巾上残留的草屑。与这身装扮游离的是她随身带的两个箱子，确实惹人上眼。

下面是谈话笔录。

你叫什么名字？

秋卓。

家住哪里？

曲麻莱县曲麻河乡多秀村。

到哪里去？

拉萨。

去旅游？

看喇嘛庙。

这么大年纪一个人出远门，家里人放心吗？

（不语）

这两个箱子是你的吗？

（不语）

老阿妈显然有些慌乱起来，不知所措地扭头看着，像在寻找什么吧。

公安人员告诉她，两只箱子内装的是18张藏羚羊皮，还有盘羊头2具。这些东西都是国家级保护动物，随便猎杀、贩运是违法的。

老阿妈的情绪一下紧张起来了，她赶紧声明自己并不知道箱子里装的啥东西，是有人托她带到西藏的，给了她300元辛苦钱。老阿妈说着就举目四顾，找着托她带东西的那个人。可是那个人已不在车上了，她着急，推着箱子，瞧那样儿，恨不得把它推到楚玛尔河里让水冲走。

这时另一个公安人员把一个人带到老阿妈面前，问她："你认识他吗？"

"就是他。箱子是他的。我不认识他，他常来我们的放牧点带东西到西藏。"

其实，这个落网的贩卖藏羚羊皮的商人早就把罪行交代了，公安人员审问老阿妈是要她明白她是在做违法的事，以后万万不可再做。

这个商贩刚才还狡辩，可是当他站在老阿妈面前后，就一直低着头，不敢看任何人一眼。也许他已经有所忏悔，不该让这样一个淳朴的老牧人跟着他犯罪。但愿他有这样的悔意。商贩穿着一身似乎很合体的黑黑的衣服，极像天空中一丝黑黑的云。但他还是遮不住光明，因为他黑黑的体内有颗黑黑的心。当老阿妈把300元钱摔在他面前，伸手扇他耳光时，他也没躲。公安人员制止了老阿妈。

这篇文章写到这个份上，有一个问题逼着我们做出回答，这就是：藏羚羊的羊绒为什么有如此大的诱惑力，它的特别用处到底在哪里？

我深信可可西里保存着无限的隐秘：藏羚羊的锐减不是它的熄灭，更不是终结。

藏羚羊驮着可可西里在世人的眼中奔跑，可可西里的价值就凝聚在藏羚羊的背上。

藏羚羊终生的生存领地是海拔3700～5000米的高寒荒漠地带，气温极低，大都是雪线以上，积雪终年不化。有的地方被雪覆盖期超过半年，没有无霜期。为适应这种恶劣的自然环境，藏羚羊在长期的进化与适应中，身上长出了保暖性极好的绒毛。它的绒精细、轻软，弹性好，是世界上公认的最好的绒。在中国境外，1公斤藏羚羊绒的价格为1000～2000美元，其绒被称为"绒中黄金""羊绒之王"。用藏羚羊绒加工而成的披肩叫作"沙图什"（译音，在克什米尔，藏羚羊被称为Shahtoosh，现已成为国际通称）。克什米尔印度控制区是全球最大的加工"沙图什"的地区，其产品主要运往欧洲销售，也有将原料运往欧洲加工的。英国是出售藏羚羊制品的主要国家。

"沙图什"披肩长1～3米，宽1.5米，重100克左右，轻柔如絮，可以从一枚戒指中穿过，因此，它又有一个美名"戒指披肩"。传说把鸽子蛋放进柔而暖的藏羚羊绒披肩里，就可以孵出小鸽子来。一条"沙图什"需要用300～400克羊绒，而一只藏羚羊产绒仅100克左右，这就是说编织这样一条披肩得猎杀3～4只藏羚羊。

一条"沙图什"披肩的价格在 3 万美元左右，高的竟达 4 万美元。因此，"沙图什"披肩在欧美、印度等国家成了身份与财富的象征，连中产阶级也以拥有一条"沙图什"为荣。

就像富人碗里的羹汤正是穷人的血汗一样，藏羚羊绒成为"沙图什"的唯一原料的同时也给藏羚羊带来了灭顶之灾。

然而，人们把"沙图什"在国际市场上价格的不断攀升，与青藏高原藏羚羊的减少必然地联系起来，这中间还有一个并不短的过程。是在把一个"美丽的谎言"戳穿后的结果。

长期以来，以贩卖藏羚羊制品获得巨额利润的商人，一直在兜售精心编织的一个埋在雪里企图欺骗春天的谎言："沙图什"的原料"来自西藏的北山羊。在喜马拉雅山严酷的冬天结束之后，北山羊在低矮的树或灌木丛中把绒毛换掉。西藏羌塘的牧民开始了艰苦的收集。他们在春天的三个月中爬到山上，寻找、收集成簇的毛"。这是纽约一家商场为"沙图什"的原料做的广告词。谎言掩盖了藏羚羊绒贸易中罪恶的血腥。

戳穿谎言的人是纽约野生动物保护协会的负责人乔治·夏勒，这位杰出的美国动物学博士，对制造谎言者当然义愤填膺，但是他决心拿出证据击破谎言是从 80 年代中期开始的。当时他刚刚结束了大熊猫研究的计划，就着手开展对青藏高原的野生动物研究工作。在此后的近 10 年时间里，夏勒博士每年都用三个多月的时间深入实地进行考察。可可西里，羌塘草原，还有喜马拉雅山下，都留下了他探寻真理的辛勤足迹。1988 年夏天，他来到可可西里一个小镇，看到几个狩猎者正从藏羚羊身上摘取羊绒，然后卖给当地的走私犯。他步入一个走私犯家里，看到院子里的羊绒已经打包，主人告诉他这些羊绒要运到尼泊尔，然后再走私到克什米尔去加工。1991 年的一天，夏勒博士来到一个狩猎人的帐篷，看到帐篷里码着一摞藏羚羊皮，一点数 22 条。帐篷外是剥了皮的藏羚羊尸体，他问狩猎人怎么不把这些尸体埋掉，得到的回答是：管不了那么多了，过两天我们把帐篷一卷就走人……夏勒博士的细心、有心再加上艰辛，使他获得了可靠的、铁证般的第一手资料。当他手里握着厚厚的调查报告时，高兴地对他人说，我离成功只有一步之遥了！

绒发鉴定技术可以确定藏羚羊绒的特性。夏勒博士在美国以及印度对他的调查成果进行了科学试验，并从几百条"沙图什"上取样品鉴定，结果都确凿无疑地表明一个真相：制作"沙图什"的原料只来自一个物种——藏羚羊。采集这种绒的唯一办法是先把藏羚羊杀死。

1992 年，夏勒博士向世界公布了他的这一研究结果。他用熟练的汉语给每一个对他的研究感兴趣的人说，"沙图什"是货真价实的"血造披肩"。

在我们向这位心怀良知的美国科学家致以深深敬意的时候，也忘不了另一个中国人为呼吁保护藏羚羊立下的功劳，他就是梁启超之孙梁从诫先生。梁从诫是全国政协委员，也是中国最有影响力的非政府环保组织"自然之友"的会长。他说，"自然之友"作为民间组织，虽然不可能站在保护藏羚羊的第一线与偷猎者战斗，但是我们将尽全力为保护国宝藏羚羊努力地工作。他在全国政协会上提案呼吁政府采取有力措施保护藏羚羊。1998 年 10 月 6 日，他致信英国首相布莱尔，指出藏羚羊制品在欧洲市场走红，英国已成为出售"沙图什"的主要国家。他希望此事引起英方的关注，并希望在铲除藏羚羊绒贸易的国际努力中，英国能够站在前列。梁先生在信中忧心忡忡地写道："按照在印度加工藏羚羊被猎杀的数量估算，每年当有 2 万只以上的藏羚羊被猎杀取绒。如果盗猎以这样的规模进行下去，藏羚羊生生灭灭，20 年内很可能被灭绝！"所幸的是，布莱尔收到信后第二天就给梁从诫回信，表达了英国政府的决心：

敬爱的从诚教授：

　　谢谢你 10 月 6 日关于藏羚羊保护和藏羚羊绒贸易问题的来信。

　　你对非法猎杀藏羚羊的憎恶和你对这一物种前景的忧虑，我深怀同感。我一定会把你的要求转告给联合王国和欧洲联盟的环境主管当局。我希望将有可能终止这种非法贸易。

　　祝你在保护中国环境的重要工作中获得成功。

　　你忠实的

托尼·布莱尔（签名）

1998 年 10 月 6 日

　　在可可西里罪恶的枪声时而激昂时而停息的断断续续的回荡声中，保护藏羚羊已经引起了社会各方面的关注。中国政府发表了《中国保护藏羚羊白皮书》。1999 年 6 月 15 日，中国野生动物保护协会、中国科协、北京野生动物保护协会共同举办了"保护藏羚羊行动报告会"，呼吁社会各界关心、支持我国藏羚羊保护事业。中国野生动物保护协会发出了《保护藏羚羊行动呼吁书》。1999 年 5 月 26 日，青海省农业厅、青海省野生动物保护协会发表了《青海省藏羚羊保护倡议书》。

　　昆仑山腹地猎杀藏羚羊的枪声还在响着，穿越可可西里的上空时犹如游丝一般，细细的、绵长的。远了，近了；近了，又远了……

　　我奔走在西宁街头，为了搜集写作藏羚羊的有关素材。在西大街西北高原生物研究所的标本室内，我看到藏羚羊的皮毛标本，它的身姿依然那么优雅，但是它死了，它不会呼吸，只是一个外壳。我为死去的藏羚羊祈祷。我奉劝人们，不要走进标本室，到可可西里去吧，到大自然的怀抱去看吧，那里藏羚羊在广阔的天地里奔跑起来，那流线型的英姿才最好看呢！

藏羚羊，你快点跑。跑成一条流线，与地平线一样美丽的流线。你可否注意到你的背上驮着可可西里，那是祖国扇动的羽翅，它充盈着奇光异彩，那是一位"美丽的少女"！

昆仑山离长江源头有多远

1996 年金秋，刘翠办理了家属随军手续，从八百里秦川来到昆仑山的格尔木。他们在格尔木家属院里的被窝刚刚暖热，陈二位就接到了要去江源兵站任副站长的命令。

二位对格尔木大站的一位领导说："我已经一百四十三次翻越唐古拉山到西藏了。"领导听了笑笑说："我知道在咱们青藏线上，像你这样的闯山人不会太少。那你就把这一百四十三次当作新的起点，继续攀登吧！"

当晚，二位把自己要去江源兵站工作的事告诉了刘翠。刘翠听后许久不说话，只是低着头连看也不看丈夫一眼。

原来刘翠哭了，她抹着眼泪说："别的我都不担心，就是这高山病折磨着你，不知你身体能不能吃得消。"

二位安慰她："高原不比内地，来这个地方工作的人谁能没个头疼脑热的！不要紧，我多加小心就是。"

"江源兵站的海拔多高？"

"接近五千米！"

"我跟你一同上山，有我在你身边，一切会好一点的。"

"你尽说傻话，那儿海拔太高，上级有规定，不许家属小孩长期居住。去了会有危险的！"

刘翠不吭声了。

格尔木是青藏线上各兵站的大本营。因为线上海拔高，缺氧、严寒、荒凉，家属们难以安家，所以部队特地在海拔二千八百米的格尔木修建了家属院，军人的妻子带着孩子住在那里，一年中绝大部分时间守空房。她们把这叫作"随军不随夫"。

陈二位上山后的最初日子，山上山下不通电话，也不通邮，他常常把对妻子的思念通过口授给下山的战友传递给刘翠。可想而知，这种原始的"通信"方式，能传达多少真爱？

刘翠终于难以遏制对丈夫的思念，决定上山一趟。按照与二位约定的上山日期，刘翠一早就站在格尔木路口拦车。一辆又一辆上山的车从她眼前疾驰而过，却无一辆停下。好不容易有一位老师傅刹住了车，他吊着脸不热不冷地问刘翠："姑娘，你上山是看老爸吧？"刘翠彬彬有礼地回答："师傅，我早就成家了，老公在江源兵站工作，我找他去。"老司机反问道："你知道江源兵站有多远吗？"刘翠摇摇头。老司机说："你总该知道'孟姜女千里寻夫哭倒长城'的故事吧，就那么远！"

按陈二位估摸一千多里路，刘翠在当日的傍晚六点来钟就能到兵站。五点钟还不到陈二位就站在兵站的大门口等候了。

七点钟……天已经麻麻黑，还不见刘翠的影子。进进出出的陈二位有些心急了。他回到站上，点着一支蜡烛放在窗台上，细心的刘翠即使没有在大门口碰见他，进站来一看见这烛光烁烁的窗口就会知道这儿便是自己的家。陈二位点好蜡烛又回到大门口，这时刚好从格尔木方向驶来一辆汽车，停在营门旁，他赶忙上前一看，却没有见到妻子，空喜欢了一场！但是从司机口里得到了一个令他六神不安的消息：离兵站三十公里处的地方，有一辆汽车翻了车，一帮人正在忙忙乱乱地鼓捣车呢！这消息犹如五雷轰顶，二位立即让站上的司机发动好车子，向山下飞驰而去，半个小时后，果然看到那辆翻了的汽车，妻子并没有坐那辆车，他才放心了！

就在陈二位乘车下山找妻子的当儿，刘翠来到了兵站。当时已经是十一点钟了，整个源头小镇被一片刺刀也戳不透的夜色和寂静笼罩着。刘翠黑灯瞎火地找了半天也没有找到兵站，她是第一次来长江源头，根本不知道兵站在哪个方位。她在好心的司机帮助下，住进了一家小旅舍，躺在床上睁着眼睛盼天亮。她想起司机师傅说的那个"孟姜女哭倒长城"的故事。天下的女人为什么都这么多情而命苦？

陈二位不知道妻子已经到了长江源头，仍然心神不安地走出走进等候着刘翠。他点在窗口的蜡烛早已燃尽，只留下一堆蜡泪，他又续上一支，窗口继续闪烁出多情的烛光。

夜色渐渐地被他踏破变淡。东方吐出了曙光……长江源头的晨曦中，这对夫妻终于紧紧地搂抱在一起……

高山反应对二位身体的袭击和二位对高山反应的抵御，从他上山之日起就一直拉锯似的进行着。那是他上山后的第二年春天，病情明显加重。当时他正在车场迎接一个到站的汽车连队，突然眼前一黑，天旋地转。随之而来的便是呕吐，头痛，四肢无力。卫生员和车队的同志合伙将他搀扶到客房，正为他焦急、犯愁时，他马上就清醒过来了，好像什么事情也没发生过。高原的军人们都是这样，成年累月跟高山反应拼斗，有些人退下来了，甚至永远地倒下了，有些人照样站立着，面不改色。

涌满刘翠心间更多的则是酸楚。她问："你每次犯病时都吃些啥？有多大饭量？"

二位答："什么都不想吃，吃不下去。半碗稀饭和几根咸菜都是硬塞进肚里去的。"

就是从这一刻起，刘翠萌发了要上山为丈夫送饭的想法。

她做的是二位百吃不厌的陕西风味"嫂子面"。二位是吃着这种饭长大的，参军后一度吃不到了，馋得他在梦里都吃了好多回。后来刘翠随军来到了格尔木，只要有机会她总不会忘记给二位做"嫂子面"。二位说，端起"嫂子面"，我就闻到了八百里秦川的麦香，就听见了亲切的乡音。特别邪乎的是，他说吃了"嫂子面"，他身上的每根神经都香酥酥地舒坦，百病不沾身。这天，刘翠按照做"嫂子面"讲究的"薄、筋、光、煎、稀、汪、酸、辣、香"九字要领，精心做好，然后，装进特地买来的保温桶里，登车上路，直奔长江源头。

二位吸溜吸溜地吃了妻子做的"嫂子面"，浑身舒舒服服地出了一身热汗，他抹抹嘴，显得少有的动情，说："翠，你猜猜，我现在最想说一句什么话？"刘翠白了他一眼，说："什么话？还不是想说吃饱了，喝足了，有精神了，再好好地在江源兵站干几年！"二位忙说："不，我现在最想说的一句话就是，谢谢你，嫂子！"刘翠羞得脸都红了，上前用小拳头捶着二位说："你这个死鬼，昨日黑里还要我叫你大哥，现在又将我叫嫂子，你这家伙，真没个人样！"

从此，刘翠真的变得很忙乎了，做家务，照管孩子，差不多每周还要上山给二位送"嫂子面"。昆仑山离长江源头依旧千里迢迢，可她却觉得并不遥远，早别昆仑，晚到源头，仿佛只是一瞬间的事。当她风尘仆仆地出现在二位面前时，一路上的疲劳和牵挂顿消一净。这时的她和他，都会觉得自己是世界上生活得最充实的人，最幸福的人！

世上的许多事情说起来总是那么的奇特而又奇怪。也许你永远都弄不明白其中的奥妙，但是它确确实实存在着。自从有了刘翠的"嫂子面"垫肚后，陈二位的高山反应大为减轻，头不晕不疼了，食欲大大增加了……

2001 年夏天，陈二位经上级批准要转业了。他当了二十年兵，其中有十九年是在平均海拔四千米以上的高原部队基层单位摸爬滚打的。用他的话说，沾在他衣褶里的高原雪，下山后一个夏天也化不完。我相信他讲这话时心情是很不平静的。

（原载《大地》半月刊，获"红豆相思节·感动中国的爱情故事"征文一等奖。）